藤野古白と子規派・早稲田派

和泉書院

一條孝夫

藤野古白

●

明治24年2月、松山市三番町の長井写真館で撮影し、子規に贈った写真。

（松山市立子規記念博物館提供）

藤野古白と子規派・早稲田派——目　次

第一部

Ⅰ　藤野古白序説……3
Ⅱ　正岡子規『筆まかせ』と少友古白の形成……35
（補論）大江健三郎における子規……57
Ⅲ　夏目漱石と古白の周縁……77
Ⅳ　高浜虚子『俳諧師』論……103
Ⅴ　河東碧梧桐・井上理三郎編『湖泊堂蔵書目』について……121
Ⅵ　古白と早稲田派……135
Ⅶ　坪内逍遙『桐一葉』の試み……143
Ⅷ　『人柱築島由来』の成立……159

第二部

Ⅰ（翻刻）『人柱築島由来』……179
Ⅱ（翻刻）河東碧梧桐・井上理三郎編『湖泊堂蔵書目』……247
Ⅲ 古白年譜……265

初出一覧……271
あとがき……273
人名索引……280

第一部

I　藤野古白序説

1、古白から湖泊堂へ

藤野古白は生涯に数多くの俳句や短歌、それに少数の長詩、小説、戯曲を残して早世した。作品の多寡はともかく、その多岐にわたるジャンル的関心に古白のかりそめでない文芸意識があらわれている。古白は終生、文学者以外の何者でもなかった。しかし、彼の天稟と関心の持続からいえば、その本領は俳句にあったとみるのが通説である。正岡子規の従弟、子規の初期俳句グループの異才としての古白についても、すでに話題となって久しい。子規自身もまた、俳友古白に対して嘱望するところがあった。

二十四年の秋、俳句句合数十句を作る。趣向も句法も新しく且つ趣味の深きこと当時に在りては破天荒ともいふべく余等儕輩を驚かせり。

今朝見れば淋しかりし夜の間の一葉かな

芭蕉破れて先住の発句秋の風

秋海棠朽木の露に咲きにけり

の如きは此時の句にして、此等の句はたしかに明治俳句界の啓明と目すべき者なり。年少の古白に凌駕せられたる余等はこゝに始めて夢の醒めたるが如く漸く俳句の精神を窺ふを得たりき。俳句界是より進歩し始め

たり。(「藤野潔の伝」)

古白を論じる際、子規の存在は無視できない。古白が同族の子規を競争者に擬して生涯羨望し続けたということもあるが、今日、古白の魅力は多分に「藤野潔の伝」における子規の透徹した叙述に負っているからである。〈古白はいま私たちに、その作品によってよりは、子規の撰述にかかる「藤野潔の伝」によって、痛切な一個の人間像としての印象を与えつづけている〉という評[(1)]があるゆえんである。子規の散文中の白眉とされる「藤野潔の伝」(以下、「伝」と略す)は、子規が字義通り心血をそそいで編集・刊行した『古白遺稿』(明30・5)に添えられた評伝である。これまで、古白研究の根底資料として用いられ、後来の古白観を決定し、時には呪縛するものとして作用してきた。

さて、子規は先の引用に続けて、〈二十五年六年七年と漸次に古白の俳句も進みたるに拘らず、二十七年の頃より彼は却て月並調を学びて些細の穿ちなどを好むに至り、其俳句は全く価値を失ひたり。一躍して俳句の堂に上りし古白は辛苦して俳句の堂を下りたり〉と、俳人古白を総括した。しかし、この言をもって、ただちに、古白の〈その早熟の非凡がつひに成熟に耐へ得ぬ性質のものであったこと[(2)]〉のあかしを見ようとするのは、早計の感を免れない。

古白は二十七年六月中旬、病気・その他の理由によって卒業試験を途中放棄して帰郷している。〈卒業試験に用意せん為めにいかで審美学の創説を作らばやと思立てより数月に数度の稿を作りし中に注意を一点に凝らすの精神力を失ひ脳髄の痛疼と胃病とを興し治療の為几辺の稿本を引破て故郷に帰〉(「遺書」)った。帰省中、同学の島村抱月に宛てた書簡(後章で紹介する)には、〈また明較なる意識煙のやうに消えうせてなにを書くへきかとも覚えず〉というような、手紙を書いているさなかに不意に意識が衰滅する現象について記していて、〈また〉とあるところから、それが反復性の症候であることが知られる。

同じ年の師走、古白は卒業論文ならぬ戯曲を一編携えて上京。十二月三十一日付の子規の伊藤松宇宛書簡には、〈古白は先日上京致候　兎角病気よろしからず月並の句を作りて独りよがり候は何分済度難致候〉とあって、子規は〈病気〉ともども古白俳句の重症を嘆いている。子規のいう〈病気〉が、帰郷の理由となった脳症と同一のものだとすれば、句柄の急激な衰退を招いた理由の一半はここにあるといえるが、この年の夏を境に、古白の創作志向に顕著な変化が起こっていることにも注意しておきたい。〈茲に於て従来のガラにはなき事ながらドラマを作らんとの念起り八月の中程より稿を起し〉（十一月二日付子規宛書簡）、古白は戯曲『人柱築島由来』の執筆に没頭する。〈この稿を為す最中には湖泊堂所作の新劇こそ年来文学界一斉に頭を挙げて俟つ所の注文にしかとはまりたりとの感難禁〉と記した日、古白は三度目の改稿のために原稿用の紙を買いに出ている。起筆以来、この日までにすでに三カ月近い日月が経過し、創作にかける古白の熱情が奈辺にあるか、もはや明らかであろう。〈一度逍遙先生之鑑定を請て自賛多く違はすんは版行かねにしたく〉と、野心を熱い東上の念とともに語っている。古白の劇作への関心は、新戯曲待望の気運をかもしていた当時の戯曲論の流行と、逍遙のシェイクスピア講義に促されたものである。(3)

この俳句から劇作への転換には、古白がそのことに意識的であったかどうかはさておき、子規の初期俳句グループからの離脱と、早稲田派へのいっそうの接近という隠微な転進がはらまれていたのではあるまいか。まず、この機を境に、古白が俳句以外の雅号として〈湖泊堂〉系のそれを用い始めたこと、晩年の古白の交友圏に変化の兆しが現れていることを考えあわせると、あながち根拠のない説とも思われない。子規の言に徴すると、生前の古白の交友はよほど限定されたものであった。

古白の人に接するや快活にして物に拘らざるが如く、其相話するや奇想天来諧謔百出人をして笑はしめ驚かしむ。誰に交るにも城府を設けず親疎愛憎なしと見ゆるものは彼が一人の親友を持たざりし所以なり。彼は何人に向つても自己の秘密をさらけ出して同情を求めんには余り卑怯に且つ余りに人を疑ふに過ぎたり。無邪気

なる古白は必ずしも人に憎まれずして或は親しく交らんとする人あるも古白は之に応ずる能はざりき古白は終始孤立せり。（前出）

子規の素描した古白の剽げた言動から、あるいは躁鬱的性格者特有の躁状態を症候として読みとることも可能であろう。だが、古白のそうした快活を装う表情から透けて見えるのは、彼の孤影にほかならない。冷徹なまでの子規の言葉の背後から、今にも孤独な古白の悲鳴が聴こえてきそうではないか。実際、古白の周辺にいた日本派の俳友のうち、内藤鳴雪のような数少ない同情者を除くと、高浜虚子にしても河東碧梧桐にしても、生前の古白のエキセントリックな言動に冷淡であり、その内面に理解や共感を示していないのである。最も親しい位置にいた子規ですら――少なくとも古白の死に遭遇するまで、例外ではなかった。(4)

けれども、子規の観察とは別に、古白を敬愛し、彼の話に親身に耳を傾ける一群の友人たちが存在した事実を見落としてはなるまい。東京専門学校時代の同期生で、同人雑誌「友垣草紙」の同人である抱月や後藤宙外などである。わけても抱月は、当時古白の内面の葛藤を客観的に理解しえた唯一の友人というべく、古白がしばしば〈自己の秘密をさらけ出して同情を求め〉ていたことは抱月宛書簡に明白である。なかんずく、古白の自殺を契機として起こったジャーナリスティックな毀謗に対し、抱月が敢然と解嘲を試みた事実がそれを裏書きしているといえよう。

古白の文学上の交友圏は『古白遺稿』に添えられた遺稿跋並追弔詩文の寄稿者の範囲からうかがえる。秋庭太郎は弔文を寄せたのが鳴雪、逍遙、抱月、宙外の四人だけで、弔文のあとに辱知島村抱月、辱知宙外しるすとあることなどを拠り所として、古白を早稲田派初期の文人と見なしているが、(5)有効な指摘である。早稲田系の劇作家は今日まで数多く輩出しているが、古白はその最初期の劇作家であった。

2、古白研究小史

古白研究の現状を把握するために、これまでに集積した古白関係の論及をとりあげ、評価・研究の推移を年代順に概観しておきたい。便宜上、三期に分ける。

第一期（古白没後から昭和十年代まで）

生前の古白を知る師友・縁者によって書かれた回想・追懐文が中心である。しかし、古白を直接対象とするものはまれで、多くは〈回想の子規〉にかこつけて論じられた。

明治二十一、二年頃の、子規を中心とする初期俳句グループの動静を伝えるものには、五百木飄亭「夜長の欠び」（『ホトトギス』明31・10～32・3）、鳴雪「古白月旦」（『新古文林』明39・10）、三並良「子規・古白・私―向島の思出」（『鶏頭』昭11・10）などがある。古白の〈一種異様の天才〉（飄亭）ぶりについては、すでに仲間内でも相当評判になっていたようだ。俳人子規の誕生には競争者古白の存在が与っているとみる鳴雪は、学問ことに漢学においてこそ子規が優っていたが、〈先天的の能力〉は古白の方が富んでいたと証言している。ところが、彼らより少し遅れて古白と相知った虚子や碧梧桐になると、古白の風貌はよほど違ったものになる。その〈詩人肌〉（虚子）は認めているものの、晩年の古白の奇矯な言動、とりわけ彼の壮語癖を〈嘲笑の的〉（碧梧桐）とし、古白は彼らの軽侮の対象であるにすぎない。惨事の後、碧梧桐は古白の心術を見抜けなかったおのが不明をかこつことになる。しかし、碧梧桐の残した「古白の死」（『子規の回想』）、「寓居日記」（『俳句』昭29・7）、子規宛書簡（明28・4・14）の記述を合わせると、古白が自殺を企て、入院し、絶命するまで数日間のみごとなモンタージュになっていて、資

料的にも貴重である。虚子の『子規居士と余』（日月社、大4・6）、『俳句の五十年』（中央公論社、昭17・12）には、虚子の第三高等中学校時代、帰郷の途次京都に立ち寄った古白と一緒に名所旧跡を経巡った記憶や、自殺前後のエピソードが語られている。また、回想記ではないが、虚子における古白の存在が正負ともにとらえられているのは、むしろ自伝小説『俳諧師』（「国民新聞」明41・2〜7）であろう。塀和三蔵の虚子に対して、古白は篠田水月として登場する。

一方、早稲田派側の証言としては宙外の『明治文壇回顧録』（岡倉書房、昭11・5）は、同人誌「友垣草紙」時代（明治二十六、七年）の古白の活躍ぶりや、交友の模様を伝えている。「友垣草紙」は東京専門学校に在籍当時、逍遙の指導のもと、文章や詩歌の練習と同級生の親睦を深める目的で作られた回覧互評の雑誌である。同誌に古白は小説・俳句・短歌を寄稿しているが、宙外の『回顧録』中には『古白遺稿』から洩れた俳句（十八句）、短歌（十五首）が掲げられている。宙外によれば、古白は〈『友垣草子』の大立者〉であった。

蛯原八郎「藤野湖泊堂のこと」（「書物展望」昭8・12）は古白を直接の対象として、その事跡を概評した最初の論及である。蛯原は古白の雅号の使い分けにこだわりを示し、〈古白〉の筆名は俳号に過ぎないから、文人として彼をみる場合には〈湖泊堂〉と呼ぶのが至当であるとする。この発言は、従来の古白への言及がおよそ一面的な観察にすぎず、作品自体が問題にされていないことへの批判にもとづくもので、古白が「早稲田文学」ではもっぱら〈湖泊堂〉系の筆名を用いていたことを考えあわせると説得力がある。また、小説『舟底枕』、戯曲『人柱築島由来』、『戦争』の主要人物がそろって、権力や運命に抗しながら敗れ、最後に自殺に至る敗滅をモチーフとしていることを初めて指摘したのも蛯原の功である。

第二期（昭和二十年代から四十年代）

直接古白を知る人たちによる回想ではなく、第三者によって作品の見直しが行なわれ、再評価の機を迎えた。戦後、いち早く古白の戯曲に注目したのは勝本清一郎で、『人柱築島由来』を〈日本における近代ロマン主義戯曲の最初の完成品〉（「埋れたロマン主義文学、宮崎湖処子と藤野湖泊堂について」昭25・8）であると評価した。論証はなかったが、勝本の評価は、戦前から北村透谷と古白の劇詩人としての類縁に気づいていた秋庭太郎の演劇史(6)や河竹繁俊(7)に引き継がれ、古白の演劇史・戯曲史上の位置が定まった。なお、勝本は『人柱築島由来』の草稿を発掘し、原題が『松王人柱経ケ島由来』であったことを突き止め、これを写真入りで紹介している。

古白の詩人的才幹を高く評価する河井酔茗は、彼を狂の側からみる見方を非とし、長く「文庫」の詩歌欄の選者として培った公平な眼で、『古白遺稿』中の俳句から三十五句精選して〈古白を知る資料〉（「藤野古白の俳句」昭28・9）として提示した。

戦後の古白再発見が誘い水となって、古白に対する関心がにわかに高まったのは昭和三十年代から四十年代にかけてである。越智二良は古白七十回忌に寄稿して〈最近古白を研究テーマに選ぶ学生が多く、県立図書館へも照会が相ついでいると聞いたが、昨年は作家で評論家の文学博士木村毅氏が、古白の資料調査に松山を訪れた〉（「愛媛新聞」昭39・4・11、14）と、古白熱とでもいうべき現象にふれている。これが、一地方的現象でも、夭折の文学者に対する単なる好奇のあらわれでもなかったことは、三十年代後半から四十年代にかけて論考が集中していることからもわかる。

伝記研究に関わるものには岡保生「藤野古白」（「本の手帖」昭40・12）、北川忠彦「藤野古白の一生」（「愛媛」昭42・1〜3）がある。前者は「伝」を下敷きとする人物評で、資料的には新味がないが、自殺の背景に焦点を絞り、作品の寸評は的確である。古白と芥川龍之介に、性格上、文学上に〈なにかしら共通したある一面〉があることを

指摘している。後者は、子規の作成した「略年譜」（以下、「年譜」と記す）・「伝」の記述をふまえ、古白の異母妹、甥ら近親者からの聞き取り、知友の回想記、はては早稲田時代の成績表まで博捜し、「伝」の年譜的側面を大幅に増補した。

また、この時期には古白の文学的出発（十代後半）前後についての調査もあらわれ、和田茂樹「古白と子規」（「愛媛大学法文学部論集」昭48・3）は、少年期から青年期への内的成長のあとを克明にたどった出色の論文である。講談社版『子規全集』が編集段階にあった当時、和田を中心に精力的に進められた資料整理の過程で多くの新資料が発掘された。和田は子規の初期随筆『筆まかせ』所載の古白書簡のうち、〈未完のもの（自筆本にあって、全集で削除されているもの、及び、抹消したまま判読しうるもの）を主として翻字し、子規との関連において、古白像の新しい一面〉を求めて、学問か実地に就くか迷っていた古白が子規の誘掖によって俳句にむかう端緒をつかみ、〈古白の内なるものが顕現してくる〉劇的な変貌を浮かび上がらせた。タイトルが端的に示すように、これまで子規に従属して論じられることの多かった古白の立場を逆転させ、研究対象として十分耐えうる魅力をもっていることを証明した。『子規全集』が完備した現在、子規宛古白書簡は断簡をも含めると都合八十二通[8]にものぼるが、和田の論は二十代の古白を照射する方法の有効性をも示唆していよう。

昭和四十年代のもう一つの特徴は、史的視点を導入することによって近代戯曲史・演劇史上に古白戯曲の正確な位置を見定めようとする論考がいくつかあらわれたことである。永平和雄「近代戯曲史序説・上」（「文学」昭40・1）、越智治雄「『威海衛陥落』論―日清戦争劇を観る」（「国語と国文学」昭40・11）、同「劇詩の季節」（三省堂版『講座日本文学』九、昭44・4）、秋庭太郎「明治近代戯曲のあゆみ」（筑摩書房版明治文学全集86『明治近代劇集』昭44・3）は、それぞれ単独の論ではないが、表現こそ異なっているものの、いずれも古白劇に旧来の劇場用の脚本にはない斬新なドラマツルギーの萌しを認めている点で共通する。越智はその萌しを〈全編をおおう浪漫的な感情〉に

見、〈作者の戯曲様式に対する感覚が鋭いだけに一層、作品は歌舞伎劇の舞台イメージに染まって〉いると、その自家撞着に古白劇の限界を指摘しているが、戯曲の細密な分析がおこなわれているわけではないので、再考の余地はあるといわなければならない。

第三期（昭和五十年代から現在まで）

古白は多く子規との関連において論じられ、資料的にも子規関係資料に依存していたため、昭和五十年四月から五十三年十月にかけて講談社版『子規全集』全二十五巻が刊行されたことにより、古白の資料的側面も一挙にゆたかになった。古白書簡、『筆まかせ』中の古白関係記事、『俳句会稿』や子規編『俳句二葉集』中の俳句、子規の知友へ宛てた書簡や日記中の古白への言及を検討することで、古白の文学生涯の実質はいっそう明らかになるはずである。目下、資料を全的に駆使した本格的な古白論はまだ書かれていないが、古白の生涯と文学を網羅的に解説した久保田正文「藤野古白」（『正岡子規と藤野古白』永田書房、昭61・8）は先行文献への目配りのきいた古白紹介になっており、今後の研究のための里程標とみてよい。〈子規は古白に、内面的には惹かれながら、現実的・生活的には隔絶を求め〉るような〈近親拒絶〉があり、〈古白的なものを、意識的に克服することによって、子規の生涯と文学とは形成されて行ったはずである〉とする興味深い指摘があるが、『正岡子規』（吉川弘文館、昭42・7）以来の氏のモチーフである。

坪内稔典「古白といへる男」（『正岡子規』俳句研究社、昭51・4）は、古白の内的世界を「伝」の記述を手がかりに俳句・長詩「情鬼」のモチーフや技巧の分析を通じて、古白の行き着いた出口なしの〈隔世観〉の析出に成功している。坪内はさらに、久保田の『正岡子規』が指摘する子規と古白に共通する〈破壊的の性質〉を、〈外部との隔絶〉という表現に置換し、子規の、明治日本（＝近代）への一体感からのずれに説き及ぶ。ただし、その論は子

規から虚子・碧梧桐へと続く俳句の正統から逸れた、子規俳句のもう一つの可能性を示唆するところにねらいがあるから、厳密には古白論とはいえないが、古白世界の特異性を際だたせた長詩「情鬼」の分析は貴重である。

また、古白が創始した劇的文体の魅力の淵源を初めて洞見したのは田中千禾夫である。これまでにも、古白の文体が持つ特異な感覚にふれた越智の所説などもあるにはあったが、劇の形態も内容も歌舞伎劇の枠にはまっていると見られたために、その文体の秘密は見すごされてきた。『劇的文体論序説』上（白水社、昭52・4）の七章で、田中は古白劇における王朝時代風の措辞、韻律（音楽性）をわざと回避した思弁性の透徹――といった表現方法がかもす〈潔く高い格調〉＝古白の美意識の出自が〈能〉の水脈にあることをかぎ出した。その推論はおそらく正しい。よく知られているように、古白の父漸は下懸宝生流〈洋々会〉を主宰する大家であり、古白もまた子規と同様、幼時から謡曲になじんでいたからである。

（追記） 近年の論考中では中島国彦『近代文学にみる感受性』（筑摩書房、平6・10）の所説に注目したい。十一章「明治の夭折者たちの抱えたもの」の中で、〈明治という時代の一時期の感受性のあり方を象徴している〉〈古白的なもの〉の内実を、古白から藤村操に至る夭折者の系譜に位置づけて分析した中島は、古白における悲劇性を〈美感〉と〈観念〉に引き裂かれた感受性のかたちに見ている。ただ、中島にしても、〈その作品を分析し作品論を展開するのが生産的かどうかは疑問である〉と述べているように、戯曲を含め古白作品の価値を否定的に評価した子規の呪縛を免れていない。

平成九年四月、松山市立子規記念博物館は特別企画展「藤野古白―異才の夭折」を催し、その折りのパンフレットには古白の遺書を初めとして、書簡、短冊など貴重な資料が多数収録された。同館の「子規博だより」（平9・3）は「藤野古白」特集号になっている。

以上概観したように、古白関連の研究文献はしだいに充実してきているが、今後、基礎資料の特定と整理の上に立っての伝記的研究、古白の得意とした俳句から、戯曲・小説に至る個々の作品研究が望まれる。

3、「年譜」上の疑義

古白の一生については、子規が作成した「伝」が委曲を尽くしている。「伝」に添えられた「年譜」も、北川忠彦「藤野古白の一生」によってかなりの補綴をみ、記述の〈若干の誤り〉も指摘された。他の論者による「年譜」上の疑義とあわせ、その実否を可能な限り正しておきたい。

実名

久保田正文『正岡子規と藤野古白』の冒頭に、次の一節がある。

筆名は、明治二十四年ころまでは、毀誉夢、またはきよむと称していたらしいことが、正岡子規の古白宛書簡から知られる。（中略）毀誉夢・きよむ、などという文字をペンネームにえらんだことは、後に述べるように古白の自殺に至る思想（子規あての書簡にそれはあらわれている）から推察されるように、〈虚無〉のもじりであっただろうと推察される。

久保田は「年譜」の明治二十三年〈自ら古白と号す〉をふまえ、筆名が〈古白〉に落ちつく以前には〈毀誉夢・きよむ〉が使用されたと推定する。久保田は古白の本名を〈きよし〉と読んでいるようだ。〈毀誉夢・きよむ〉から〈虚無〉を連想し、筆名が後年の自殺に至る思想の先取りになっていると考える久保田は、そこに二葉亭四迷訳ツルゲーネフの影響をみたり、西欧的ニヒリズムより仏教的虚無思想の影響を想定したりしている。一見、魅力あ

る立言のようである。しかし、〈きよむ〉が雅号ではなく、実名だとしたらいかがなものか。

古白こと藤野潔は、「年譜」によれば、明治四年（一八七一）八月八日、伊予国浮穴郡久万町に生まれ、出生地にちなみ通称を久万夫といった。北川は古白の異母妹村尾節から、同母弟《ママ》（妹の誤り）琴が後まで〈くまさん〉と呼んでいた事実を聞き出している。一方、古白の父方の従弟である服部嘉香は、親戚の間では〈きよさん、きよさん〉と言っていたこともあって、久しく〈きよし〉と思い込んでいたところが、後年、村尾節から父漸が〈きよむ〉と呼んでいた事実を聴取し、訂正に及んでいる。(9)

ただ、子規が一回だけ用いた〈毀誉夢〉（明23・3・14付書簡）の万葉仮名風の当て字にこだわれば、〈古白が破壊的の性質は到底余と相容れざる〉と子規を嘆息せしめた古白内部の暴力的な〈火焔〉に対する皮肉な寓意が読めなくもない。

同人社入学

義母磯子の回想では、麴町中六番町にいた頃、父漸が琉球出張中の期間古白を入塾させたいということで、叔父加藤恒忠の世話で赤坂丹後町の須田塾（漢学塾）に子規とともに入塾したという。(10)

「年譜」には明治十六年の項に、〈赤阪丹後町の須田塾に入る。後小石川の同人社少年塾に入る〉とあり、柳原極堂『友人子規』（前田書房、昭18・12）は、規白両人の須田塾在塾は二カ月程で、十六年九月二十二日に退塾したとする。北川は〈明治十七年かと思われるが子規は共立学校に古白は中村正直の同人社に入った〉としているが、子規の共立学校への入学は十六年十月（『子規年譜』）である。では、古白の同人社入学はいつか。

藤野家は、十八年、漸が旧藩主久松家の家扶となって麻布永坂にあった久松家別邸内に居住するまでに数度の転居をくりかえしている。藤野家が子規をともなって仲猿楽町から東五軒町に転居した時期、十七年六月初めを基点

に、磯子の〈中六番町に一年位もゐましたか、次ぎは神田の仲猿楽町に引越しました。尤もそこにも一年位しか住まなかつた〉という回想をふまえると、久松家別邸内に住まいを移すまでの居所はおよそ次のようになる。

・麹町区中六番町（十五年夏〜十六年夏）
・神田区中猿楽町十九番地（十六年夏〜十七年夏）
・牛込区東五軒町三十五番地（十七年六月初め〜十八年冬？）

〈東五軒町から江戸川を渡つた向ふに、同人社と言つた塾があつた。潔は一時そこに預けてあつた。朋輩と喧嘩したかして、退塾される騒ぎ〉が一再ならずあったこと、その住まいと同人社の地理的位置関係から推して、古白の同人社入学はこの東五軒町時代、すなわち十七年六月以降とひとまず推定できる。

中村敬宇の同人社は明治六年二月、江戸川畔大曲（小石川江戸川町十七番地）の邸内に設立され、古白入学当時は最盛期を迎えていた。[11] 子規のいう同人社少年塾とは、年少者を対象として明治十五年同人社内に設けられた少年校のことである。

雅号〈古白〉の初出

〈古白〉という雅号の由来は不明。〈古白〉を使用する前、あるいは後にもさまざまな筆名が用いられたが、しだいに古白（こはく）に定着する。晩年には、〈湖泊堂、壺伯〉などとも書いた。夏目漱石に、〈古白とは秋につけたる名なるべし〉という追懐句があるが、涼秋をおもわせる語感を愛したゆえの命名であろうか。

「年譜」明治二十三年の項に、〈自ら古白と号す〉とあるが、すでに二十二年九月発行の「真砂の志良辺」に、〈東京・古白〉の署名のあることが確認されている。[12]「真砂の志良辺」は宗匠大原其戎の出していた俳誌で、明治十三年一月の創刊。古白の投稿が子規の誘引によるものであることは言うまでもない。古白は書簡にも興の赴くまま

さまざまな筆名を用いているが、二十二年九月二十日のものと推定される子規宛書簡に〈古白〉と署名したものが最も古い。「筆まかせ」明治二十二年の「詩歌発句」と題した挿話に、古戦場の五絶を得て内心得意に思っていた子規が、〈今年夏余の従弟藤野古白、関が原を過ぐる時に「あのかゞし敵か味方か関が原」といへり　却て余の詩にまされり〉という叙述があって、二十二年の夏には、すでに〈古白〉と称していたらしいことが知られる。

東京専門学校文学科入学

「伝」には〈二十四年帰京するや精神稍沈静、終に東京専門学校に入り文学を修むるに至る〉とあり、その年次を追った記述からは二十四年に入学したようにも読めるが、「年譜」には〈二十五年東京専門学校に入り文学を修む〉とある。岡保生「藤野古白」（前掲）は、〈子規の「伝」で、東京専門学校入学を二十五年としているのは誤〉と指摘したが、論拠は示していない。また、北川は早稲田大学に保存されている古白の成績表から、二十五年七月の一年次修了を確認した上で、抱月・宙外と同時とすれば二十四年十月入学と推定し、さらに、抱月に〈われの東京専門学校文学部にありて君と相識りしは、明治二十五年の春なりし〉（「早稲田文学」明28・5）という言葉があることから、同年春の転入もありうるとした。その後、北川が早稲田大学の藤平春男に調査を依頼し、その報告によって一応の落着をみる。藤平の、昭和四十二年六月十三日付北川宛書簡によれば、学籍課に保存されている学籍簿に〈明治二十五年一月十四日入学〉と記されているという。資料は「自明治二十四年至同二十七年学籍簿」で、〈昭和四年一月調〉のもの。藤平はその資料について、〈昭和四年旧学籍簿を整理して新たに作成し直し、旧資料を廃棄して作ったものと認められ〉ると注している。

当時は前期（九月始業）、後期（三月始業）の二期制。入学時期が書面どおり二十五年一月だとすれば、変則入学ということになるが、そのころは〈入学志望者があるに従って随時学力検査をして入学許可をしていた〉（藤平）

ので、変則の入学者は多く存在した。以上の経緯から、古白が文学科第二期生（二十四年九月入学、二十五年七月一年級修了）のクラスに中途入学したことは間違いないと考えられる。

　ところが、ここに、一月入学と矛盾する事実が存在する。文学科第三期生、綱島梁川の二十五年三月四日の日記に、〈一時間会話の課業ありて、余は同級藤野潔氏と共に伴ふて同氏の宿を訪ひ、種々の文学上の談話をなし、午飯を供応せられ、午後一時頃帰宿す。〉とあるのがそれである。梁川は二十五年の一月専修英語科の第三年級に仮入学（三月の編入試験後正式入学）し、同年六月首席で卒業。九月文学科に入学、二十八年六月優等で卒業している。したがって、二十五年三月の時点では古白は文学科ではなく、梁川とともに専修英語科のクラスに在籍していたのである。専修英語科は（英語）政治科、法律科、行政科、文学科など本科に入るための予科であった。以上の事実から、書面上の入学は二十五年一月であるが、古白はどうやら三月以降、専修英語科から文学科へ編入学したとおぼしい。当時、学年途中の編入学は珍しくなかった。同じく編入生の宙外が〈初めて抱月君と顔を合わせたのは、明治二十五年の三月、早稲田の専門学校文学科の第二期生の第一学年、後半期授業開始の教室に於いてであった筈である。私は此の第一学年の上半期は英語政治科に居って、此の月から文科へ転じたのでありました〉（前出）と回想していること、抱月が古白と〈相識りしは、明治二十五年の春〉と証言していたことなどを勘案すると、古白の書面上の入学（仮入学）は二十五年一月、正式入学は後半期授業開始の三月以降ということになろう。では、古白の専修英語科への入学はいつか。正式な日時は確定しないが、「遺書」中に東京専門学校〈在学約三年の間〉とあり、これにしたがって逆算すると専修英語科入学は二十四年の秋（前半期開始の九月頃）ということになるのではなかろうか。

剃髪

「年譜」二十六年の項に〈上京途次尾張国知多郡洞雲院を訪ふ。僧に請ふて髪を削り。如意を携へて上京す〉とあり、北川はこれに従う。久保田は〈高浜虚子に宛てた明治二十五年九月十一日付の書簡にてらしても、二十五年が正しいだろう〉と異説を示した。子規書簡には、〈古白ハ剃髪シテ帰京シタルヨシナレド未ダ面会せず《ママ》〉とある。また、子規は同年九月九日付古白宛書簡に、〈玉章拝読愈御帰京の由殊に内藤先生の御話によれば天窓を丸められ候由〉とした上で、〈蓮の実を探つて見れば坊主哉〉のおどけた句を掲げ、子規一流の皮肉をきかせている。久保田の指摘は正しい。夏期休暇中、松山に帰省した古白は郷里から上京の途次、おそらく九月上旬に洞雲院を訪れ落髪したのである。

東京専門学校卒業？

明治二十七年、〈夏期休暇に先たつて松山に帰る。蓋し卒業論文として審美論を草せんとすれとも論拠を捕へ得す、郷里に帰りて志を果さんと欲するなり。終に論文を得ず〉（「年譜」）。古白は「自衷哲学」の論題で審美論を展開すべく再三書き換えを試みたが、完成には至らなかった。「早稲田文学」67号には、〈本年の東京専門学校文学科卒業生は都合三十七名にて昨年のに比すれば四名多く〉（「文界現象」明27・7）とあって、全員の卒業論文の標題と氏名が掲げられているが、当然のことながら古白の名はない。また、同誌68号に〈前号の本誌に文学科の卒業生を三十七名と記しゝが尚右の外病気の為、期日までに論文を草せざりし者数名あり〉（「文界現象」明27・7）という追記があるが、この〈数名〉の中に古白や彼の親友だった伴武雄が含まれる。ちなみに、このとき卒業証書を実際に手にしたのは、三十七名中二十一名にすぎなかったということである。

しかし、たとえば鳴雪は、〈余りに抱負が高尚で卒業の論文を書いても書いても意に満たないで、卒業はさせら

れたものの〉（『鳴雪自叙伝』大11・6）と、半ば他力によって卒業したと受けとめられるニュアンスで証言している例もあるので卒業の実否は厳密には断言できない。[13] ただ、六月の卒業試験は一科目のみ受験して途中放棄していたこと、帰郷中の八月七日の抱月宛書簡に、頭脳の状態さえよければ、〈九月には上京学校の試験も受け申〉と知人に語ったと記し、受験の意思があったにもかかわらず、実際に上京したのは十二月であり、そのとき古白の携えて来たのが論文ならぬ戯曲であったことから、常識的には卒業できなかったと考えるべきであろう。

4、遺書と抱月宛書簡

明治二十八年四月七日、古白はピストル自殺を企て、ほとんど瀕死の状態で帝国大学第一医院に入院、同十二日に絶命した。その二日後、碧梧桐は古白の訃を伝える子規宛書簡に〈警察にはピストル、と弾丸の殻二箇と遺書総て六通のうち封のしてあらざりしもの、みとりかへりぬ〉と記し、古白の遺書が六通あったことになっているが、実際の数は違っている。昭和六十三年十月、古白の甥である藤野淳が松山の子規記念博物館に寄託した「古白遺稿等」一件資料のメモによれば、①「遺言状」②「自殺之弁」③「中島正雄ニ弁スルノ書」④「母上さま」⑤「父上様」⑥「真子（海南の息女）宛遺書」⑦「井上理三郎宛遺書二通」を遺書の全てとみなしてよいと思われる。遺書のうち、②の日付は〈明治二十八年三月十日〉であり、①、③、④は三月六日、⑤、⑥、⑦には日付がない。「伝」には三月十日の日付をもつ②と、三月六日の日付をもつ③、④からの引用がみられる。ただ、このように記しながら腑に落ちないのは、古白が実際に遺書を書いた三月六日ないし十日から実行日まで一カ月近い時間が経過していることである。

古白が自殺の手段として用いたピストルを、井上理三郎宅から盗み出すまでの苦心の顛末は碧梧桐の『子規の回

想』に詳しいが、盗み出すためにこれだけの時間が必要であったとは考えにくい。〈若し単に死を選ぶとすれば、死の方法はいくらもある。かやうに細心な計画を立て、まで銃死を選〉ぶ理由はないからである。とはいえ、古白には情動の起伏の激しさを伝える挿話や、決死した人としてはやや浮薄な印象を受けるような逸話[14]に事欠かないから、生と死の両極間をつねづね振り子のように揺れ動いていた彼にとって、それは単に死のきっかけをつかむための時間に過ぎなかったのかもしれない。留意すべきは、むしろ遺書をしたためた日時の方であろう。三月六日ないし十日、三月上旬の古白に、何が起こったのだろうか。

碧梧桐の明治二十八年の日記に「寓居日記」がある。そこには、人生の先途を見失って鬱屈をもてあまし、あげく放縦に陥っていた当時の遊蕩生活が赤裸々に書かれている。三月には古白を訪問した記事が三回認められる。八日、十五日、三十一日。そして、三月九日には虚子と碧梧桐の間に古白のことが話題にのぼる。

藤野古白ハよく死を口にす、然れども彼容易に死する事能ハざらん、吾や口にハいわずとも近来死なる観念ハ一層に強し。或は古白に先て死する事もあらん

この日二人は、女性問題のからんだ憂悶を披瀝し、生涯の抱負を語りあって感涙にむせんでいる。胸中を〈煩悶痛苦〉が去来して、そのきわみに虚子が発したのが右の言である。最近また古白から死にたいと聞かされたことが頭にあったのか、自分の悩みの方が古白より真摯で深刻だというのであろう。感激の一日を過ごした二人が、吉原から朝帰りをした当日の夜、古白は〈謹厳な細字で〉〈極めて冷静な哲学的な遺書〉(『子規居士と余』)を書きつけていたのであるが、むろんそれは二人にとって想像すべくもない人生のアイロニーであった。

古白の孤立無援な境涯は、凄惨な死にざまが如実に物語る。自殺を実際に企てたとき、〈何をいふても親身の人とては独もなく皆に冷視せられて誰一人主となりて働く人もな〉いというありさまであったという。碧梧桐は子規に宛てて、入院の手続きから看護の指揮まで、すべてが鳴雪の尽力によること、父漸が到着するまで〈内藤先生の

み一人心を労せられ切通の藤野（古白が自殺を企てた仮寓先―引用者注）の如きは皆々殆んど対岸の火視せられたるやの思ひありしなり〉と憤激を交えて報告している。日ごろ軽々しく死を口にし、中庸を得ないその言動が周囲の信を欠くことになったとはいえ、友人はおろか身内からさえ古白は見放されていたのである。

古白は「自殺之弁」に、世のいわゆる厭世家と自らを区別しつつ、〈是界が予には縁遠く世事が予を活動せしめ若くは反動せしむ可き制限を予に与へずなりたる即ち予が生存といふ事にインテレストを抱かずなりたるなり〉と書いた。彼の内部で、この世（活動の対象世界）からの剥離が決定的になったとき、生存の〈インテレスト〉の喪失もまた決定的に自覚されたというのである。末期の古白が周囲から疎んぜられ、はたから孤立して見えたのも、そうした弧絶意識の正確な反照であったといえよう。では、自殺に至るまでの古白の世界とはどのようなものであったか。

現存子規宛書簡の最終の便（二十七年十一月二日付）に、〈堅く決死したるは八月の始頃なりけむ　いさ死ぬるに就而かたみを遺さむものをと存して一小冊を編みたり〉とある。この〈一小冊〉はおそらく古白が書いた最初の遺書と思われるが実在しない。けれども、その幻の遺書の消息を伝え、子規宛の手紙に接続する心理的経過を伝える資料は存在する。「新著月刊」（明30・10）に、「自殺詞人の厭世観」と題して紹介された古白の抱月宛書簡三通である。[15]

（一）二十七年八月七日付

（二）同九月二十六日付

（三）同十月二十二日付

その年の六月中旬、卒業試験を放棄して帰郷した古白にとって、卒業論文執筆時の相談役であった抱月[16]は、本心を吐露するには恰好の相手であった。書簡中の古白は、死を既定のこととしている。

小生事瓦全未たに生存罷在候偖芳翰発句に悲惨の声の御沙汰承候処小生心底に死はさほどかなしき事にては無之此辺ます《ママ》に狂に近き所にて御座候先日一札差上候後二三日目死るなら遺書をとの思ひ付より漫に筆をとりて一二枚これをはしめにて一週間余の程に十九枚ほとのもの草し候所何時の間にやら一家の哲学が出来上がり候（二）

この〈十九枚ほどのもの〉が、日付からみて前記の〈一小冊〉と考えられる。古白は右の引用につづけて、執筆中に出来上がった自家哲学の系統のあらましを、原稿用紙にして五枚ほど書いている。〈実理の論にては耶仏孔老の所説同一不二なるを説けりこの論重要なる点は倫理的理想は人間の進歩すると共に進歩するもの也といふ説を論破したり〉とあるように、古白は人間の本性を万古不易とする東洋的原理を基礎に、進化論に基づく西洋哲学を論破したとする観念論的〈想像哲学〉の構想を演繹しているが、遺憾ながら、抱月が古白の卒業論文のテーマである審美論（草稿）を評したときの〈空想的な詩人的な書き方に偏して、条理の徹底してゐない処がある〉（「四国文学」）という表現がここにも妥当する。論旨の徹底しない哲学構想もさることながら、自家〈哲学を完成したり〉という昂揚のあとに古白を襲う失墜感はさらに痛ましい。

迷悟一処に湊会せば則如何唯夫れ自尽あるのみか死するといふ意志はまた形骸に拘せらるゝか故に迷なるへきも死そのものは静に契合するか故に悟なるへければ

出家の望みもかなわず、〈人来てはやく身の上の目的をさためよ〉という言葉がいっそう彼を惑乱へと導くのだ。翌月の手紙にはこうある。

小子少しく常識を回復せりよりて始めて自家精神病の心理的原因を知りぬ所謂モノマニヤに対してポリマニヤの称あらば即是なり畢竟は意趣と他の心理的元素の衝突の結果にてHöffding心理書二三五頁以下つふさに余が心胸を分析せるものに肖たり近頃の精神病状は意識の Focussing power 即注意の Centraliying power を

喪ひ居る者にて随分つらきものなり推し給へされば自尽なといふ Exprosive（Explosive の誤り—筆者注）will は頭をもたげずさりとて如是忘念を排除し尽す程に Inhibiting ideas が有力なるにもあらず（二）

文面に〈自家精神病〉とあるように、古白はつねづね精神の異常を自覚し、自らを狂人と称してはばからなかった。抱月によれば、古白が〈心理学を研究するのも、人間の精神現象の研究はもとより、之を以て自己の頭脳をも研究して見やうと心掛けた〉（前出）ためであるという。最近の精神病状として、古白は集中力の著しい喪失を認め、その〈心理的原因〉をデンマークの心理学者ヘフディング（一八四三〜一九三一）の著書中に見い出した。ヘフディングの〈心理書〉とは、古白の蔵書目録に登録されている〝Outlines Psychology〟のことで、明治二十五年九月より二十六年二月まで第二学年の前半に、心理学のテキストとして用いられた（『同窓紀念録』）。ロンドンとニューヨークのマクミラン社より二十五年（一八九二）に英訳で刊行された最新の心理学書である。第七章「意志の心理学」のB節「意志と他の意識の要素」に含まれる「意志と他の意識の要素との対立関係」以下の記述をさして、〈二三五頁以下つふさに余が心胸を分析せるものに肖たり〉というのである。〈自家精神病の心理的原因〉を、〈意趣と他の心理的元素の衝突の結果〉と要約しているのが、自己診断の内容である。その際、〈モノマニヤ〉（偏執狂）に対して〈ポリマニヤ〉と造語しているところからみて[17]、日ごろさまざまの題目に爆発的な関心を示すものの、持続性もなく感情の振幅が大きい多血質の性格に異常の本質を見い出したと考えられる。さらに手紙は無聊の不快をかこち、

かかる生趣の如何に Tedious にして猶これに対する Reaction なき事の如何にいふかひなきか噫自己の形骸の姿勢の意識の外微塵自己なる観念なきは上述の境涯なる上にかたるへき友のなきもその原因の一ならむ予を恋へる女あれともその恋ひさまのにぶきよりまた外に Inhibiting ideas もあるよりエクサイトメントを惹起せす三ツ子に対するかことき感あるのみ（二）

と友人や恋人との関係が薄いことを嘆き、〈嗚呼狂せんか自殺せんか What may be the third ?〉の一行で断ち切られるように終わっている。〈予を恋へる女〉の存在も救いとはなっていないようで、全体に厭世の色が濃い。ただ、この手紙には〈先日来ドラマを書きかけしが昨日にて初幕だけ書き上げ〉という報知があるが、これは当時古白が劇作を唯一の慰めとしていたためで、三番目の手紙は〈自作ドラマ〉の記述で持ちきっている。

此劇は作者か Vain speculation の末 Nervous disorder 中に出来たる者なれは作者の理想なといふ者は到底見出し得へきにあらず（三）

と一見ひかえめであるが、執筆中の感興はことのほか強烈であったようで、〈ほと〳〵沙翁をも叱咤する勢にて少くとも日本第一位〉とか、〈沙翁とユーゴーを調和し得たる感不一方御座候〉と、はなはだ意気軒昂である。〈せめてこれをたにこしらへてから一度出京すきへ《ママ》か何様不才の身筆を握て世に立ん事は思もよらす到底世の中くらしやうなく存候一寸言訳になるたけの事をして死ぬるやうな工夫はなきものにや〉。遁辞めいた言い回しながら、ここに古白の野心はまぎれもない。というより、近親から強く立志を促されている古白にとって、〈筆を握て世に立〉つ以外の道がありえただろうか。謙遜な言葉とは逆に、古白は『人柱築島由来』の評判に生涯を賭そうとしていたのである。「伝」において子規が、古白を死に至らしめた誘因の第一に、〈文学上の失望〉を挙げていたのはこの意味において正しい。

「築島由来」を携へて上京するや彼は以為く大文学者の名これによりて博し得べく、数百円の金これによりて攫し得べしと。此時彼の希望は頂点に達したり。然れども事実は空想と違ひ社会は之を歓迎せざりしのみならず之を評する者も少かりき（「伝」）

子規は〈彼は狂なり〉といい、生存の〈インテレスト〉を失った素因を先天の形質に見ているけはいがあるが、その分析は冷厳で間然するところがない。けれども、そこにも、かすかではあるが、子規の感情の破れ目が露呈し

ていないわけではない。古白の死後、おそらく子規は彼の死の理由について、繰り返し繰り返し思索したのであろう。ついに、〈古白の上はわが上とのみ覚え〉るところまで踏み込んだとき、子規の記憶は一種の悔恨の情をともなって、日清戦争従軍のため広島の大本営にむけて出立した二十八年の三月三日に遡ってゆく。

古白文学に志を立てし後は暗に余を以て競争者となしたる如く、（中略）されば余が従軍は彼をして余を嫉ましめしなるべく、彼は此時自己の境遇を顧て煩悶已む能はざりしならん。これも彼が世の中にインテレストを失ひし最近因なり。遺書の日付と当時彼が認めたる書状とは之を証するに足る。彼は自ら文学者を以て任じ余等には劣らじと誇りながら、生存競争に於て余に負けたるは古白の長く恨を抱く所ならん。（傍点引用者）

これを子規の思い過ごしとばかりは言い切れない。古白もまたその遺書に〈因果は渝ゆ可からず是界は適種生存なり〉と書きつけていたからである。抱月宛書簡に顕著なように、古白は親しい友人に、その恋人に、職業生活に、そして自家哲学の観念世界に自己同一化できず、実世界から遠離してしまった。抱月は古白の手紙類をさして〈故人の遺書ども〉と称したが、それらは、古白という存在がこの世から徐々に敗亡していく経緯を如実に示しているといえよう。

安倍能成はその自叙伝『我が生ひ立ち』（岩波書店、昭41・11）の中で、兄の栄からの聞き覚えとして、白石栄吉が〈古白は子規との競争に負けて死んだのだ〉と語ったことを記録している。白石は松山高等小学校の教員で、栄の担任だった。野間叟柳、大島梅屋、伴狸伴らとともに子規の運座に参会した松風会のメンバーの一人である。松風会内部に、右のような風聞があったことは注意されてよい。

5、厭世論論議の位相

古白が若い生命を絶ってから数日後のことであるが、日清講和条約（明28・4・17）が結ばれた。周知のように、日清戦争は日本の社会全体にはかりしれない影響を及ぼした。ことを文学界に限っても、この年、明治二十八年は二つの特異点によって際だっている。第一は、戦勝気運に乗じて有力な文芸雑誌が続々と刊行されたこと。「太陽」、「文藝倶楽部」、「帝国文学」、「青年文」、「文庫」等が相次いで創刊されている。第二は、戦中・戦後に顕著になった社会的ひずみを焦点とする悲惨小説の簇出。古白にも日清戦争に取材した戯曲『戦争』（「早稲田文学」明28・5）があるように、彼の死も文学も、そうした時代相と無関係ではありえなかった。

存命中といえども、仲間内ではともかく、文壇的には古白は無名の存在であったが、ひとたび彼の自殺が伝えられると、にわかに文壇の注視を浴び、ジャーナリズムに恰好の話題を提供することになった。この一事からも、古白の自殺の衝撃が小さくなかったことが推察されるが、その直後に巻き起こった厭世観をめぐる論争の経過もまた注目に値する。もっとも、浪漫的厭世主義や厭世哲学についての所説は、数年前から「文学界」や「早稲田文学」を中心に数多く発表されていたから、厭世論は文壇的には既知のテーマであった。ここでは、古白の死の残響としてあらわれた数カ月にわたる厭世論論議の帰趨を吟味してみたい。

論争はまず、「青年文学者の自殺」（「国民新聞」明28・4・21）という記事をきっかけとして起こった。

曩には透谷子あり、今ま亦早稲田文学に戯曲を掲げたる青年文学者某ピストルを以て喉を貫て死せりといふ。而してその何たる乎を尋ぬれば、某を識る人曰く、彼は人生の趣味を解せず、幾度か自殺を謀りて、遂に其目的を達したるなりと。自殺は心志の強勁を意味せずして、其脆弱を意義す、剛健雄大、気天地を圧する者亦何

ぞ死を思はんや

以上に続けて記者は〈「我は死し得べし」などと自殺を誇るが如きは、娼婦、丁稚にも劣り果てたる次第なり〉と罵詈し、文壇の〈不健全の空気〉の一掃を呼びかけて締めくくっている。伝聞にもとづいて書かれた記事である[18]せいか、論調にはやや無責任な放談の気味がある。論の骨子である〈自殺は心志の強勁を意味せずして、其脆弱を意義す〉という健康な楽天主義は、俗耳にはいりやすいかわりに、自殺者の懐疑や死の背景に対する同情を欠いていたから、多方面から反撃をくらっている。抱月はすぐさま筆を執って古白のために解嘲文を書き、田岡嶺雲は〈それ死は最も人の難むずる所、而して平々として自ら殺すに至つては、其衷情豈に大に悲しむべきものなからんや。而して今之を冷嘲し之を酷責するは豈刻忍の甚だしきものに非ずや〉（「青年文」明28・5）と非難した。

こうした論難を皮切りに、厭世（詩人）論がジャーナリズムの話題となって、数カ月のあいだ紙誌をにぎわせた。当時の状況について「早稲田文学」の〈彙報〉欄（明28・8）は、〈青年詩人と厭世観とは端なく世の一問題となり種々の新聞紙雑誌多少この事につき論ぜざるは稀なる有様となりぬ〉と報じている。彙報子の概括を借りて諸説（筆者の嘱目した主要なもの）を分類すると、論調はほぼ次のように分かれる。

（1）自殺者の惰弱を排する論

・「青年文学者の自殺」（「国民新聞」明28・4・21）

（2）詩人の自殺を嘆美する論

・「詩人の自殺」（「女学雑誌」明28・5）

（3）同情論

・「詩的厭世思想を論ず」（「裏錦」明28・5）

・「詩人と厭世観」（「日本人」明28・7）

・「厭世観」（「帝国文学」明28・7）

（4）浅薄ではないが、不健全とする論

・「青年文人の厭世観」（「太陽」明28・7）

・「世界観」（「八紘」明28・7）

抱月は「故湖泊子の為に嘲を解く」を「国会」（明28・5・1）と「早稲田文学」（明28・5）に発表した。両文は字句に多少の異同が見られるが、同文とみなしてよい。[19] 蛯原八郎の指摘以来、抱月文は先に引用した「国民新聞」の記事に対する直接的な反論として書かれたことになっているが、〈君が平生を叙して聊か生前の友誼に報いんとする所以のものは、世の伝者の誤りて君を累する多きを見るに忍びざればなり〉とあるように、「国民新聞」をも含め、一般に偏見と誤解を招きつつあった古白の自殺の実相を正しく伝えようというところに真意があった。

君が天賦の性格と過去の生涯とは、君をして遂に人生の価値と趣味とを認めしめず、其の田園に放浪して静に安立の問題を究めんとするや、常に理性の霊犀を自家が心性の上に燃して、不幸にも善悪、無差別生死一途といふが如き超絶的厭世より出離するを得ざりき（中略）湖泊子の自ら世を蚤うせしは決してさしも浅薄のものにあらざりしなり、君の人生を観ずるや、先づ端を自家の性格に求め、経験を縁として箇の厭世観を構へき、之れに説明を加へたるものは即ち君の自殺論なり

抱月は古白の〈自殺論〉[20]の論旨を摘記し、死因の純潔、真摯なるゆえんを説いている。まさに知己の言というべきであるが、しかし抱月は古白の思想傾向に同調したわけでも、容認したわけでもなかった。先の分類にしたがえば、その趣意は（3）にあるように見えるが、実意をただせば抱月の〈厭世〉に対する見地は（4）に近い。〈我れは固より有以外に有無く有の一字が万善の源泉なるべきを信ずるもの、君と根底に於て思想の脈を異にするがゆえに〉とか〈湖泊子の主義は非なりきといへども〉といった表現が、抱月の唯物論的な露頭を示しているはずであ

る。不健全を難ずる代表的見解は、高山樗牛の「青年文人の厭世観」であろう。樗牛は青年文人の厭世思想と自殺の関係について、

是れ詮ずる所人道に対する道念の浅くして理想と現実との関係を弁へざるの罪に座するにてもか丶る傾向の基督教の青年に多きこと訝かしけれ吁之れ健全なる実験的知識の乏しき青年が悤に宗教の中に安心の地を求めんとしたる弊に非るか

と述べ、おそらくは「文学界」同人あたりを念頭において、因って来たる理由をキリスト教信仰に見ている。また、古白の自殺については、

三十足らずの黄口の書生が其の小やかなる胸の中に自分勝手の三段論法を組立て丶拳銃往生を遂ぐるが如き其情洵に憐むべしと雖も其愚洵に笑ふべく其罪洵に悪むべし

と切り捨て、明治社会に生きる青年詩人の苦悩や懐疑を、現実に足がついていない観念論として一蹴した。その居丈高な論調には、詩人の厭世思想を個人の病理に帰す彼の立場がよくあらわれているが、戦勝国日本の民族的勢威に裏打ちされた樗牛の国家主義的な見地からすれば、個人の自殺など小事にすぎない。そして、まさに樗牛が避けて見まいとしたところに視点を定めて、透谷や古白の自殺に満腔の同情を寄せたのは田岡嶺雲である。嶺雲は「青年文」や「日本人」において、詩人の厭世観が十九世紀文明の病態というべき唯物的風潮の必然であることを説いた。

唯物的の風潮は社会の民を黄金崇拝とし、軽佻となし、浮靡となせり、世を逃れむ乎、機関の響きと烟筒の烟は器械的文明の徴号として山翠りに水清き辺をも俗化せしめぬ。世は逃がる丶も得ず、世に処るも得ず、彼（詩人―引用者注）は当さに何の地にか其安慰をもとむへき。（「詩人と厭世観」）

他方、古白の死にざまに、同情の域を超えて共鳴し、また嘆美したのは「文学界」派の人々である。馬場孤蝶の

「湖泊堂を悼む」（「文学界」明28・4）は悲傷を湛えた美文によって古白の死を哀惜している。

　同人相集まりて、小金井に春の行方を訪はんとするの朝、はしなくも君が訃に接し、相顧みて凄然たりき。（中略）少壮英俊の気僅かに人柱築島由来に其の一端を漏らせしのみにて、江湖に徒らに薄命の運を歌はれむこと、豈痛心傷情の種ならずとせむや。聞く君常に自ら狂せりと、嗟、噫、人世の事常に非なり、壮志焉んぞ痛恨の思なからむ、熾情何ぞ狂に類するの感なからむ。

　春の朝、「文学界」の同人たちに古白の訃をもたらしたのは、子規の友人として、日本派の俳人とも親交のあった大野洒竹であったろう。[21] 孤蝶の追悼文の末尾には孤蝶、洒竹、星野天知の追悼句が添えられている。また、「女学雑誌」は古白の名こそ出していないが、〈詩人、美を慕ひ、美を念ひ、念々切慕して、悠然、渾然、一化して、彼の郷に入るとき、世人は則はち曰く、自殺せりと。豈に安くんぞ殺すことの生くることを知らんや。（中略）悠々たる天地、別にあるあつて存す、渠等は、莞爾として此に帰休するのみ〉（「詩人の自殺」）と自殺詩人の運命を称美した。けれども、おそらく古白と「文学界」の同人とは洒竹を除き面識はなかった。孤蝶は〈我君と一回の面識だもあらず、又未だ深く君が熱誠の文字を味ふの機会を得ざりき、されど我は尚君が死を路傍未見の士の逝けると同一視するを得ざるなり〉記している。古白に対する彼らのこうした同志的親愛感はどこから来たものであろうか。早川漁郎（戸川秋骨）の「近年の文海に於ける暗潮」（「文学界」明29・1）は、前年に流行した〈深刻と云ふ名を被りたる一種の小説〉＝悲惨小説については、〈深き注意を呼ふに足らざるものならん〉と短命を予測し、〈抑も此暗潮の其の極に達したるは蓋し透谷子等が死したる悲惨なる事実にあるべし、同子の死したるは明治二十七年の六月なりき、而して二十八年の三月には湖泊堂の死ありき（正確には透谷の死は五月、古白は四月―引用者注）〉と述べている。「文学界」の同人たちは、彼らに深甚な衝撃を与えた透谷の自殺に、古白のそれを重ねて、そこに両者の運命の同質性、すなわち浪漫的厭世主義の極地を見ているのである。今日においても、両者の資質的、文学的類

縁性を説く論者は多く、[22]二人が晩年、全精力を傾けて没頭した戯曲に限っても、その構想、テーマに驚くべき類似が見られるのは確かであるが、その芸術観や文学観が同根のものであるか否かについてはなお検討の余地がある。また、古白がその遺書において、自らの自殺を厭世家のそれと注意深く区別していたことからいえば、「文学界」同人の古白理解を好意的な誤解といえなくもないが、古白と「文学界」との結びつき、因縁も決して浅くはなかった。[23]古白の従弟、服部嘉香によれば、古白の愛読書の中には「文学界」の浪漫主義の経典に数えられる〈綺麗な赤い絵紙で表紙をこしらへたバイロンの詩集があつた〉(「四国文学」)由であり、服部自身古白の遺した「早稲田文学」や「文学界」を手にとって若い心をおどらせたものであるという。すでに透谷の自殺に遭遇していた「文学界」のメンバーのなかで、古白の自殺に対する〈痛心傷情〉の結果、著しく厭世的な傾きを見せたのは孤蝶である。〈不遇の詩人〉を蝶の命運になぞらえた彼の「蝶を葬むるの辞」(「文学界」明28・8)は、〈頑迷なる社会は彼を遇するに狂者を以てし、彼を敵視し、彼を迫害し、彼の詩想を虐殺す〉と告発し、〈瞑せよ、運拙なき蝶よ、世は遂に我等のものにあらず〉と結ばれていた。古白の不幸は、彼の弧絶の苦悩に感性的に共感する孤蝶のような知己を、ついに身近に持ち得なかったことであろう。

以上、古白の自殺に触発されて沸き起こった厭世論の帰趨をたどってみた。論議の意義を過大に評価するのは禁物であるが、論議それ自体は、〈我が邦現時の思想海はセンチメンタリズム、もしくはヱルテリズムともいふべき一道厭世的暗潮の流れつゝあるは事実なるが如し〉(「早稲田文学」明28・8)とする時代思想の表徴として、明治二十年代から三十年代の中葉にかけて日本の文壇を風靡したウェルテリズムの文脈のうちにあった。[24]もっといえば、厭世主義はなにも文学者の特権的専有物などであったわけではない。たとえば、当時「国民の厭世観」(「大阪朝日新聞」明28・9・1)の筆者が警告を発していたように、〈戦勝の余光〉のうちにすでに一般に胚胎していたものなのである。〈個人の厭世心は自家の衰亡を招くを免れず、国民の厭世心　独り国運の衰運を免れんや〉とすれば、

古白の自殺が招来した厭世観をめぐる論議は、文壇の一隅における病理的現象にとどまらない時代の典型的な課題であったといえよう。

注

（1）上田三四二「事典的方法」（講談社版『子規全集』第二十巻「解説」、昭51・3）
（2）桶谷秀昭「子規の周辺」（『滅びのとき昧爽のとき』小沢書店、昭61・11）
（3）河東碧梧桐『子規の回想』（昭南書房、昭19・6）に、〈坪内逍遙のセクスピアの講義のまねをして笑はせたこともあつたが、（中略）早稲田で何かの余興のあつた時、振袖を着て女形をやつた、といふやうな話をして、劇作者と俳優とは、もと一つのものだ、劇作の苦に比べれば、俳優の所演は何でもない、と自画自賛の議論を独演したこともある〉という回想がある。古白はまた、逍遙が新時代の劇作家の出現を挑発した「功過録としてのシエークスピア」（「早稲田文学」明27・7）を読んでいたはずである。
（4）碧梧桐の前掲書に、〈自ら天才呼はりをする古白を嘲笑の的にして、其の病的発作に思ひ及ぶことの無かつたのは、真に悲むべき我々の錯誤であつた〉とあり、また〈古白の継母磯子刀自の追憶談をきくと、書生時代古白の最も心服したのは子規であるらしいが、なぜか子規の方では、余り古白に重きを置いてゐなかつたやうだ〉〈我々も子規から古白に就いては、困つたものだ、といふ程度以外余り話をきいた覚えはない〉と証言している。
（5）秋庭太郎「劇文学に於ける北村透谷と藤野古白」（『日本新劇史』上巻、理想社、昭30・12）
（6）秋庭太郎「劇文学に於ける北村透谷と藤野古白」（『日本新劇史』上巻、理想社、昭30・12）、「明治近代戯曲のあゆみ」（筑摩書房版明治文学全集86『明治近代劇集』昭44・3）
（7）河竹繁俊「藤野古白」（『現代日本文学大事典』明治書院、昭40・11）
（8）子規宛古白書簡は講談社版『子規全集』別巻一に六十二通、別巻三に四通（ただし、一通は重複）収録されている。ほかに、子規自身が書簡本文のみを綴じて一冊とした「雁のたより　明治二十五年迠　馬骨生」（天理図書館蔵）に十八通、ただし、このうち「筆まかせ」所載の一通が全集に収録されているから、現状では都合八十二通にのぼる。

(9) 服部嘉香「子規と古白と拓川」(『正岡子規　夏目漱石　柳原極堂　―生誕百年祭記録』昭43・2)
(10) 河東碧梧桐記「始めて上京した当時の子規―藤野磯子刀自談」(『俳句研究』昭9・9)
(11) 高橋昌郎『中村敬宇』(吉川弘文館、昭41・10) 参照
(12) 北川忠彦「藤野古白の一生」(前出)
(13) 講談社版『子規全集』第十巻に参考資料として収載された「常盤会及常盤会寄宿舎史」(大4・5)の名簿にも、古白については〈早稲田文科卒業〉と記されている。
(14) 一例を示すと、〈気焔をあげた後には、いつも突然深い沈黙に落ちて、死を口にするのだつた。別に慰めるべき言葉をも見出し得ないでゐる中に、眼鏡の奥の方の眼瞼を痙攣的に動かしつゝ、又洒落半分の話をして賑やかに笑ふのでもあつた。当時下駄の鼻緒の色がどうだとかいふやうな事を気にしてゐる者が、死にたい〳〵と言つたつて容易に死ねるものでない、と古白の口癖を暗に冷笑したこともあつた〉(碧梧桐『子規の回想』)という。
(15) 手紙に先立って、〈亡友藤野古白、其の頃は本郷湯島の寓にありて、我れもうき世に倦きはてぬと、一と日溘焉として白雲の郷に去る云云〉(一記者しるす)とあって、この記者は当時「新著月刊」の編集を担当していた伊原青々園、小杉天外、水谷不倒、抱月、宙外の中の一人であるが、『古白遺稿』に収録された抱月の追悼文に、八月七日付の手紙の終末部が引用されていることから、抱月宛の手紙であることがわかる。
(16) 抱月「飄逸な天才」(『四国文学』)によると、二百枚もある卒業論文の草稿を抱月にみせ、欠点を指摘してやると、二、三日のうちにまた百五十枚もあるものを書いて来てみせたという。
(17) 〈生前の古白は何物にも興味を有しやうとした人である。哲学者になつて前人未発の一大真理を発見して大きなシステムを作らうと思つたり、又は多少狂的な自分の頭脳を研究する為めに心理学者にならうと思つたり、又一躍して日本第一の脚本作家にならうとしたり、そのする事が何れも飛躍的で、無秩序である。そして前の興味と後の興味との間には何等の連絡の無い事が多い〉(服部嘉香「古白は天才の人である弱者である而して空想家である」)という指摘がある。
(18) 記者のニュース・ソースは、おそらく国木田独歩である。独歩は古白が死んだ翌日、「国民新聞」から雑誌『国民之友』の編集にまわされているが、『欺かざるの記』によると、四月十一日の夜、金子馬治(古白の一級先輩)から

古白の自殺について聞いている。

(19) この解嘲文が「国会」に掲載されたいきさつは不明。当時の紙面は、戦勝後惹起した三国干渉、台湾総督府問題の記事で持ちきっていたから、個人的な問題を論じた同文の掲載は異例のことではなかったか。

(20) 蛯原八郎は、〈「国民新聞」の如きは、彼の『自殺論』中に「娼婦丁稚すら悠々自殺するの勇あるにあらずや、我は死し得べし。」とあるのを引いて「娼婦丁稚にも劣れる次第」だと痛罵した〉（前出）と、あたかも「国民新聞」記者が古白の『自殺論』を読んでいたかのように書いているが、古白が『自殺論』を公にした事実はない。抱月文からの類推と思われる。抱月は〈自殺論の稿〉といっており、記述の内容から推して、彼が〈故人の遺書ども〉と称した抱月宛書簡と考えるべきであろう。

(21) 洒竹の編んだ「残雨集」（「文学界」明28・6）には、「湖泊堂を悼む」と題して増永煙霞郎の俳句二句が収録されている。

(22) 秋庭太郎『日本新劇史』（前出）、久保田正文『正岡子規と藤野古白』（前出）参照。

(23) 北川忠彦は古白が〈僧に請うて髪を剃り如意を携えて上京した〉（前出）事実について、『春』の島崎藤村（岸本捨吉）を思わせると書いている。古白の剃髪の動機は不明であるが、漂泊の旅を好んだこと、宙外が〈失恋の詩人〉と呼んでいたことなどを思いあわせると、あながち無稽な説とも思われない。

(24) 文壇のウェルテリズムについては、ほかに「太陽」（明28・7）、「帝国文学」（同）等にも指摘されている。明治期のウェルテリズムの流行については、星野慎一「概観―ドイツ文学と日本近代文学」「ゲーテ」（『欧米作家と日本近代文学』4、教育出版センター、昭50・7）参照。

II 正岡子規『筆まかせ』と少友古白の形成

1

初期文集『筆まかせ』は講談社版『子規全集』第十巻において、はじめてその全容を顕わした。自筆の原本〈全四冊〉は現存の内容のままに〈全文忠実に復元〉され、解題によれば〈子規自らが抹消し、または削除したと思われる項目で、目録のみ存して本文を欠くもの、また切り去ったあと意味の通じないままのものも、すべて収めた〉という徹底ぶりである。断簡の類も含め本文が確認できる掲載項目数を編次別に示すと、

第一編（明治十七年〜同二十二年）百八十二項目

第二編（明治二十三年一月〜同年三月中旬）八十四項目

第三編（明治二十三年三月十五日より）七十項目

第四編（明治二十三年九月十五日より）二十四項目

第四編には、これ以外に（明治二十五年九月二十一日より）三項目と「常盤豪傑譚」、年次不詳の四項目が加わる。執筆期は十七年から二十五年にまたがるが、第二編、第三編の全てと、第四編の大半が二十三年の記録であって、その数は百七十八項目に及んでいる。これを項目数の編次別・年次順の一覧表(1)によって閲すると、この年だけで総項目数のおよそ半分を占めており、『筆まかせ』の大部分の記事が二十三年前後に集中的に書かれていることがわ

かる。その時期は子規の第一高等中学校から文科大学在学期間にほぼ該当する。『筆まかせ』の執筆あるいは編成の盛期が、いわば子規の青春のさかり、本郷真砂町の常盤会寄宿舎時代と重なっていることは留意されてよい。

他の編の編成と比べると第四編は明らかに不備である。目録以外に索引まで付けられた第二編には及ぶべくもないとしても、まず錯簡と思われる年次の乱れがあり、それまでの体裁と異なる「常盤豪傑譚」が突出し、年次不詳の断章で終って未完の印象をぬぐえない。その限りでは『筆まかせ』は文集としての首尾を全うしていないのである。全集の編者は、こうした第四編の不備、とりわけ「常盤豪傑譚」のあつかいに窮したものとみえ、本編とは〈本来別綴のものであろう〉と推定、また年次不詳は後年のものと傍証し、『筆まかせ』独自のものとして示す場合には以上の数を省くのが妥当であろうと暗に除外を示唆しているが、いかがなものか。除外することで整合性は得られるにせよ、未完の魅力、あるいは内在する（はずの）子規の意図を見落とすことにはならないだろうか。少なくとも未完の文集という外形は外形の問題にとどまらず、当然のことながら内部の仕組みとも相関していよう。

『子規全集』第十巻は『筆まかせ』をその内容として「初期随筆」の名で呼ばれている。確かに子規は〈筆まかせ〉の書き物を発想した当初から、すでに随筆というジャンル意識を明確にもっていた。二十二年の「随筆の文章」（第一編）の項で、子規は制作途中にある『筆まかせ』を友人の竹村鍊卿に読ませるに際し、次のように断わっている。

此随筆なる者は余の備忘録といはんか　出鱈目《でたらめ》の書きはなしといはんか　心に一寸感じたることを其まゝに書きつけおくものなれば　杜撰《ずさん》の多きはいふ迄もなし　殊にこれは此頃始めし故書く事を続々と思ひ出して困る故　汽車も避けよといふ走り書きで文章も文法も何もかまはず　和文あり　漢文あり　直訳文あり　文法は古代のもあり　近代のもあり　自己流もあり　一度書いて読み返したことなく直したることなし　されば其心して読み給へ。

子規の随筆に〈余の備忘録〉という面があったことは否定できないが、知友への回覧を前提して彼らの批評眼にさらされていた以上、むろん〈出鱈目《でたらめ》の書きはなし〉などではなかった。また、何でも〈心に一寸感じたる其まゝに書きつけ〉るという性向も、ごく若年からのもので、なにも今にはじまった習慣ではない。子規はしきりと予防線を張りつつ、書く材料が次から次とわいてきて困るので、つい走り書きの拙速主義をとらざるをえず、ために、文章や文法がいろいろになるというのだが、ことの順序はむしろ逆であろう。子規の旺盛な好奇心に見合う数々の事象、外界の対象があまりにも多様かつ無秩序をきわめているので、もちまえの文章や文法では対処できない。雑多な対象を領略しようとすれば、あらんかぎりの文章や文法を駆使して表現し続けるほかないのである。子規が試みた手法の多様さは、その成果の〈驚くべき豊富さ〉と表裏の関係にあるといえよう。『筆まかせ』を評して〈正岡子規のすべてがそこにある〉(2)といわれるゆえんである。ためしに、その全容を区分けして自伝・実作・批評・紀行・書簡・交友録等と分類しても、あるいは第二編に施された索引にならい俳諧・都々一・常盤会・女・学校・歌等々と対象を列挙しても、その〈驚くべき豊富さ〉を網羅することは容易にはできないに違いない。現在まで『筆まかせ』が子規の若書きとして、せいぜい重宝な伝記資料の供給源ぐらいに見られてきたことからいえば、これは途方もない事態ではなかろうか。随筆というジャンル意識から出発した『筆まかせ』が途中から、随筆以上の何ものかに変容したとも考えられる。その見やすい例証は、第二編以降、偏って大量に盛り込まれた自他の書簡、往信・来信の数々である。

金井景子「交響する小宇宙―正岡子規『筆まかせ』の世界」(「季刊・文学」一九九一・四)は『筆まかせ』の構造的特徴を〈自筆稿本で読むことや周辺の文集群と関連付けて捉え直すことを通して〉俯瞰し、これを〈生成と解体を無限に繰り返す書物〉と定位した秀抜な論文であるが、表現としての書簡導入の興趣にふれて、〈第二編以降における書簡の導入は、『筆まかせ』の世界を一挙に多声的で奥行きのあるものにしたが、子規はそれらの書簡が他の

記事と同様に面白い随筆として読まれるための工夫を惜しまなかった〉と評価している。

『筆まかせ』に限ったことではないが、子規は生涯を通じて媒体としての書簡の効用を存分に利用した。友愛の持続や相互啓発のため、ときには批評の戦略として。その集積が全集の第十八巻、十九巻収載の子規書簡（一一〇九通）である。筆まめな子規は自らの手紙ばかりか知己から届いた手紙の数々を別紙に写す労をいとわず、来信の多くを編集し面白い読み物として提供し続けた。

ところで、「子規あての書簡」（別巻一）、その他に収録されている来信の中で、最も多いのは藤野古白の八十二通である。(3)『筆まかせ』に原形をとどめる古白書簡は三十二通にのぼる。『筆まかせ』では夏目漱石との往復書簡や、大谷是空とかわした「お百度参り」（葉書に俳句・絵・短歌を書きつけたもの）のシリーズが有名であるが、古白との文学的なやりとりも注目に値する。手紙ばかりではない。随筆中の登場人物として、あるいは素材として古白はその存在を顕現している。

子規は「交際」（第一編）で朋友の品等や自らの交際のありかたを分析し、〈己れ良友を得る時ハ之を他人に紹介することを好み　又は他人をして其性質を知らしめんが為に　他人の前にて喋喋と賞揚することあり　随而此随筆中にも処々に良友の性格を現はすを好む也〉と述べたあと、いかにも子規らしい見立ての趣向で、十九人の朋友のそれぞれに愛友・良友・好友・敬友等の評語を加えたリストを掲げている。漱石は畏友、是空は親友。古白は本名藤野潔の名で少友とある。年少の友人の謂であろう。「少友」には子規の慈しみの視線が自ずと感じられる。古白は子規の母方の従弟で、四歳弟。敬愛する子規から、並みいる朋友たちに伍して「少友」と呼ばれた古白が、そのことを光栄としたであろうことは想像に難くない。

本論では、『筆まかせ』中の随筆、書簡に隠見する古白に関するトピックスを事例に、子規との交友の軌跡やその背景を考証するとともに、記事の配列その他から『筆まかせ』編成の機微にふれてみたい。

2

『筆まかせ』に現存する古白書簡の項目別リストを作成すると(4)、そこにいくつかの特徴を見てとることができる。三十二通のうち、最も日付の古いものは二十一年九月十六日、最も新しいものは二十四年一月一日。期間は古白の十代後半、十七歳の秋から二十歳の正月までである。子規は書面をまとめて転写する際、順序にはわりにむとんじゃくで日付が前後することがままある。しかし、読み物として読む分にはまず子細はない。また、「雁翎の連歌第一」、「雁の連ね文字第一」など松山の親戚、友人からの来信を集めた「雁」のシリーズや、古白の雅号を冠した「弥生春風氏手簡」のように手紙が写された可能性のある項目で本文の欠落したものが相当数あり、かなりの削除が行われた。削除があれば追加も見られるが、年次順に配列された手紙のあとに数年前のものが付加されているケースなどは例外というべきで、そうした編集の作為から逆に何らかの企図が子規にあったと推定できる。

現在まで、書簡を手がかりに古白と子規の関わりを検証した先行研究には和田茂樹「古白と子規―逸文、古白書簡をめぐって」(「愛媛大学法文学部論集・文学科編」昭48・3)がある。昭和四十年代後半、講談社版『子規全集』が編集段階にあった当時、和田を中心に精力的に進められた資料整理の過程で多くの新資料が発掘された。和田は『筆まかせ』自筆稿本所載の古白書簡のうち、〈未刊のもの〉すなわち自筆本にあって、改造社版全集で削除されているものと、抹消したまま判読できるものを主として復元し、〈子規との関連において古白像の新しい一面〉を浮かび上がらせた。三十二通のうち、和田の引例は十五通(明治二十一年秋から二十三年春まで)で、残り十七通の検討は中絶し、論文も未完に終っている。以下、和田論文の成果をふまえながら、古白がどのように成人への階梯を歩んだのか、その生活上、文学上の道筋を一望してみよう。

成人するまでの数年間に、古白は生活面で二つの危機に見舞われている。一つは人生途上にある青年に通有の進路問題である。明治二十一年の夏休みを、古白は子規と三並良と共に向島で過した。前年の夏以来、脳を痛めていた古白の療養がその目的の一つだったといわれている。九月からは横浜の商業学校の夜学に通いはじめた。父の漸によれば、当時の古白には子規のような才識もなく、書物はむしろ嫌いな方だったので、〈近年ハ商業ノ見込ニテ〉横浜行きとなった。二十一年の四通は全て横浜からの発信である。(5)

生まれてはじめて親元を離れた心細さもあってか、物価高や下宿の賄いのまずさに閉口し、つくづく世間の風が身にしみたのであろう。第一便では〈横浜ハ学問を教ゆる処にあらず人情を教ゆる処〉〈人情トハ親の愛、処世の難、他人ノ冷淡等ヲ云ヒ顕スモノトス〉と訴えている。一週間後には、〈向島に今咲く花〉の絵とか俳句を、向島に居残っている子規に書き送った。この第二便には、〈政治ナレ文学ナレ武ナレ文ナレ　何ニテモ僕ノ解シ得ル事ニテ有益ナル事ハドシドシ御教示下度候〉という一行があり、心服する子規から何もかも学ぼうとする古白の熱心と、知への広い関心が芽ばえている様子がうかがえる。これまで、うかうかと遊び過ごしていた古白に、向学の大切さを説き、間接に横浜行きを思いつかせるきっかけを与えたのも子規であるらしい。後年のこと、『古白遺稿』(明30・5)のために著わした「藤野潔の伝」(以下、「伝」と記す)の中で、子規は古白に向かって立志を促した日のことを追想して次のように記している。

古白と共に向島に在るや余は注意を与へたり。曰く目的をしかと立てよ。目的立ちたらば飽く迄其目的に向つて進め。今にして一生の計を為さすんば老いて悔あらんと。説くこと半なる頃、今迄うつむいて黙つて居たる彼はほろ〳〵と涙をこほしぬ。彼は泣き居る者の如し。余は叱りもせす命令もせす、只愉快に話し居たるなり。されとも古白は泣き出だせり。其意殆ど解すべからず。

向島に滞在していた夏のある日、年少の古白を励ますつもりで、目的を決めて努力しなさいと奨励した。叱った

わけでも命令したわけでもない。むしろ愉快に話していたはずなのに、それまでうつむいて聞いていた古白は突然泣き出した。ことの意外な成り行きに子規は戸惑い、のちのちまで深い怪訝な思いを残したようである。

前便から一ケ月後、古白は子規に自らの進路に関する相談をもちかける。商業学校を二、三年で卒業したとして、さらに〈学校へ行クカ　其ヲ止メテ実地ニ行クカ〉という相談である。自身では学校へ行く方に決めていると言いながら、在学中でも〈例ノ事〉が実現する機会に恵まれたなら、〈修業を捨て之を取る可キヤ〉などと優柔な態度を見せている。あろうことか、それから半月後の第四便では〈最早出京ス可シト存シ〉とあって、卒業後の進路どころか、商業学校の退学は既定のこととなっている。〈例ノ事〉とは必ずしも明確ではないが、文面に語学（ドイツ語）等を修業し、〈アノ地へ行キテ一ト難義《ママ》ヤロウト存候処　製糖会社ハ最早後レタリ〉とか〈渡航前〉などとあることから、その当時、大部分がドイツ領であった南洋群島へ進出する大望を抱いていたと推定される。一連の相談に子規がどう答えたか、返書は残されていないが、「伝」の、

明治二十一年の頃より智識も感情も著く発達せしかども意思は少しも発達せず。最早悪戯の為すに足らざるを知り、更に大なる架空的の希望を生じながら、之を実行せんとする勇気は無かりき。

という子規の観察は、このときの経緯を評したものであろう。何事に対しても自己決定が下せず、たとえ〈架空的の希望〉であれ、それを実行しようとする勇気もなかったし、成算もなかったのである。第四便から推して、古白は年内にも帰京したはずであるが、和田の指摘にもあるとおり〈その後二十二年七月迄の半年余の古白の動向〉ははっきりしない。父の漸は前出の手紙の中で、〈帰京して慶応義塾ニ通学致し又転シテ神田ノ英学校に行ク等頻ニ転校シ〉というていたらくであったと記しているが、近年の調査では、慶応義塾への入社年月は十九年四月一日であることが確認されており[6]、記憶に錯誤があるにせよ、相変わらず古白が半間な境遇にあったことの傍証たりえていよう。

もう一つの危機は精神障害の発症である。二十二年の六月頃から神経に異常が現われはじめ、秋にはいっそう深刻な様相を呈するようになる。九月、帰省からもどった子規が古白を麻布の自宅に訪ねると、義母の磯が現われ古白の病状をささやいた。驚いた子規が病床に近づくと、〈余を見て大哲学者来れりと大呼す。而して自ら許すに大美術家を以てす。喃々喋々口を絶たす〉（「伝」）という有様で、古白は手がつけられない躁状態にあった。自称〈大美術家〉は〈グレーテスト・ポエット・ヲフ・ジヤパン〉(7)の意であるらしい。

その後の経過を漸書簡によって略記すると、十月二十六日以後、〈何トナク眼色変リ三〇日位ヨリハ追々相募リ徘徊など奇行が目立つようになった。十一月七日の夜には〈発狂体ニ相成終夜寝ニ就クヲ欲セス〉自死を図るそぶりが見えたため、やむなく八日の朝、巣鴨病院に入院。入院直後の有様については、子規の大原恒徳宛書簡（十一月十日）が詳しい。子規が見舞ったその日、古白は極度の抑鬱状態にあって、ほとんど口をきこうとしない。なんとか古白の気を浮き立たせようと謡曲を謡い、発句連歌の類もためしてみたが、はかばかしい効果はなかった。快復の見込みについて医師にただすと、おおかた快復するだろうが、〈外戚に遺伝ありといふ故如何や〉という思いがけない問い返しにあって子規は驚愕する。遺伝病の有無を問う子規に、大原の叔父がどう答えたかは知られていないが、以前からしばしば脳痛を患うことのあった子規に思いあたるふしがなかったとはいえない。

漸は松山在住の次兄服部嘉陳に、退院後の古白が松山で静養することの可否を相談した結果、子規からの手紙ですでに事情を知っていた大原や正岡等の考えなどを斟酌した、嘉陳からの次のような助言を得る。(8)

大原家は子供が多く騒がしいので何処かに一間を借り、正岡の後室や大原の御老人がおだやかに介護されるがよかろう。又潔が帰郷する時は磯（漸の妻）が付添うとの話だが、万一潔が興奮でもしたら、とても女の手に負えるものではないから、他の松山人か子規に任した方がよい

古白が退院したのは十二月十五日。帰郷する古白に同行したのは子規である。彼が付き添いに選ばれているとこ

ろに、親族の間での信任のほどがうかがえるが、同じ年の五月に喀血した子規自身の療養をかねての帰省でもあった。このときの記録は「十二月帰省」（第一編）と題する紀行として残った。十二月二十四日、古白と共に新橋を発ち、大磯、浜松、名古屋に泊まり、神戸から新八幡丸に乗船、二十八日三津港に到着している。東京から五日間という長道中の意味は服部嘉修に指摘があるように、あくまで〈潔の病気を配慮してのことで、その費用は藤野が負担したであろう〉。子規にとっても、冬期の帰省ははじめてのことで〈帰郷後ハ時候の温暖（東京に比して）なるが為に再生の心地し　七年ぶりに故郷の雑煮を味へり〉という至福を享受している。至福といえば、第二編冒頭の「明治二十三年初春の祝猿」には、けうの出来事として愉快をきわめた祝祭的な時間が綴られている。一月五日、三津の生巣（潑々園）で、太田正躬・柳原正之・秋山真之・古白と共に祝宴を開いた。表題に「祝宴」とあるべきところ「祝猿」とあるのは「沐猴冠者」を名乗る子規をはじめ面々を四国の猿に擬するとともに、大酒を食らって顔が赤いことを諷したのであろう。歓をつくしたこの日の記憶を、子規は〈空前絶後の会なりかし〉と結んでいる。しかし、五人が一堂に会した奇縁を喜ぶ子規の筆に古白の姿容はとらえられていない。あえていえば、都々逸風にしゃれた〈書生は三人紳士は二人三津によつたり五人づれ〉の書生の一人ということになるが、ほとんど不在の印象さえある古白と対照的な子規のはしゃぎぶりは、いまだはかばかしくない古白を慰め励ますための気配りでもあったに違いない。子規はまた、同じ月のエピソードとして「図引」（第二編）を書いている。古白が〈自分の地面に建てるべき借家の間取りの図〉を引いたとき、納戸押入の類がないと注意すると、なるほどといって書き改めた。再度見直すと納戸どころか肝心の便所がない。これは大変だと大笑いしたという逸話である。二人して笑い興ずることで、それまで沈みがちであった古白に、あるいは変化のきざしが生じるということがあったかも知れない。実際、翌年の四月上京するまでの一年有余、子規に宛てた手紙の数々には以前と異なり、明らかに諧謔への指向が顕著である。

貴兄御出立後はとんと上気ならぬ鬼界が島春かんと日を暮し申候　近頃は又大和屋の水滸伝をかり武松な小生も是等は少しつ、勉強仕り居候　俳句も腹をしぼりて初五文字やう〱位の事にて　とかく面白からず　枯木の身の上を打ちなけき申候（第二編、二月六日）

子規が帰京したのは一月末。あとに残った古白は一人置き去りにされたようなむなしさを感じたのであろう。上気ならぬ古白は、（上気から子規の雅号丈鬼を連想し）鬼界ケ島の俊寛《しゅんかん》に比すべき我が身の境遇を哀れんで、春ののどかさ（春閑《しゅんかん》）にありながらはや枯れ木の身と嘆いてみせる。さほど巧みなレトリックとはいえないが、枯れ木の身と嘆いているのが少年であるところにおかしみがある。文面のように、ときに無聊をかこつことはあっても、そこには少なくとも心のむすぼれや屈託は感じられない。古白の無聊を慰めたのは読書であり、俳句であり、また、神社の祭礼に出かけたとか、親戚の転宅の手伝いをしたとか、〈御母堂様と御同道にて大山寺《ママ》へ出懸け名物こんにやく喰ひての気晴らしを致し候〉（第三編、五月十二日）といった日常の些事を子規に報告することであった。子規にしても〈まつ山一同こきけんにて老人は雨にぐち子供はハ《ママ》飴に口位な事にて小拙はながまんみじかうたに日をなかしとせす〉（同、六月七日）などという軽口を交えた近親のうわさを楽しんだに違いない。

身共は日々の仕事なきにくるしみ　近頃旅行を思ひつき居候得共君にも御帰省の節ニハいしつち久万山あたりへ出懸け候へくと在居候ニ付　さし向き行くさきもなく香雲の額にそらながめ致し居候（同、五月下旬）

夏の到来とともに心身も順調に快方にむかっている古白にとって、外出といってももはや近隣の散策や遊山では物足りなくなっている。子規の松山の私室には武智五友の書いた「香雲」の額がかかっていた。香雲は少年子規の雅号である。古白はその額を見上げつつ、子規の影像を空想裏に夏雲と重ねながら、彼の帰来を待ちかねているのだ。七月上旬、帰省旅行を試みた子規はその経過を「しやくられの記」上編に書いているが、その中で今夏の帰省の理由として、病気のため、他国へ旅行するだけのお金がないため、につづいて〈故郷にある藤野胡伯に逢はんた

め〉と自記している。予定どおり帰省した子規は、八月中旬、親戚の大原尚恒、歌原蒼苔と古白を連れて久万山へ登り、菅生寺、海岸寺に詣でる旅を行い、古白の望みを実現させた。子規がこのときの紀行を「しやくられの記」中編として執筆したこともよく知られていよう。

このころ朝早く起き日ことねらひ狩りに出かけ候ところ御承知の通りの近眼故鳥はめつたに手にとれす候得とも the music of nature を聞く耳さとく相成り夜中とこにありても鳥の声はつきりと聞ゆ（同、九月秋

秋になると、古白は運動のため、猟銃を携えて山野を跋渉するようになる。遠く離れた子規からすると〈嘸御愉快の事と奉健羨候〉〈楽みは鳥にあらず山野にあり〉（十一月上旬）という風雅な遊びになるが、松山の親族にとっては必ずしもそうではなかったようだ。保養中の古白の後見役であった嘉陳は漸に宛てて、〈凡そ殺生も竿籠網位ハ普通のことだが、鉄砲となると極めて危険であり奢侈品といつていい。そして身の廻り万端衆に目立ち困り候もの也〉（九月三日）と不慮の事故を懸念する手紙を寄せている。(9) しかし、狩猟といっても本人が告白するように獲物はほとんど捕れなかったから、心配は杞憂といってよいが、むしろ嘉陳の次の心配、古白の〈身の廻り万端衆に目立ち〉というダンディズムこそ、(10) 地方ではやっかいな風聞を生んだのではなかろうか。

二十四年元旦の手紙に〈ことしハ人もいひ自からも都ニ帰らんと定め〉とあって、古白の上京はもはや決定済みのようであるが、実際には四月まで延引する。遅延した理由は不明である。しかし、私見によれば、精神障害の起因の一つは自身の進路問題や将来への不安が招いた惑乱によるものと想像されるから、この時点ではまだその後の進学先を含め、将来への具体的なプランは未定であったと考えられる。

3

二十二年以降の古白書簡には、たいてい自作の俳句が書きつけられている。子規に見せるためである。古白が大原其然の主宰する俳誌「真砂の志良辺」に投句した時期は、すでに確認されているように、二十二年九月から二十三年十二月までである。

秋か是（秋風）は空いっぱいや星月夜

「真砂の志良辺」（明22・9・12）に掲載された古白の最初の俳句である。和田はこれを八月中下旬の作と推定している。「雁のたより　明治二十五年まで」（天理図書館蔵）所載の二十二年の古白書簡に〈真砂のしらへをとる手つゝき逐一御しらせ被下度候〉（六月一日）とあるから、仲介したのはむろん子規である。この夏には古白の俳句熱は投句を意識するほどに高まっていた。詩歌や俳句の特質にふれた「詩歌発句」（第一編）の中で、子規は古白の堂に入った句作ぶりに舌を巻いている。

三四年前に余古戦場の五絶を得たり　其転結にいふ「隴間案山子何事控空弦」と　南塘先生之を評して「古戦場着控弦案山子意匠極巧」といひ給ひしかば　余もひそかに誇りゐたり　然るに今年夏余の従弟藤野古白、関が原を過ぐる時に「あのかゞし敵か味方か関が原」といへり　却て余の詩にまされり。

「今年夏」とあるのは二十二年のこと。古白が投句を考えて句作に熱中していた当時である。「詩歌発句」の全文は後に抹消されたが、類似の逸話は是空「正岡子規君」にも紹介されている。ともあれ、古白の天性に瞠目した結果、子規は古白を友人の列に加え「少友」として一目置いたということであろう。俳句の才に感心した子規は当然ほめたに違いない。ほめられた古白は子規に認めてもらうため、いっそう句作に励んだという次第であろう。

さて、古白の俳句で最も古いものは、横浜時代の二十一年の葉書（九月二十三日）に書き記した、

　今は雨後の涙や秋の花
　向島今を盛りのをみなへし

であるが、上達すべく精進を開始したのは二十二年以降であろう。まず、二十二年の古白書簡（全集別巻三、所収）に、〈俳かい七部集巻二ともついでの節又御あきになりたれハおかし被下度〉（五月二十八日）とあるのが注目される。借用を申し出たのは所有の版が読みにくかったためで、子規は同好の初心者には『俳諧七部集』の閲読を勧めるのが常であった。古白は俳句研究のため、最近になって『俳諧七部集』の古本を購入したのであろう。二十二年の書簡（六通）を収めた「古白の通信」（第二編）の京都からの発信の葉書（九月八日）には、購入した古俳書が挙げられている。『俳諧一葉集』『七部集大鏡』『梅室家集』『文園《ママ》玉露』。俳句研究をきっかけに購書欲を募らせた古白は、以後俳書のみならず他ジャンルの古書にまで手を広げ、没後その旧蔵書の多くが早稲田大学図書館に寄贈されたときには〈古写本、古板本類にして珍奇なるもの少からず殊に故人は故正岡子規の従弟に当りて俳諧の趣味を有へ造詣甚だ深かりし故其種の書類にして有益なるもの殊に多し〉（「早稲田学報」明41・5）と評されるほどであった。句作によって本嫌いの面目は一新されたというべきであろう。

九月二十日頃と推定される手紙では、あらたに俳諧連歌（連句）に挑んでいる。

　こはいかに枯木にかけた捨頭巾
　　折々さわく沢の水鳥
　八月は魚の小さき時にして
　　越の旅人茸にあきけり

古白はこのあと〈月の座へ一句にても二句にても付合被下度候〉と子規に依頼し、どうやら歌仙を巻くつもりの

ようであるが、六句目の、

　雨戸をしめて床にいりけり也

を先に付けるという初歩的な誤りをおかしている。古白の病気により半年ほど休止期間があるが、翌二十三年の子規からの返書（三月二日）に〈左の発句にわきを御つけ被下度候〉とあり、手紙による連俳は再開され、その後もしばしば試みた形跡がある。

同じ二十三年の三月三日、古白は病気の回復が思わしくないのか格別の句案もうかばず、〈されはこの前の大原の月次会にも大にこまり入候〉と嘆いている。月次会とあるのは「真砂の志良辺」の例会。二月の席上、「歳旦」の題で一人前五句の割り当てがあったが、

　鶯も年とりにけり今朝の春

の外に一句もできず、登簿もおぼつかない。三月の例会への出席は見合わせるつもりだと報じている。この辺までの記述はいっこうさえない書きぶりだが、この日の内容に子規はなにやら興をおぼえたとみえ、長々と文面を筆写している。主として地元の祭礼参りの報告である。

三月上旬の別便では〈近頃初めた所謂初心ものなれば〉という断わりどおり、和歌の初々しい題詠を試みている。〈名所月は未た井手先生の校門《ママ》を経されば　初瀬のひつかけなど無理なるかも知れず〉と初心者らしい謙虚な感想を洩らすかと思うと、〈逢坂の句など我ながらどうもゐゝ〉とえつぼに入っている。

　　行く人の袖にもしばしかげやどる

　月ありと聞くあふ坂の関

井手先生は旧派の歌人井手真棹である。十八年の夏、はじめて帰省した子規は井手の門を叩き和歌の手ほどきを受けているから、俳句の場合と同様和歌の先生を紹介したのも子規であろう。三月二十二日の手紙では題詠八首

（子規の返信によれば十数首）を示し〈右は井手の宿題にて〉とあるから定期的に教えを受けていたようだ。古白の和歌については俳句ほどには知られていないが、自身は俳句とは別の美的表現を気に入っていて、東京専門学校時代にまでさかんに詠んだ。ただし、その歌の多くは優美ではあるが旧派の様式性を脱しているとはいいがたい。

上述の三月上旬の〈両度の〉手紙から古白の文学的な進境を見てとった子規は、いつになく懇切な返信（三月十四日）を寄せている。祭礼参りの往還に、都の人気と比べ〈ひなぶりのはでにおかしき処など〉に目をとめ精細に観察する古白の態度をほめ、〈かくの如き境涯に日月を送りてこそ詩人も始めて天才を発露し得べき機会にあふべくと存候〉と励ました。文面から察すると、子規は古白を優れた詩人として認知し力づけているわけで、受信した古白の方も大いに意を強うしたに違いない。事実、その後の手紙では以前にもまして俳句や和歌に没頭し、古白の文芸趣味はさらに深化と広がりを見せるようになる。『鶉衣』や『蜻蛉日記』を引用したり、『唐詩選』の詩を和歌に訳したりなどしているのはその露頭を示しているはずである。古白の文芸趣味を先導したのはむろん子規であるが、やはり雅号好きの子規の影響を受けて古白にも数多くの雅号が存在する。書簡から列記すると、二十二年の湖月堂・梅九にはじまり古白・花乞・弥生春風・胡伯・藤屋月人・秋風・壺伯・湖伯堂・富流四郎、「雁のたより」には放念坊・観瀾子・胡白・兎角・湖白・白、友人に宛てた書簡には波林・伏林子、ほかに後藤宙外『明治文壇回顧録』（昭11・5）によれば枯竹庵・竹拐山人などもあった由である。この中には一回限りのものもあれば、くりかえし用いられたものもある。もろもろの雅号はやがて集束し、古白ないし湖泊堂系のそれに統一されてゆく。著作家として何者かを目ざして命名された雅号の消長・統一のプロセスは、詩人古白の自己定立の経過を寓しているともいえよう。

これまで、出来立ての俳句や和歌を子規に見せ、なにがしかの助言を得ることで自足していた古白に、明らかな変化が生じるのは二十三年の年末からである。変化の兆候としては古白の批評意識が表面化したことがあげられる。

今までにも自他の句に注釈を加えるなど批評的言辞が散見することはあったが、「寄書」（第四編）中の長文の手紙（十二月十四日）には、兄事してきた子規に対するあからさまな非難があって驚かされる。

> 批評家といふことは賞鑑《しやうかん》といふことなるべし　今の世の批評家などつまらぬものはなし　文章のよきをよしといひ悪るきをわるしといふのみ　批評家をまたすして人能く知る　君の批評家とは後進を相手の役なれはこれほと後進相手ほとつまらぬ事はなし　真正の批評家とは古を見る眼ある人をいふ

君の批評家云々とあるのは、子規の十一月上旬と推定される手紙の文言をふまえた批判である。近ごろ七五調の文章にほれたと伝えてきた古白の手紙（九月秋）に触発された子規は、その日、〈余が思想の変遷〉を省みて、自分の文章には定見も文体もないとその弱点をさらす仕儀となり、〈余は文章家となる能はず　詩人となる能はず　むしろ批評家にして甘んぜんのみ　然れとも批評家豈我好む所ならんや　実に已むを得ざるのみ〉と第一線からの離脱を告白する。子規のこの弱気な発言がどこまで本気であったかは不明である。最近たまたま、内藤鳴雪や漱石など知友から文章の脆弱を指摘されて自信喪失し、行きがかりでこうした発言になったとも考えられるからである。現今の幼稚な批評をばっさりと切り捨てた古白は〈今の批評といふこともちと範囲をひろむれはすなわちエツセイに変化するなるべし　して将に来らんとする時代ハこの広き範囲に於ての批評なるへしと考ふ〉とも述べていて、批評の領域をやや限定的にとらえている気味のある子規に比し、見識を見せているといえよう。同じ手紙の中で、山田美妙「日本韻文論」（明23・10～24・1）や三上参次・高津鍬三郎『日本文学史』（明23・10）を俎上に載せ、エッセイや小説にも言及するなど、韻文のみならず文学全般を広い視野からとらえようとしている。子規はそこに古白の成長や飛躍のあかしを見たはずである。

> ことしハ人もいひ自からも都ニ帰らんと定め居れと　さてこれといふ目的のあるに非す　然しひそかに畢生の望あり　されともとより達し得るものと定まりしに非らされハ遂に名なく功なく死るやも知れず　然し其等

ハ少しも恨みに思はず　実ニ日本国の臣民伊予の国の住人正岡子規のいとこ藤の、子大原のおいと思へは無限の怨恨なきに非されとも土の上に生れ出たる人一人と思へハ恩もなく恨みもなく世の中に的《アテ》といふものなけれとさて折節心の駒の狂ふときには其れでもすまずまつ今の身のうえハ風に放つた風船同様也　昨年より今日までを思へは心に益したること甚だ多し　ことしの末は如何あらん

年次別では掉尾を飾る二十四年元旦の手紙である。満二十歳の年頭にあたり来し方と行く末のはざまにあって、古白は複雑な胸臆をのぞかせている。肯定と否定が奇妙に交錯する堂々めぐり。〈正岡子規のいとこ藤の、子大原のおい〉であることの劣等感と矜持。〈世の中に的《アテ》といふもの〉はないにもかかわらず、どこからか〈処世の考按〉を迫られれば物狂おしいこともある。こうした古白の二律背反的な表白からうかがえるのは、まさに〈風に放つた風船同様〉の不定の境涯である。しかし、これは単なる自嘲のつぶやきではない。子規に宛てた手紙の一節であることを思い返せば、そこに込められたもう一つのメッセージを見のがすことはできない。遁辞を弄した文面の表層にさりげなく織り込まれた〈畢生の望あり〉とあるのがそれだ。〈畢生の望〉をどう実現させるか方途が立たない現在、古白は具体的なプランを明かしていないが、子規との交友の経緯から判断して、〈畢生の望〉とは彼の文学的野心にほかなるまい。そして、その対象は俳句や和歌を含む韻文であり、さらにそれらを凌駕する規模のものではなかっただろうか。以上の手紙のあと、子規は一拍置いて三年前の横浜時代の一連の手紙を綴じ入れている。『筆まかせ』が文章の単なる集積ではなく、子規の入念な編成作業によるものであることに思いをいたせば、これが恣意的な並列でないのは明らかだ。双方の手紙の（内包が示す）落差を強調する編成によって、子規は古白の〈発達〉の様相を誰よりも確かに把握していたのである。

古白の神経質は極めて不規則なる発達を促して、彼は或る一点に老成し他の一点には全く幼稚なるが如きこと少からず、論理的の思想は終始発達せず、文学的の思想は蚤くより発達せり。彼は天然に文学思想を抱いて

生まれ出でたる者、其商業に志したるが如きは一時の事情に因て生じたる変態に過ぎずして終に文学に返れり。（「伝」）

4

作家の出久根達郎に「久万夫氏」（『倫敦《ロンドン》赤毛布《パンパン》見物』一九九九・六）という随筆がある。藤野久万夫という男が古書中に生息する紙魚を捕えてこれを飼った話と、彼が奇句を詠んで子規を面白がらせたという話が紹介されている。出久根の興味はくだんの男の奇人ぶりと久万夫というユニークな名前の結びつきにあるようだ。いずれも「常盤豪傑譚」（第四編）のために子規が書いた逸話で、出久根は「久万夫」を子規の大学時代の友人としているが、実は古白の幼名である。

「常盤豪傑譚」は『子規全集』第十巻の解題によれば、〈破天荒斎（松平康国）の『明治豪傑譚』（読売新聞明24・7～11月連載、第一・第二巻24・10・21刊、第三巻24・12月刊・東京堂）にヒントを得たものであろう〉とされるが、これについても多少の注釈が必要である。新聞連載時の表題は「明治豪傑《ごうけつ》ものがたり」、記事は無署名である。刊行の際、鈴木光次郎の編集により『明治豪傑譚』（全三冊）と改められた。第一巻（明24・10・22）は破天荒斎、第二巻（明24・10・28）は如不及斎主人、第三巻（明24・12・21）は半峰居士がそれぞれ序文を寄せている。同年の十一月七日、子規が漱石に宛ててこの〈明治豪傑譚に気節論まで添へて〉（漱石書簡）送ったために、二人の間に「気節」をめぐるやりとりがあったことは周知のとおりである。当時の宣伝文の触れ込みでは、その内容は維新前後〈国事に鞠窮《ママ》して偉大の革命を遂げし〉英傑の士の〈奇譚異蹟〉（「読売新聞」明24・10・29）とあるが、漱石に〈か丶る小供だましの小冊子〉と決めつけられるような通俗な代物で、豪傑の気節が実証されているわけではない。むしろ、知名

の人の失敗談、機知、奇行の羅列であるといってよい。

さて、「常盤豪傑譚」には抹消分を含め、のべ三十二話採録され、登場者も十五名を超える。対象は表題が端的に示すように常盤会寄宿舎にゆかりの人々である。執筆にあたって『明治豪傑譚』に模したところがあるとすれば、○南塘先生津を問ふ、のような見出しの付け方、逸話の方向性、そして文体であろう。子規にはパロディーのつもりもあったに違いないが、ねらいは〈恰も梁山泊諸豪傑の如く然り〉とあるような子規愛用の見立ての面白さにある。将来の「豪傑」たちの若き日（を仮構した）失敗談、機知、奇行の数々。なかでもきわだって精彩を放っているのは古白に関する逸聞である。

○藤野久万夫遊猟して鳥を獲ず

藤野久万夫郷里に在りて遊猟す　久万夫近眼なるを以て遠方を見る能ハず　一日堤上を行く　松枝に一鳥あり　十分に睨《ネラヰ》をさだめて之を打つ　然れども鳥動かず　二たび三たび之を打つ　鳥猶動かず　近ついて之を見れば松瘤《コブ》なり　失望に堪へず　乃ち穿つ所の木屐を脱して之を樹枝に掛け　十数間を隔て丶之を撃つ　弾丸適中して木屐空に翻る。　是に於てか久万夫得々として帰る

以上は〈明治二十四年十一月上旬旅行中熊谷小松屋ニテ書初ム〉と付記した前半に採録された。これにつづく「藤野久万夫大根を狙撃す」「藤野久万夫猟して牛に逢ふ」は引用文と同工異曲といってよい。

○藤野久万夫蠧を養ふ

久万夫古書を好む。古書あれば則ち銭を惜まずして之を購ふ。一日書篋《はこ》を開く。蠧《しみ》あり　倉皇逃れ去る。久万夫辛うじて之を捕へ　他の新書中に入れ之を篋に蔵す。蓋し蠧の書を食はん事を望む也。一日を経て其書を出し見るに蠧の痕なし。又数日を経て之を出て見るに　猶虫の食ふたる跡なし。而して終に蠧の行く処を知らず

以上は〈明治二十五年九月根岸鶯横町にて書始〉と付記した後半に採録された。つづく「藤野久万夫奇句を吐

く」は、子規の初期俳句グループで奇想の俳人として知られていた新海非風のさらに上をゆく古白の奇句を挙げ、その奇想を〈時としては平淡水の如く　時としては変幻龍のごとし〉と評している。戯画化されているとはいえ、子規の筆には古白の人物や天性への賛嘆が込められていて、これはこれで見事なポートレートである。古白は知友の間では〈性質は飄逸で、多血質で、全く天才肌の人〉(11)として知られていた。上掲の逸話には古白のどこかユーモラスな風貌、飄逸な奇人ぶりが活写されていたが、子規の軽妙な筆致もさることながら、そこには少友古白に対するなまなかでない関心や観察が働いているといってよいだろう。

郷里で一年有余の静養を終えた古白は、二十四年の四月に上京。秋には東京専門学校の専修英語科に籍を置く。翌年、古白の〈畢生の望〉である文学を修めるべく早稲田の文学科に入学するための準備である。この年には俳人としての進境もめざましく、〈趣向も句法も新しく且つ趣味の深きこと当時に在りては破天荒〉(「伝」)と見なされる俳句句合数十句を作り、子規とそのグループの面々を驚かせた。一方、子規は二十四年の末には常盤会寄宿舎を出、翌年には大学の退学を決意し、十二月からは日本新聞社に出社、ジャーナリストへの道を歩みはじめた。初期文集『筆まかせ』の終結はこうした二人の動向、彼らの出発とどこかで契合していないだろうか。子規が常盤会寄宿舎に在舎したのは二十一年九月下旬から二十四年十二月までである。この期が『筆まかせ』編成の盛期と合致することはすでに見た。「常盤豪傑譚」は寄宿舎を出る一ケ月前から書きはじめられ、後半は二十五年に書かれた。にもかかわらず子規が、それよりあとの日付をもつ「十一時間の長眠」(第四編)、「俳句談」(同)の後に、あたかも別巻のように組み入れたのは、それがいわば在舎記念の産物であったからであろう。編成上やや強引な印象は免れないにせよ、子規は未完の『筆まかせ』に自らの未完の青春を倉卒に封じ込めようと企図したのではなかったか。

注

（1）『子規全集』第十巻、解題中の、講談社版およびアルス版・改造社版全集の掲載項目数を、編次別・年次順に一覧表示したもの。

（2）大岡信『正岡子規―五つの入口』（岩波書店、一九九五・九）

（3）別巻一「子規あての書簡」の解題によれば〈その書簡数の多い順にあげると、河東碧梧桐六四通、藤野古白六二通、夏目漱石六一通〉の順になるが、別巻三の「子規あての書簡」補遺、および「雁のたより　明治二十五年迄」（天理図書館蔵）所収のものと合算すると、碧梧桐は七十六通、漱石は六十三通、古白は実に八十二通にのぼる。内訳は別巻一に六十二通、別巻三に四通（ただし、一通は別巻一のものと重複）、「雁のたより」に十八通（ただし一通は別巻一のものと重複）、重複分を除くと、つごう八十二通である。

（4）「古白の通信」（第二編、明23）には前年の七月十三日、十五日、九月八日、十四日、同［二十日頃］、同日リ便の六通。「故郷の雁がね」（同）には二十三年二月六日の一通。「雁翎の連歌第二」（同）には三月三日の一通。「松山の雁」（同）には［三月上旬］の一通。「雁の連ね文字第二」（第三編、明23）には三月十九日の一通。「雁の連ね文字第三」（同）には四月三日の一通。「故郷の雁」（同）には［三月二十三日］の一通。「松山胡伯子書簡」（同）には五月［下旬］、十二日、五日、六月二日、七日の五通。「故郷よりの来信」（同）には五月三日の一通。「手紙の借銭ばらひ」（第四編、明23）には同年秋、同、［九月］秋、同、の四通。「寄書」（同）には九月二十日、十日、十六日、九月一日、十二月十四日、二十四年一月一日の六通のほか、二十一年九月十六日、二十三日、十月三十日、十一月十三日の四通。（日付不明のものは『子規全集』別巻一によって確認し、［　］で示した）。以上を年次別に分類すると、二十一年（四通）、二十二年（六通）、二十三年（二十一通）、二十四年（一通）で圧倒的に二十三年の書簡が多い。

（5）服部嘉修「藤野三兄弟」8（「子規博だより」平7・3）所収の、藤野漸の加藤恒忠（拓川）宛書簡（明23・1・17）。拓川から届いた子規と古白の病状を問い合わせた手紙に対する返書。

（6）上杉伸夫「漱石と接触があった人のこと」（「漱石研究」一九九六・一二）の「慶応義塾入社帳」からの調査による。

（7）大谷是空「正岡子規君」（「日本」明35・9・26）

（8）服部嘉修「藤野三兄弟」8（前出）所収、嘉陳の漸宛書簡（明22・11・22）の要約。

（9）　同「藤野三兄弟」9（「子規博だより」平9・1）所収。

（10）『子規全集』第二十巻の口絵に使われた、古白が洋服姿で猟銃を肩に掛け貴公子然としたポーズをとっている写真に彼のダンディズムがよくあらわれている。従来、この写真は年月不詳とされてきたが、風戸始「藤野古白関係資料」（「子規会誌」平2・4）によれば、台紙裏の古白自記により、子規への贈呈年月が二十四年二月と判明した由である。

（11）　島村抱月「飄逸な天才」（「四国文学」明43・4）

（補論）大江健三郎における子規

1

愛媛県の山村で幼・少年期をすごした大江には、多くの俳句書や短歌書にとりまかれ、俳句や短歌をよみふけった時期があったようである。第II期の『大江健三郎全作品1』（昭52・11）の巻末論文「詩が多様に喚起する＝わが猶予期間《モラトリアム》3」によれば、それらの書物は、戦後予科練からもどった長兄の所蔵にかかるもので、現在の大江がなお俳句や短歌を愛好しているのは、その時期に、たとえば〈ある言葉を微細に動かすしかたによって、ほとんど宇宙的なものが大きく動くのを見る驚きを、芭蕉と茂吉にあたえられ〉て以来のものであるという。こうした好尚には、俳句や短歌をよくしたアララギ系の歌人である長兄の昭太郎（昭4～64）を中心とする大江家の空気、さらには森の奥の谷間の村にまで〈濃密に俳句と短歌のジャンル的雰囲気〉がかよう愛媛県一帯の文化風土を措いて考えるわけにはいかない。ことさら書画のたぐいを所蔵する風のなかったという生家に、子規の肖像画や墨蹟の写真版が幾種類もあったというのも自然であろう。大江は〈僕のそのような俳句・短歌への特別な感情の中心にあったのは、わが同郷の天才、正岡子規の存在なのであった〉と、自らの詩的情操の淵源について回顧している。子規はまず、大江にとって景仰すべき郷土の偉人であった。

子規への言及の、もっとも早い時期のものに「学力テスト・リコール・子規」（「週刊朝日」昭41・6・17）という

一文がある。愛媛県の小学校、中学校の学力テスト全国一を支える教育欺瞞の実態、高い犯罪発生率、汚職に端を発してリコールがおこなわれた松山市議会など、郷土のかんばしくない話題をとりあげたあと、〈生地松山においてすら、子規生誕百年をいう声は高くないようであるが、おそらく子規はその精神において愛媛の生んだ、最上の人間である〉と称揚している。さらに、雨の降る青葉のころ子規堂を訪れ、小さな部屋にかかげられた子規の写真からの印象として、〈強い光をやどした眼といい、たくましい鼻筋や顎といい、子規がその精神のみならず容貌においても最上の愛媛の人間であったことをたちまちさとらせた〉ともある。そして、〈愛媛の、わが愛する青少年諸君よ、受験勉強の日々に志がおとろえたような気持になることがあれば、子規堂にいってあの写真をごらんなさい。すでに働いている諸君もまたおなじである〉という晴れやかな呼びかけで結ばれる。年少者にむけて郷土の偉人を顕彰するこの呼びかけから、大江の郷党意識や一種の愛郷心の発露のみをみるのは十分ではないだろう。心なえたときに、子規の精神、ことにはその風貌が大いに励ましを与えるだろうという示唆は、何より大江自身にむけて有効な発見だったのであり、励ましとして働きかけるのが〈苦痛にみちた病床の子規〉であるという存在の逆説こそ、大江を子規に接近させたものだからである。

現在までのところ、子規を直接の対象とする大江の子規論には以下の諸篇がある。多読家として内外の作家について論及することの多い大江であるが、子規論の展開は質量ともに他の対象を凌駕し、子規への敬重ぶりが知られよう。

(1)「ほんとうの教育者としての子規」（全エッセイ集第三『鯨の死滅する日』文藝春秋、昭47・2）

＊のち、大江健三郎同時代論集3『想像力と状況』（岩波書店、昭56・1）に再録。ただし、初出は「正岡子規」（「朝日新聞」昭43・11・19）で、「ほんとうの教育者はと問われて」というシリーズのテーマに応え

て書かれたもの。

(2)「子規の根源的主題系《テマティック》」（講談社版『子規全集』第十一巻、昭50・4）
＊のち、『文芸読本　正岡子規』（河出書房新社、昭57・3）に収録。

(3)「若い子規が精神を活性化させる」（講談社版『子規全集』第九巻、昭52・9）
＊(2)(3)はそれぞれ『子規全集』の「解説」として書かれた。

(4)「子規はわれらの同時代人―変革期の生活者・表現者」（「世界」昭55・1）
＊付記に、〈本稿をもとにして、NHK四国本部制作課の協力により僕はテレヴィで語った〉とある。のち、大江健三郎同時代論集10『青年へ』（岩波書店、昭56・8）に収録。

(5)「子規・文学と生涯を読む」（「文学界」昭56・10）
＊付記に、〈本稿は子規記念博物館の開館にあたり、NHK四国本部主催で行なった講演記録を加筆訂正した〉とあるように、昭和五十六年四月二日に開館した松山市立子規記念博物館で行なわれた開館記念講演をもとにしている。当日の演題は「若い人たちへの子規」である。のち、『核の大火と「人間」の声』（岩波書店、昭57・5）に収録。

(6)「教育される能力―再び状況へ（七）」（「世界」昭和59・9）
＊冒頭に、〈僕の郷里の県での教師の集りに出かけて、話をしようとしています〉とあるように、愛媛県の現役の若い教師たちの集会で、ほぼ同趣旨の講演を行なった。のち、『生き方の定義―再び、状況へ』（岩波書店、昭60・2）に収録。

(7)「正岡子規―近代俳句の先達」（『百年の日本人　その二』読売新聞社、昭60・12）
＊初出は「読売新聞」夕刊の文化欄「百年の日本人」のシリーズのために書かれ、昭和五十八年八月十六

日～十九日まで四回掲載。冒頭に、〈この春、高校生たちを聴き手に二度話をした〉とあるように、高校生を対象とする同趣旨の講演を行ない、講演後の高校生たちの反応も記されている。

以上を通覧すると、発表は二十年近い期間にわたっているため、それぞれのモチーフには重複もあり、消長、深化もみられる。しかし、大江の子規観は基本的には一貫していて揺らぎがない。そのことは、「ほんとうの教育者としての子規」に、すでにその後の子規像を決定する骨格が示されていることからも明らかである。初出文は新聞の文化欄の「ほんとうの教育者はと問われて」という問いかけに応えて書かれた。この執筆時の偶然が〈教育者としての子規〉というアイディアを固める契機にもなった。そこでは、晩年のエッセイ群を根拠として、子規が〈理想的な教育家〉であり、かつ〈実践的な型の人間〉であることを例示し、その教育構想を「病牀譫語」にさぐる一方、子規の〈モラリティの核心〉を〈民権思想〉に見出している。まず、このような輪郭の基線を引き、つづく「子規の根源的主題系《テマティック》」以下ではさらに豊富な例証を加えて、より大きな視点の広がりを見せていく。

また、発表の媒体に全集の「解説」、テレビ、講演などを前提しているためか、対象としてしばしば年少者を意識し、内容的には啓蒙的色彩が濃い。たとえば、「子規はわれらの同時代人」では、〈自分あてに手紙をくれる数かずの若い人びとを、ひとつの架空の人格とし、＊＊君と呼んでかれに手紙を書く〉という手法（『青年へ』の一連の形式）が採用された。大江の子規論は子規というかっこうのテクストを得て、誇るべき郷土の、そして近代日本の先達（その人と業績）を後進のために嚮導《きょうどう》する内的必然によって書かれたといってよい。

では、当初の子規論の企図はどのようなものであったか。「子規の根源的主題系《テマティック》」や「子規はわれらの同時代人」によれば、作家活動を開始した当時から、〈子規について長い文章を、できうれば一冊の本を書〉きたいと念願してきたという。

それは自分にとっての子規を、まず生活者子規においてとらえ、つまりかれの生活者としての面目がよくあらわれている『墨汁一滴』や『病牀六尺』に読みとり、かつ日誌『仰臥漫録』に見ることを柱のひとつとする計画であった。もうひとつの柱は、もとより生活者子規とそれを切りはなすことはできぬが、表現者子規において、その表現の方法論的特質を見ること。とくに伊予の松山という一地方の人間が、どのようにして日本語全体に関わる革新者の役割を正面から引きうけ、かつそれを確実に達成しえたか、を見ることであった。（「子規はわれらの同時代人」）

晩年、病者として長く病床に呻吟しつつなしとげた子規の仕事、「墨汁一滴」や「病牀六尺」などのエッセイ、日誌「仰臥漫録」を材料として、〈その経験が子規を人間としてどのように訓練し、鍛えあげたか。同時に子規がそれをどのように表現していったか〉をとらえること。〈生活者子規〉と〈表現者子規〉を相補的にとらえること、これが所期のもくろみであった。大江の独自性は後者にある。それは、〈表現の方法論的特質〉〈日本語全体に関わる革新者の役割〉を、従来の子規論にならって短歌や俳句革新にみるのではなく、随筆や日録、散文にみようとしている点である。韻文の愛好家として、短歌や俳句にひかれないわけではない。〈文学形式の変革者、つまり短歌や俳句の革新者としての子規の行動に（中略）深く印象をきざまれながら、僕が日頃愛誦する短歌は、左千夫や節であり、俳句は虚子なのです〉（「教育される能力」）と明かしているように、ことは審美にかかわり、さらにいえば大江の子規への関心が短歌や俳句よりも〈その人間としてのありよう〉に向けられていたからである。

しかし、結果として、一冊の子規論は書かれなかった。大江は当初のもくろみを断念した故由について、〈専門家たちの新しい歩みに僕がつきしたがってゆくことが、しだいに不可能になってきたからだ〉（「子規の根源的主題系《テマティック》」）と謙抑な言いまわしながら、研究者の成果、かれらの子規観との不整合をいい、また、端的に子規の仕事の〈巨大さ〉（「子規はわれらの同時代人」）に帰している。かくて大江は一冊の子規論こそ書いてはいないが、

一冊に匹敵する質量の子規論を書きつづけてきた。そうした作業のさなか、大江の実年齢が子規の生涯の年齢を越えたあと（昭和四十五年以降）のことであるが、〈ある文学者の死の年を越えた時、その文学者の仕事を全体において理解するための、基本的な準備ができたと感じる〉（同）ようになったと、自信のほどをほのめかすに至っている。

こうした事実を勘案してみると、ある時期の大江が従前の子規像――数ある伝記、評伝、あるいは短歌や俳句革新を焦点とする個別的なそれ――とは異なる新機軸による子規の〈全体〉像を、ある手ごたえとともにつかみとっていたということになるのではないか。「子規の根源的主題系《テマティック》」は、おそらく、その最初の見取図である。

2

〈根源的主題系《テマティック》〉というやや聞き慣れない名辞は、冒頭の前置き部分にあらわれる。

ロラン・バルトはミシュレについて一冊の本を書くにあたって、《この人間に、彼独自の首尾一貫した統一性を返してやること》を意図した。《つまり一つの存在《エグジスタンス》の（筆者は、一つの人生《ヴィー》の、と言っているのではない）構造、あるいは、一つの根源的主題系《テマティック》と言ってもよいし、あるいは、とりついて離れぬ諸観念から編成された一つの網目と言う方がもっと適切かもしれないが、その構造を再発見するということである。》

さしあたり大江の課題は、バルトの方法にならって、子規という〈一つの存在の構造〉ないし〈とりついて離れぬ諸観念から編成された一つの網目〉から類比される〈根源的主題系《テマティック》〉を解明すること、あるいは子規という人間の〈彼独自の首尾一貫した統一性〉を取りかえすことであった。引用文の述語からも明らかなように、「子規の根源的主題系《テマティック》」は構造主義の影響下で書かれた。

大江が〈構造〉とか〈統一性〉（＝綜合性）といった、構造主義に由来する概念を好んで使用するようになるのは七〇年代以降のことである。もともと大江作品には初期から一貫して、たとえば個人対社会（集団、共同体）の対立の構図が示すように、個と全体の対立図式があったが、構造主義に接近することで、その図式はいっそう先鋭になり、個人対超越的なもの（歴史、天皇）へ、そして個人対宇宙の構図へと拡大していった。構造主義への導きとなったのは、文化人類学者である山口昌男の文化記号論で、当初の成果としてみるべきものは昭和四十五年（一九七〇）に発表された『沖縄ノート』であろう。本土の中心指向性（＝構造）を相対化する周縁・沖縄の民衆意識という、批判的発想によくあらわれている。

その後、構造主義による神話的思考やロシア・フォルマリズムなどの新しい文化理論に学びながら、昭和五十三年（一九七八）にはそれまでの創作の方法的洗いなおしを企図して『小説の方法』を書き下ろした。そのころ大江は作家目的を〈同時代史を書く〉という一点にむけ、現実世界への鋭い凝視と未来への強い想像力によって〈同時代史〉全体をモデル化する、壮大なスケールの作品をいくつも書いている。『小説の方法』の実作への応用篇として逸することができないのは『同時代ゲーム』（昭54）である。独自の神話と歴史をもつ〈村＝国家＝小宇宙〉の構造化された世界を舞台として、神話的な死と再生の物語が構築された。とくに大江は〈再生〉に重きをおき、より周縁的なモチーフ（共同体→一族→「僕」）に眼をむけることによって、社会の全体を浮かびあがらせる手法を用いている。

子規の〈根源的主題系〉のありかを、大江は随筆集「松蘿玉液」「墨汁一滴」「病牀六尺」にさぐり、読みとっていく。大江が抽出したのは、子規が〈全面的に他者の眼をひきうけ〉〈すべての他者に、かれ自身の綜合的な全体像〉を呈示してみせるという、その瞠目すべき方法である。ここにいう〈他者〉とは、子規の場合〈日本人の精神史全体をおおうものだ〉と大江は注しているが、そのことは散文における素材の博物学的広がり一つとりあげても

うなずけるところであろう。子規の表現の特質はすべての客観小説の作家のそれとも異なり、〈いかなる私小説の作家よりも勇敢にかれの全体を見せている。細部にわたって克明に。その細部の選びかたにおいて、子規はおそるべくデモクラティック〉でもあったと見る。それを可能とした与件として、病者ゆえに余儀なくされた〈特別に限定された姿勢、固定された眼の位置〉をあげ、これこそが世界をよくとらえうる〈新しい力〉になっているという。視界が局限されているため、かえって常人より世界をよくとらえうるというパラドックス、その表現の極北として大江が注目するのは「病牀六尺」の八十七。〈草花の一枝を枕元に置いて、それを正直に写生して居ると、造化の秘密が段々分って来るやうな気がする〉という一行である。明治三十五年の夏ごろには、病態の悪化に苦悶しつつ、モルヒネを飲んでから写生をする日課が子規の何よりの楽しみとなっていた。

　造化の秘密、それは人間がそのなかに生きている世界の全構造の秘密である。一枝の草花の正確な認識が、そのまま世界の全構造の秘密の核心に向けて人間の想像力を飛翔させる。その認識と想像力のあいだの具体的な人間の行為による橋わたし。そのような機能をもつものとしての写生。われわれは子規のすべての専門家たちが、それを子規の根源的主題系の一つと認めることをこばまぬであろう、この写生という言葉に、僕のようなやりかたでもめぐりあわざるをえないわけだ。

一読〈写生〉という表現の機能を説いているようであるが、大江が見ているのは、子規の表現における全体化（＝全構造）への指向であり、あのパラドックスを生成する〈想像力〉というしくみであろう。

　表現における全体とは、その表現者がつくり出す作品において、いかにして受け手の意識と肉体に、全体に向けて乗り越えるに充分なだけ深い、射程と指向性のある動きを喚起しうるかにかかっている。もともと想像力とは、人間の意識と肉体に指向性をあたえて、現実にここにあるかれ自身には到達不可能なものへと、みずからを投げ出させる、内発する力である。（『小説の方法』）

これは大江が小説の表現において目ざすところを、もっとも端的に述べた文章の一つである。表現とは〈想像力〉によって〈人間の意識と肉体に指向性をあたえて〉全体構造におもむかしめる行為だ、というのである。してみると、子規の全体化への指向性とは、実に大江自身の表現課題の謂であったのであり、裏を返せば、大江は自らの文学表現の先行者として子規を見出したともいえる。

しかし、〈表現者としての子規〉の文学の特質と、病気と闘いぬいた晩年の生き方、〈生活者としての子規〉とが相補的にとらえられたとして、それがただちに従来の子規像に改変をせまるトータルなものとなるかどうかは別問題である。〈表現者としての子規〉を〈生活者としての子規〉との相関において把握する仕方はむしろ常套的で、そこから従来にない生彩ある子規像が現出するとはかぎらない。むろん、大江とてそのことに無自覚であったわけではなく、「子規はわれらの同時代人」では、〈生活者と表現者の間に〉〈教育者としての子規という媒介項〉をくみこみたいと、新たな契機の導入を図っている。生活者、表現者の両面を綜合するものとして〈教育者としての子規〉をとらえようというのである。この〈教育者としての子規〉というアイディアが単なる思いつきでないことは、大江の子規論の始発に、すでにそうした子規観が示されていたことからも明白である。

ところで、子規の教育者性をいうとき、かれのまわりにいた虚子や碧梧桐らの若い才能を督励した指導者、または短歌や俳句の革新運動の組織者としての子規に連係することは確かである。〈文学の現場における教育家〉（「若い子規が精神を活性化させる」）という側面である。子規の文学革新が個の表現域にとどまらず、集団的な革新運動であったことの必然から、〈子規の表現者としての生き方は、そのまま教育者としての実践たらざるを得なかった〉（「子規はわれらの同時代人」）という視点に立つ大江の場合も、例外ではなかった。子規の表現者としての特質は、教育者であることと矛盾しないのである。大江の〈教育者としての子規〉の視角がユニークなのは、そこからさらに一歩踏みこんで、子規の教育者としての資質を検証するまでに至っている点であろう。

子規が〈独自の教育者としての資質をそなえていた〉と考える理由を、「子規はわれらの同時代人」の表現を借りて列挙すれば、まず「病牀六尺」の最初の項目、水産補習学校の教育実践に感動する子規が示す〈善い教育を受けることを心から望む人間〉としてのその性格。病床の子規の看護にあたる妹律（あるいは母）の、看護人としての至らなさに発した看護論から、〈女子教育の必要を考えた〉こと。〈十分な資力を持つということを条件にひらく幼稚園を夢想した〉こと。「病牀譫語」で、かれの重視する〈徳育、美育、気育、体育〉について、思いのままに〈具体的に教育構想〉を論じていること。これらの稟質は、機会にさえ恵まれたなら、子規が理想的な、あるいは真正の教育者になりえたことをあかすものであろう。大江の観察は、それ自体、独特な子規観を形成しているといってよい。

また大江は、子規の教育者としての資質が他者の作品を読みとるさいに発揮される独自さにもふれ、そこには〈よく教育する者子規があらわれているとともに、よく教育される者子規という性格もあきらか〉だと述べている。「病牀六尺」の七十一、松瀬青々の「甘酒屋」の句をめぐって碧梧桐と対話をかわす子規が、問答をつうじ、成心から一転、句の世界に新しい地平をひらくまでのスリリングな読みとりの現場。『蕪村句集講義』に出席した者たちの討論の記録からは、長幼の区別もない〈デモクラティックな相互教育〉（「子規文学と生涯を読む」）の仕組みに大江は注目する。大江がデモクラティックな教育者と定位した子規の文学革新の現場、俳句の〈相互教育〉の仕組みを、坪内稔典が〈多義性の開く場〉（『正岡子規』平3・8）と呼んでいたことも、ここで思いあわされる。

子規の研究者の中で、大江が説いた子規の教育者性という見方を切実に受けとめているのは、永年、国語教育の立場から子規を研究し『正岡子規—人とその表現』（昭55・9）の著書をもつ長谷川孝士である。長谷川は、インタヴュー「子規の教育学」（「子規博だより」平3・6）で、大江の子規観を〈教育論〉として受けとめ、〈子規は自ら励んでますよ。ほんとに生きる力を自ら激しく掻き立てているからこそ、人を励ますことができたんだ〉といって

いる。さらに、子規の短歌、歌論に関するものしかみていなかった自身を省みて、〈もっと人間全体を、トータルな人間として子規をとらえるということに強い関心を持つようになりました〉と述べているのも、大江の子規観に連接するといえよう。

3

昭和四十五年（一九七〇）前後、三十代の半ばにさしかかった大江は、創作のかたわら〈明治二十八年の子規と周辺の人々の事蹟、そして国家的、国際的な動きについて、及ぶかぎり詳細なリストをつくり引用はカードにとり〉（「教育される能力」）というような作業を行なっている。明治二十八年（一八九五）は、いうまでもなく、子規のその後の死命に深くかかわった年である。年譜風に示せば、三月、新聞「日本」の記者として日清戦争に従軍。四月、古白（従弟）がピストル自殺。五月、帰国の船内で喀血。十二月、後継を虚子に断られる、等々。大江がこうした子規関連のデータを集積したのは、〈子規が身体的危機、精神的危機をきわめて深刻に経験し、かつ生き延びた〉軌跡を追体験することで、当時大江自身がおちいっていた危機を乗りこえる手だてを模索するためであった。しかし、危機モデルとしての子規の生き方から大江が看取したのは、皮肉にも自身が〈教育される者〉のタイプであるのに、一方の子規は〈いかなる危機に際しても教育する者として自他を励ますことにより、自分の危機を乗り越え〉ていくタイプであるという彼我の懸隔であったという。

数年後、大江はE・H・エリクソンの著作を通じて、当時自身がおちいっていた危機を、〈中年にさしかかった人間の、アイデンティティの危機〉（「表現生活についての表現」）として認識するに至る。エリクソンから大江が学びとったものは少なくない。エリクソンの〈独自の方法による分析的伝記〉『ガンディーの真理』の〈構造的な巨

大さ〉に魅せられた大江は、「若い子規が精神を活性化させる」では子規という〈大きい構造〉を、エリクソンの方法を援用して分析している。また、一般に道灌山事件として知られる子規と虚子の分岐点、後継者として虚子を断念する顚末についても、やはりエリクソンに導かれて独特の意義を見出している。青年期の〈アイデンティティの危機〉のさなかにいた虚子の行き方にからんで、いわば中年期の〈アイデンティティの危機〉にある子規の内面が顕在化した、とする見方がそれである。子規の内面、子規を中年期の〈アイデンティティの危機〉へとおしやった要因として大江が仮定するのは、古白の自殺と、それにつづく重い病気の経験。〈その「アイデンティティの危機」を誘い出した端的な契機が、かれの教育者としてのありように弟子として対応する虚子の、青年期の「アイデンティティの危機」なのである〉（「子規はわれらの同時代人」傍点引用者）という指摘は示唆的である。後継問題（その対立の位相）を、役割の同一性の不連続というより、自らのモチーフにひきつけて〈教育する者〉と〈教育される者〉との本質的な齟齬にみているからである。

しかし、大江は子規と虚子の関係（師弟問題）について深追いしない。ただ、嗜好からいえば、子規より虚子の俳句を好む大江に、子規がもし実際よりながらえたなら、俳句は〈虚子が生涯をかけて開いた言語空間とはおよそ質のことなった方向にむかったのではないか〉（「子規の根源的主題系《テマティック》」）という洞見をふくむ判断があったことに、留意しておきたい。むしろ、明治二十八年のリストやカードの成果は、その作業をつうじて、〈教育する者〉としての子規の至高性を証するにたる典型的事例に遭遇したことに求められる。

　せんつばや野分のあとの花白し

この句は「寒山落木」の明治二十九年、秋に分類されているが、印象が平明なためか、虚子選『子規句集』にもとられていない。前書きには〈松山にて庭の隅に二三尺の地を限りて木の苗を植ゑ人形など並べて小児の戯とす之をせんつばといふ〉とある。大江は、この句を、子規が編んだ『古白遺稿』（明30・5）中の、同じく子規の手に

なる「藤野潔の伝」に記された、幼少期の子規と古白にまつわるエピソードの状景と重ねて把握していく。

> ある時古白は余の家に来りて、余が最愛のせんつば（函庭の類）に植ゑありし梅の子苗を尽く引き抜きし時は怒りに堪へかねて彼を打ちぬ。母は余を叱りたまひぬ。これより余は再び古白に近づくことを好まざりき。古白が破壊的の性質は到底余と相容れざるを知りたるなり。

幼時の、というより、まるでこれを書いている子規の現在にまで怨念を引きずっているような口吻である。しかし、この回想の背景にあるのは第一に〈不幸なる貧児〉（「わが幼時の美感」）の〈憂鬱〉のごときものであったと思われるが、今は問わない。大江は古白の資質において子規と〈相容れざる〉ものをこの出来事にみ、子規の教育論「病牀譫語」に照して、それをとりだしてみせる。

> 美育は、もとより美的感情を発達させるためのものですが、それがよく行われるなら、《間接には美の心は慈悲性を起し残酷性を斥く》はずだと子規は定義するのです。幼時、箱庭の梅の小苗を破壊すらした古白は、青春時にいたっても寮でナイフ騒ぎをひきおこしました。その古白を、慈悲性に欠落し、残酷性をよく克服しえていない青年、つまり美育において失敗した人間と、子規は見てとっていたはずです。（「教育される能力」）

さらに、明治二十一年八月、子規が古白、三並良とともに向島の月香楼に仮寓したおりのエピソードとして、古白にむかって立志の要を説いたとき、話し半ばで突然古白が泣きだすということがあった。〈其意殆ど解すべからず。此解すべからざる者は始より古白の脳中に存在し、死に至る迄終に誰にも解せられさりしなり〉と書きとめる子規の所懐にみえる〈此解すべからざる者〉について、大江は〈教育される能力とは反対のあるもの〉であると断言する。

> 自然な性向として教育する者である子規に、愉快な談論だったのです。ところが教育される者としての能力に欠けていた――ほとんど資質的な欠陥としてそれに欠けていた――古白には、落涙するほかはなく、当の反

応が子規を茫然とさせたのでした。

「藤野潔の伝」のあとの記述からすると、子規が古白に〈狂〉気をみて〈此解すべからざる者〉とおぼめかしたふしがうかがえるが、大江はそれを〈資質的な欠陥〉〈教育される能力とは反対のあるもの〉というのである。この当否はさておき、大江が両者の関係に人間の対極性をみているのは確かであろう。対偶的人間像といってもよい。さかのぼれば、大江のそうした視点の萌芽は「若い読者を『明治』へいざなう」(「週刊朝日」昭42・9・8)という文章にすでにあらわれている。これは久保田正文の『正岡子規』(昭42・7)への書評である。久保田の子規伝に触発されて、〈子規の従弟であり、おなじく才能にめぐまれていた藤野古白の挫折した人間像もまた、興味深い。子規と古白は、かれらの共通に体験した一時代の青春の光と影である〉という感想を残している。

子規は古白自殺の誘因として、第一に文学上の失望、第二に生活不安、第三に複雑な家庭環境、第四に恋愛の失意をあげて分析した。しかし大江は、そのいずれにも立ち入らない。大江が注視するのは、明治二十八年三月の出来事。虚子が「子規居士追懐談」(大3・10〜4・3)その他でひろめた、子規が従軍記者として門出する朝の、子規と古白の応酬、そしてそこから推察できる〈心理的な緊張〉(「教育される能力」)である。〈古白の側から見れば、その緊張はなお志をえぬ自分に対して、すでに文壇に名をなし、従軍記者に選ばれた従兄への嫉妬〉があったという大江の推定は、古白がなぜ自殺したのか、という動機にまで及んでいるはずである。「正岡子規―近代俳句の先達」は、以上に示した趣旨にそって、すなわち、明治二十八年の子規と古白の言動を焦点に、その対極的関係、〈教育する者〉としての子規の美質を論じている。

しかし、子規を古白に対比する大江の立論をかえりみると、大きくいって二つの問題点を見のがすわけにはいかない。一つは資料的な裏づけの問題、他は大江の思考方法。以下そのことにつき二、三検証しておきたい。

箱庭を破壊してしまう少年古白は、青春にいたってもナイフ騒ぎなどをひきおこしてしまう、慈悲性に欠落

したところがあり、残酷性をよく克服しえていない人間であった。（「正岡子規」）

まず〈ナイフ騒ぎ〉について。「藤野潔の伝」によれば、明治十六年、赤坂の須田塾に入った古白は他の塾生と喧嘩がたえなかった。その後、小石川の同人社少年塾に移ったが、ナイフで同学生を傷つけたということで帰宅を命ぜられ、子規が古白を連れに行った。このことは、古白の義母藤野磯子の「始めて上京した当時の子規」（「俳句研究」昭9・9）によっても、ほぼ確認できる。同人社少年塾とは、中村敬宇がつくった同人社少年校のことで、年少者を対象に明治十五年に開設された（高橋昌郎『中村敬宇』昭41・10）。古白は十六年か十七年に入ったと推定されるから、ナイフ騒ぎは十二、三歳のころの出来事である。大江は、〈せんつば〉を破壊する少年古白→ナイフ騒ぎを起こす青年古白→自殺する古白に、終始かわらぬ暴力性の発現をみ、それを資質的な欠損と断じているが、いかがなものか。そもそもナイフ騒ぎは〈青春〉というより以前の出来事であり、その後古白が幼少年期の暴力性を克服する可能性は十分あったと考えられるからである。それを傍証するように、知友間では古白は〈一番の優男〉（佐藤肋骨「思ひ出すまゝ」昭9・9）として知られ、子規の最初期の俳句グループのメンバー五百木瓢亭には、〈非風に比べればいさゝか陰欝であつたが、さう陰気といふほどでも無い。けれども散歩に出て喧嘩を買ふやうな元気は無論無かつた。おとなしい男であつた〉（「我が見たる子規」昭9・9）という証言がある。

古白が年少のころの暴力性の因由には別の理由も考えられる。古白は七歳のとき母を亡くしている（明治十一年）。後年、自殺したときには、〈是界が予には縁遠く世事が予を活動せしめ若くは反動せしむ可き制限を予に与へずなりたる即ち予が生存といふ事にインテレストを抱かずなりたるなり〉と遺書に書き残した。これらを考えあわせると、古白には年少の時から、それこそ資質的にといってよいほどの外部世界との過敏な不適応があったのではないか。フラストレーション耐性の弱い少年が他から侮辱されると、一種の防衛機制として兇暴な攻撃性を示すことがあるとは心理学の教えるところである。もし、古白もまたそうだったとすれば、古白少年は大江の初期作品（『遅

れてきた青年』等）に登場するヒーローたちといかにも酷似している。

立志について。子規が古白にむかって、〈曰く目的をしかと立てよ。目的立ちたらば飽く迄其目的に向つて進め。今にして一生の計を為さすんば老いて悔あらんと〉うながしたとき、今までうつむいて黙っていた古白がほろほろと涙をこぼした。このとき子規は叱ったのでも命令したのでもない。愉快に話していたのだという。それなのに古白は泣き出した。子規はこれをもって異となし、大江は古白が〈教育される者である能力に欠けていた〉証拠とみなす。このエピソードについても、別の可能性が考えられないだろうか。子規の初期随筆に「哲学の発足」（『筆まかせ』第一編、明21）という文章がある。在郷のころ（子規の十六、七歳のころか）、ある人から一生の〈目的を定めよ〉といわれ、ひどく当惑したという話が書かれている。その場では、苦しまぎれに法律とか政治と答えたのであるらしい。〈これ故に余ハ目的の定らざる少年に強ゐて目的を他より定むるとか、又ハその物の随意にまかすにもせよ　しゐて目的を定めよといふも矢張あしき也　若シ己れのすきな学問を見出せは自然と目的は定まるもの也　併シその好む所の者を発達せしむる様に導くは亦必要なること也〉。当時の子規とほぼ同年の古白に立志を説いたとき、子規はそのおりふしの述懐を思い出さなかっただろうか。明治二十一年当時、商業に志をもっていた古白は、そのために進学するか実地につくかという問題をふくむ将来問題に頭を悩ませていた。そういう際であってみれば、子規の忠告に接したときの古白の、神経過敏な当惑ぶりが察せられよう。およそ古白が子規の親身な忠告を聞き捨てにしなかった明証として、向島の一件直後の手紙で、しばしば子規に助言を乞うている事実をあげることができる。明治二十一年九月二十三日付書簡には、〈政治ナレ文学ナレ武ナレ文ナレ何ニテモ僕ニ解シ得ル事ニテ有益ナル事ハドシ〳〵御教示被下度候〉とある。子規を恨み、嫉妬したのも事実であろう。しかし、子規の好意にむくいるべく兄事したのも事実なのである。古白の東京専門学校時代の同級生後藤宙外は、その著『明治文壇回顧録』（昭11・5）の中で、古白が敬愛する子規についてあれこれ吹聴したあと、〈頗る面白い男なんだがね、――僕も負

けんつもりで、勉強しとるが、なか〳〵かなはんよ〉と嘆息をもらしたと回想している。こうした古白の実像を前にすれば、古白が〈教育される者としての能力に欠けていた――ほとんど資質的な欠陥としてそれに欠けていた〉と断言することはとうていできない。

遺憾ながら、大江の古白像に相当のゆがみがあるのは、「藤野潔の伝」をほとんど唯一の資料とする偏りとともに、その思考方法によるところが大きい。大江にはその出発期から、二項対立概念を偏愛する傾向が顕著であるが、〈教育する者〉と〈教育される者〉もそのひとつ。

Aと、Aの否定としてのBというものを一組にとらえるという仕方を二項対立というとすると、そのAとBの対立する二項をひとつのカッコで結んで、基本的なところから分析してゆく仕方を、構造的なやり方という（「子規・文学と生涯を読む」）

一般に、雑多な対象を比較作業によって二つに分けることで、思考はかなり明確になる。まず、分類によって属性の異なる概念を対置する。しかし、分けたからといって、それぞれは単独に存在するのではなく、分けることで二項を統合して（ひとつのカッコで結んで）考えることになり、この思考過程を大江は〈構造的なやり方〉というのである。しかし、糸口となる分析の材料が不確かなものであれば、析出されるものも不確かなものとならざるをえない。子規のすぐれた教育者性は疑えないにせよ、古白を否定的媒介とする〈教育する者〉としての子規の至高性は、大江がいうより割引いて聞く必要があろう。

だからといって、子規と古白の関係は以上につきるものではない。古白の死後、子規は生前のやや冷淡な交遊ぶりからは考えられない熱度で、古白に傾斜していった。文字どおり渾身の力をふりしぼって編集した『古白遺稿』、最終的には全二十連に改稿された新体詩「古白の墓に詣づ」（初出、明30・1）、追悼句の数々。〈さめざめと雨ふる夜の淋しさに或は古白を思ふことあり。古白の上はわが上とのみ覚えて、古白は何処に我を待つらんといと心細

し〉（「藤野潔の伝」）と記すとき、子規の体感はすでに死者の側へ移行している。また、よく知られているように、「仰臥漫録」明治三十四年十月十三日の条には、小刀と千枚通しの絵とともに〈古白曰来〉と特書してある。桶谷秀昭は『滅びのとき昧爽のとき』（昭61・11）で、幽冥からの古白の呼びかけは〈子規の身内意識が生んだ妄想〉にすぎないと断じているが、子規の痛惜を掬いとっていない点で謬見といわざるをえない。全体の文脈を別にしていえば、〈古白は幼年時から、青春にかけて、また子規の生涯の大きい転換期に、多種なかたちで影を投げかけた。子規が生きつづけるかぎり、古白は死後も、子規にとって喚起的な存在だった〉（「正岡子規」）とする大江の見解にくみするものである。

4

昭和五十六年（一九八一）四月二日、松山市立子規記念博物館が落成した。大江は当日の開館記念講演「若い人たちへの子規」の中で、〈根岸にある子規の机〉の展観と、〈せんつば〉という〈松山独特の箱庭〉の復元を希望している。机は、晩年、病気のために足が伸びなくなったため、机の一部を切りとったもの。中に伸びない足を押しこむようにして仕事をつづけた子規の、凄絶なまでの生き方、〈不屈の精神〉（「子規・文学と生涯を読む」）を象徴しているだろう。〈せんつば〉の場合はどうか。〈小さな箱庭「せんつば」が、古白の死とからんで子規の心に大きい影を落としていた〉と考える大江には、〈せんつば〉は子規の教育観、人間観のトータルな表象としてみえていたことは明らかだ。子規には、貧しい幼年の日、自家をめぐる〈百歩ばかりの庭園〉に咲く花々の、〈センツバ（草花の歌壇）〉の記憶をふくむ追憶記「わが幼時の美感」がある。〈花は我が世界にして草花は我が命なり。幼き時より今に至る迄野辺の草花に伴ひたる一種の快感は時として吾を神ならしめんとする事あり〉という恍惚に似た至味

は、明らかに、のちの写生文「小園の記」にまでつうじる美意識の源泉であって、〈せんつば〉を、あえて古白の連想とからめる必然性がない事情はすでに述べたとおりである。

ただ、子規の机や〈せんつば〉が象徴する（と大江がみなす）〈教育する者〉としての子規の全体像、あるいは全体化をめざす子規の表現世界の広がりに着目した大江の視角はじゅうぶん尊重されてよい。金井景子は〈講談社全集以降は、子規像をトータルに提示する著作、個別のジャンルにおける達成や可能性を堀《ママ》り下げた論、周辺の人々との相互影響関係を追尋したものが次々に発表された〉（「子規研究という銀河」平5・5）と、最近の子規研究の動向を概括したあと、トータルな子規像を模索する試みとして大江の仕事を位置づけている。むろん、これまでにもそうした試みや示唆がなかったわけではない。古くは、国崎望久太郎が〈子規の生活、事業、思考が全体的に再評価される必要〉（『正岡子規』昭31・4）を説いていたし、国崎説を承けて相馬庸郎「正岡子規」（岩波講座『文学』7、昭51・5）は子規の〈多面的な文学領域〉、その〈総合性〉に注目し、〈ひとつの方向をもった文学原理で、ひとりの近代的《文学者》として、現実的にはさまざまに分化している表現世界に統一的・総合的にかかわって行こうとしている姿勢に、当時の子規の《文学者》意識の独自性〉を認めていて、大江の問題意識に近接している。

大江のただならぬ子規への肩入れには、同郷の偉大な文学者への景仰ばかりでなく、子規と大江自身をつなぐ紐帯のごときものへの共感がありそうだ。大江はその子規論の中で、しばしば、明治の変革期に生きた子規を、戦後の民主主義的な変革期に生きた自身と重ね、子規の日本語の革新、表現の全体化への指向を、自らの同様の営為とダブらせている。一方で大江は、彼の岳父にあたる映画監督の伊丹万作（明33〜昭21）が永い病床生活にあって、同郷の子規の仕事を高く評価していたこと、また、エッセイ「映画俳優の生活と教養」という卓抜な俳優教育論を例に、伊丹の教育構想が子規のそれと〈根本においてきわめて相似たものであった〉（「モラリストとしての伊丹万作」昭46・7）ことにふれている。論証はないが、〈あれほどの天性をそなえていた教育家子規について、わが同郷

の真に秀れた魂は、たとえば伊丹万作は、その点において確実に子規を理解し、子規に学んだ〉（「詩が多様に喚起する」）という確言に接すると、子規→伊丹万作→大江という精神的系族を、大江は思いえがいているのかもしれない。作家は否定するかもしれないが。しかし、この系譜の見立てには、いかにも大江らしい思いこみとして否定できない重みが感じられる。

III　夏目漱石と古白の周縁

明治二十八年（一八九五）四月七日の昼近く、漱石は松山の中学校に赴任するため新橋を発った。おりしも、この日の午前九時過ぎ、古白は寄寓先の湯島切通坂町の故藤野海南邸でピストル自殺を図り、前額部と後頭部に撃ち込んだ弾丸二発の摘出の手術も空しく、同十二日の午後絶命した。古白の死について、漱石はやがて松山の〈風聞〉としてこれを聞くことになる。

周知のように、漱石の松山行きについては、その行動が唐突かつ不可解のゆえに、漱石伝中の謎のひとつになっている。漱石はかつて〈僕前年も厭世主義今年もまだ厭世主義なり〉（二十四年十一月十一日付子規宛書簡）と書いた。この〈厭世主義〉は松山行きの直前には限界点に達し、荒正人『増補改訂漱石研究年表』（以下『研究年表』と記す）によれば、〈明治二十七年から二十八年にかけて「神経衰弱」の病状が著しい。幻想や妄想に襲われる〉という危機的な様相を呈していた。漱石は大学在学中の二十六年四月、馬場下の夏目家を出て本郷に下宿したのを手始めに、松山行きまでの二年間に寄宿舎、友人宅、法蔵院等、転宅をひんぱんに繰り返し、その間にはしばしば旅行も試みている。この何ものかに駆られるような漂泊の日々について、〈元来小生の漂泊は此三四年来沸騰せる脳漿を冷却して尺寸の勉強心を振興せん為のみに御座候〉〈願くば到る処に不平の塊まりを分配して成し崩しに心穏やかならざるを慰め度と存候へども何分其甲斐なく理性と感情の戦争益劇しく恰も虚空につるし上げられたる人間の如くにて天上に登るか奈落に沈むか運命の定まるまでは安身《ママ》立命到底無覚束候〉（二十七年九月四日付子規宛）と記

しているが、この年の暮から翌年一月初旬まで、漱石は円覚寺塔頭帰源院に入り参禅した。言うまでもなく、そうした不穏な境位からの脱却が企図されていたわけであろう。春秋の筆法にならっていえば、松山行きはその参禅の失敗の、自然の帰結にほかならない。

こうして危機的憂悶を晴らせぬまま松山に赴いた漱石は、そこで、〈理性と感情の戦争〉に敗れて自殺した古白の風聞に接した。同病の知友の死を、漱石はどのように受けとめたのであろうか。また、古白の存在が漱石にどのような影を落としているか。ふたりの短い交渉のあとをその交友の周縁にさぐる。

1、一死狂名を博するも亦一興

漱石と古白とのかかわりを考えるとき、子規の存在を逸することはできない。子規の初期随筆『筆まかせ』第一編（明22）のなかに「交際」の一項がある。子規はそこで朋友をランク付けし、〈正直にして学識ある人を第一等の友とす〉〈学問なきも正直なるを殊に淡泊なるを第二等の友とす〉〈学識あれども不淡泊なる利己心の強き同感の情薄き者を第三等の友とす〉とした上で、朋友十九名を分類。漱石を〈畏友〉と呼び、年少の古白に対しては〈少友〉と称している。漢詩文集『木屑録』（明22）を一読して漱石の煥発する才気と学識に驚倒した子規にとって、その正直な人柄とともに漱石はさしずめ〈第一等の友〉の資格を有する。しかし、友としての古白に対する子規の思いは単純ではない。虚子の『子規居士と余』（大4・6）には、新聞「日本」の記者として広島の大本営に向って出発する当日の子規と、〈何事にも敬服せない〉古白との角逐が語られ、碧梧桐は古白について〈子規とは何処かソリの合はない点があつて、兎角孤立の位置にゐた〉（『子規の回想』昭19・6）と証言しているのである。

子規が古白自殺の第一報（大原恒徳）を受けとったのは二十八年四月九日、広島から外地へ出発する前日のこと。

同二十四日、従軍中の金州において碧梧桐から寄せられた古白死亡までの詳報に接する。〈一字一句肝つぶれ胸ふたがりて我にもあらぬ心地す〉（「陣中日記」）とその驚愕を記す一方、哀惜の情とともに過去に古白との間に生じた複雑な心事を書きとめている。子規が真底から驚愕したのは、事が意外であったからではあるまい。常々自殺をほのめかされ、〈堅く決死したるは八月の始頃なりけむ　いさ死ぬるに就而かたみを遺さむものと存して一小冊を編みたり〉（二十七年十一月二日付子規宛）[1]と決死を伝える書簡を手にしながら、親身になって気遣うどころか、皮肉に、あるいは冷淡に応じてきたことへの痛恨が深くきざしていたからであろう。その死に遭遇してから、子規は初めて本気になって古白と向かい合い、古白と彼の死の意味を内面化していくことになる。

漱石が古白の死を伝聞したのは事件直後ではなかったようであるが、翌五月には漱石の耳にも達していたようである。従軍中喀血して神戸県立病院に入院していた子規に宛てて、漱石は〈古白氏自殺のよし当地に風聞を聞き驚入候随分事情のある事と存候へども惜しき極に候〉（五月二十八日付）と弔意を表わした。しかし、それ以上の言及はなく、古白の死をどういう感慨をもって受けとめたか内実はよくわからない。ここではその後の二、三の言動から当時の漱石の心意を推察するにとどめたい。

> 目下愛松亭と申す城山の山腹に居をトし終日昏々俗流と打混じ居候東京にてあまり御利口連につゝ突かれたる為め生来の馬鹿が一層馬鹿に相成候様子に御座候然し馬鹿は馬鹿で推し通す〔よ〕り別の分別無之只当地にても裏面より故意に疳癪を起さする様な御利口連あらば一挺の短銃を懐ろにして帰京する決心に御座候天道自ら悠々一死狂名を博するも亦一興に御座候

これは、松山着到一カ月の近況を告げる狩野亨吉宛書簡（五月十日付）の一節である。〈昏々俗流と打混じ〉などと私信でなければ嫌みに響きかねない反俗的な自恃の表明のうちにも、おのずと、ある暢達な気分が感じられよう。外部世界との不調和から流謫にも等しい心境で松山にたどり着いた漱石に、ひさびさに訪れた小康の時を文面は告

げている。にしても、〈一挺の短銃を懐ろに〉以下の身構えるような語調は穏やかではない。単なる修辞的な気炎として見過すには、あまりにも矯激ではなかろうか。その唐突にもみえる該部の表現の特異さについて、〈おそらく藤野古白の自殺が反響しているものと思われる〉と指摘したのは『漱石とその時代』(2)の江藤淳である。

子規は「藤野潔の伝」(『古白遺稿』)に古白自殺の原因を分析して、文学上の失望、生活不安、家庭問題、恋愛の失敗等を動機として挙げた。しかし、原因はさまざまに思考されるにしても、子規がことの素因と認めていたのは古白の狂気であった。〈彼は自ら狂なりといふ、然り彼は狂なり〉と断定している。古白に狂気をみたのは子規ばかりではない。碧梧桐も生前の古白の〈早発性狂昧〉(前掲書)に言及しており、一般に古白の自殺は形質的なもの、精神錯乱の結果と信じられてきた。(3)その点では漱石も例外ではない。元来狂気への傾きのあった漱石。〈一挺の短銃を懐ろに〉〈一死狂名を博するも亦一興〉と呵々する漱石に、古白のピストル自殺を自らに擬す瞬間がなかったとはいえない。

以前、和田克司によって、古白百カ日のもようを伝える素描の発見が報じられたことがある。それは、虚子、柳原極堂、野間叟柳等の短冊とともに、内藤鳴雪旧蔵の屛風に張り交ぜにしてあった下村為山の筆になる一枚の絵のことである。〈絵には「明治二十八年七月廿一日古白居士百ケ日　冬邨写」とあり、中央に祭壇、その前に読経の僧、その右に絵をかく人、さらに三人の人物ともう一人の衣服がかかれている〉(4)由であるが、和田は画中〈一番右のハイカラ姿の、気むずかしい紳士〉を、その似顔から漱石その人であると推定している。松山では前年に俳句結社「松風会」が結成されていた。漱石と松風会会員との交流は、須磨保養院を退院した子規が漱石の愚陀仏庵に同居してからのそれが有名である。しかし、〈小子近頃俳門に入らんと存候〉(前引子規宛)と伝えて俳句に盛んな創作欲を示していた当時の漱石のことであるから、会員とともに百カ日の法要に列席したとしても不思議ではない。

次のような例はどうか。翌二十九年の正月、帰省先の実家から松山へ向う途次、漱石は神戸在住の俳友竹村錬卿

〈碧梧桐の兄〉を訪ねた。子規には〈練卿《ママ》を神戸に訪ひ築島寺及び和田岬を見る〉（二月十七日付）と告げている。一見なにげない報知とみえる。しかし、神戸港に突き出た和田岬の見物はともかく、近辺の由緒ある寺々を外し、わざわざ築島寺に赴いた心事は注目に値する。神戸市兵庫区島上町四十二番地の築島寺は、平清盛の開基と伝える浄土宗来迎寺の俗称である。『源平盛衰記』や舞の本『築島』に、清盛が兵庫の港を築くとき、三十人の人柱をたてようとしたのを、清盛の侍童松王が自ら願い出て三十人の身代りに人柱にたったということが語られている。築島寺が漱石と子規との間に意味をもちうるのは、古白畢生の戯曲『人柱築島由来』（「早稲田文学」明28・1～3）が、この寺の縁起にまつわる伝説を劇化しているからである。

古白の死が漱石に及ぼした残響を、こうした逸事からうかがうことができる。漱石は古白を亡くした子規に対して、通り一遍の哀悼の辞を述べたわけではない。古白に対するひとごとならぬ追慕の情を酌むべきであろう。

2、排斥運動一件

漱石は古白と、おそらく子規を介して識り合った。相対の交渉をもち出したのは二人の学生時代のことであるらしく、談話筆記「僕の昔」（明40・2）の中で漱石は次のように語っている。

> 丁度大学の三年の時だつたか、今の早稲田大学、昔の東京専門学校へ英語の教師に行つて、ミルトンのアレオパジチカといふ六ケ敷い本を教へさゝれて、大変困つたことがあつた。あの早稲田の学生であつて、子規や僕らの俳友の藤野古白は姿見橋——太田道灌の山吹の里の近所の——辺の素人屋に居た。僕の馬場下の家とは近いものだから、折々やつてきて熱烈な議論をやつた。あの男は君も知つてゐるだらう、精神錯乱で自殺して仕舞つたよ。『新俳句』に僕があの男を追懐して、

思ひ出すは古白と申す春の人

という句を作つたこともあつたつけ。――その後早稲田の雇はれ教師もやめて仕舞つた。無論僕が大学学生中の話だぜ。其間僕は下宿をしたり、故家に居たりと、あちらこちらに宿をかへてゐた。僕が大学を出たのは明治二十六年だ。

古白を回想した文献としてはこれよりほかに見当たらない。[5]「僕の昔」には、回想文につきものの単純な記憶違いや曖昧さもあるが、思いがけない記憶の連結もみられる。たとえば、ミルトン講義の難渋が、連想としてなぜ古白の記憶を呼び覚ましたのか。また、通説では、東京専門学校を辞めた時期は松山行きの直前のはずであるが、なぜそれが〈大学在学中の話〉ということになるのか、これまた興味をそそる。

『研究年表』によれば、漱石が英文学の講師として東京専門学校（以下「専門学校」と記す）に在職したのは、明治二十五年（一八九二）五月六日から同二十八年三月までということになっている。講義の開始日については当時専修英語科に在籍していた綱島梁川の日記によって確認されている。しかし、辞めた時期については今日まで確証がない。

当時の学年は九月より二月まで、三月より六月までの前後二期制である。漱石が学年も終りに近い五月六日に前任者から担当を引き継いだ経緯は、梁川の日記（『梁川全集』第八巻）からうかがえる。梁川は二十五年の一月専修英語科の第三年級に仮入学（三月の編入試験後正式入学）し、同年六月首席で卒業。九月文学科に入学、二十八年六月優等で卒業している。漱石就任までの経過を、梁川の日記に徴して要約すると次の通りである。前任の講師は大学専科卒業生の尾原某氏。三月十八日より坪内逍遙に代わってミルトン論を講じ、二十一日終講、〈次回よりは氏が得意と見ゐつるゴールドスミスのヴイカー、ヲフ、ウヱーキフイルドを講ぜらる、ことに決〉し、二、三回の講義があった。ゴールドスミスの家庭小説『ウェイクフィールドの牧師』（一七六六）である。しかし、〈渋滞なる

その弁、不明なるその解、恰も直訳先生の講義をきくがごとし〉（二十八日）と梁川が記すように不評の故であろう、翌月には辞任に追いこまれたと見え、四月二十二日には〈ヴイカーは講師未だ定らず〉とある。しばらく休講が続き、当時学生たちの信望をあつめていた哲学者の大西祝（操山）の受持ちの噂もあったが、これはぬか喜びに終った。そして五月四日、〈この日初めて余等のクラスのビーカーの講師は文科大学の三年生（正確には二年生…引用者注）と云ふなる夏目某と云へる人なるよしを聞き〉、同六日〈午後始めて新聘講師夏目氏のビーカーの講義を聞く〉に至る。かくして、文学科の予科に相当する専修英語科の講師として招かれたのであるが、梁川の記すところでは講師として漱石を推薦したのは操山であったという。

初日の講義ぶりは、〈弁舌朗快ならず、講釈の仕方未だ巧みならずと雖も循々として穏和に綿密に述べらる、処や、大西氏に似たるところありて、未だ全く麻姑掻痒の快を与へざれども、又その不明の雲霧を散ずるの感あらしむ。兎に角可なりの講師と評すべし〉と記され、教授法の未熟は大学生のことゆえ割り引いて考えるとしても、梁川が漱石の学識の一端にふれて瞠目している様子がうかがえよう。さらに十一日になると、〈大学内にても余程好評あるよしなるが、果せるかな「ビーカー」の講義は勿論、余が該講義の了りし後にてラボック氏の著書中不審の点（而かも田原氏も曖昧に答へ大隈氏は解すること能はざりし不審）を尋ねしに別に躊躇もせず、いと平平然として意を解されしは誠に感服の至りなりき〉と、もはやその学殖に対する傾倒を隠していない。以来、帰途談話を共にしたり、自宅までおしかけたりするようになり、六月三日には夜遅くまで〈学術上色々なる談論をなし、余が前途の立身上有益なる談話を多く聞けり〉という段階まで、梁川の熱度は高まっていった。

梁川は一方で、逍遙、操山にも入学直後から傾倒し、ことに逍遙には人格識見にうたれてその家庭を訪問しているうちに、逆に逍遙からその篤学を見込まれ、二十六年九月より逍遙のもとに寄寓することになる。「早稲田文学」の編集を手伝うかたわら、金子筑水、島村抱月らとともに早稲田派の論客として文学、倫理、教育等の分野に健筆

をふるった。喀血（二十九年四月）後は宗教方面に転機を得、『病間録』（明38・10）その他の著述によって当代の青年たちに深甚な影響を及ぼしたことはよく知られていよう。やがてそうした道筋をたどることになった梁川が、そのころの漱石の眼にはどのように映っただろうか。残念ながら〈漱石がついに梁川について語っておらず、梁川もまた漱石の思出を述べていない〉(6)ため、両者の関係はいつの日か途絶したとみるほかない。専門学校時代に限っても、第二年級の秋（二十六年、九、十月頃）に再度漱石の講義を受講した可能性を残すが、この時期の日記が欠落しているため交渉の実際は不明。漱石に関する記述は二十六年三月四日の次のくだりを最後として、以後日記にはあらわれない。

午前七時夏目氏を訪ひしに、少し今朝は急ぐ用事ありしにより失敬いたすとの下婢よりの伝言なりしかば帰りき。一日内にのみ垂籠めて何処へも出でず。

この日までの日記にみる限り、よしんば梁川の熱の上げ方が一方的でありすぎたとしても、〈将来余は氏の益を得るとの希望を生ぜり〉とか〈余が前途の立身上有益なる談話を多く聞けり〉と書きつける梁川と漱石との関係は、まぎれることなく師弟のそれであり、梁川はいわば漱石の最初の門下生となるはずであった。しかし、何らかの理由で二人の交際は途絶し、漱石が専門学校を去るとともに、その親昵の間柄も解消された。あるいは、最後の日記の記述が暗示しているように、二人の関係が奇妙にかけ違ってしまったとみられなくもない。その時漱石の側に、梁川その人というより、専門学校の学生一般に対する悪感情が伏在していたとすれば、事態はなおのみこみやすいのではないか。

二十五年十二月十四日の夜、漱石は子規に宛てて以下のような手紙を認めている。

儲運動一件御書状にて始めて承知仕り少しく驚き申候然し学校よりは未だ何等の沙汰も無之辞職勧告書抔も未だ到着不仕御報に接する迄は頓とそんな処に御気がつかれず平気の平左に御座候過日学校使用のランプの蓋

に「文集はサツパリ分らず」と書たるものあれど是は例の悪口かゝる事を気にしては一日も教師は務まらぬ訳と打捨をき候（中略）元来小生受持時間は二時間のところ生徒の望みにて三時間と致し且つ先日前学年受持の生徒来り同級へも出席致し呉ずやと頼み候位故左程評判の悪しき方ではないと自惚仕居候処豈計らんやの訳で大兄の御手紙にて運動一件小生の耳朶に触れ申候

専門学校の学生のあいだに、漱石の排斥運動が起こっていることを知らせてきた子規の手紙（現存しない）に対する返信である。専修英語科の講師として着任した漱石は二カ月足らずで初年度の任を終え、九月より同科二年目の講義を担当していた。学生たちからの好評を自認していた漱石にとって、排斥運動の報知は寝耳に水の出来事であったから、〈勿論小生は教方下手の方なる上過半の生徒は力に余る書物を捏ね返す次第なれば不満足の生徒は沢山あらんと其辺は疾くより承知なれど（中略）去るにても小生の為めに此[?]間運動抔致す程とは実に思ひも寄らず〉と裏切りに遭ったような驚愕を示している。驚きはすぐさま憤懣へと変わり、〈無論生徒が生徒なれば辞職勧告を受てもあながち小生の名誉に関するとは思はねど（中略）此際断然と出講を断はる決心に御座候〉と書く。それでも足りなかったとみえ、さらに追って書きに〈坪内へは郵便にて委細申し遣はすべく候其文言中には証人として君の名を借る〉云々と述べ、すっかり態度を硬化させている。

小宮豊隆『夏目漱石』（昭13・6）が想定したように、排斥運動の話を子規にもたらしたのは古白であろう。後述するように古白はこの年の春まで、梁川の編入したクラスに在籍しており、専修英語科の事情に通じていたからである。しかし、漱石のこの強硬姿勢から当然予想される早稲田側のリアクションがつかめないこともあって、面妖な話であるが、運動そのものを架空とみなす意見もある。江藤は〈藤野の神経は従兄の正岡のそれ以上に病んでおり、彼が自分の妄想と現実の断片を混同して正岡に伝えたということもあり得る〉（前掲書）と述べ、話自体を古白による虚誕と結論づけた。しかし当時は、漱石の前任者がそうであったように、学生たちの排撃にあって短時

間で辞任する講師は少くなく、梁川の日記によれば、二十五年の三月から六月にかけて、彼のクラスでは試験の廃止、課目の削減等の無茶な要求を掲げてストライキが発案されてしばしば紛糾し、多数の退校学生を出して終息する一大騒動があった。ストライキのピークは漱石の着任直後である。排斥運動やストライキが起る蓋然性は高いと言わねばならない。

子規年譜や「獺祭書屋日記」等から経過を仮定してみよう。十二月十日、子規は「椎の友」の句会に参加して徹夜。翌朝帰宅し、この日は飄亭、非風、古白らと飄亭の下宿先である青山竜巌寺で催された句会に参加。句会は夜まで続いた。子規はおそらくこの日、古白から漱石排斥の話を聞き、二、三日のうちに書面で注進に及んだ。これに対する漱石の返書（前引）を子規は十五日に受け取っている。翌十六日は藤野漸一家が古白を東京に残して松山に引きあげる当日にあたり、子規は前日も藤野宅を訪れ、この日は一家を新橋駅に見送っている。その間当然古白とも会っていたわけで、漱石の手紙の内容をみせるか話すかした。古白からは辞任するほどのことはないぐらいの示唆を得たに違いない。十七日、漱石の方から子規を訪ねているが、むろんこの件をめぐっての訪問であろう。(7) その後、問題が表面化しなかったことからみて、この日の会談を契機として漱石は辞任を思いとどまった、と一応は考えられるのではないか。

しかし、ことはそれではすまなかったようである。木村毅は、梁川と文学科で同期の五十嵐力の直話として〈当時の学生は無茶苦茶に教師に突っかかって、いじめたので、それ以来漱石は早稲田にたいして好感をもたなくなっていた〉(8) ことを伝えており、また古白と同期の抱月にも当時の教師いじめの気風についての回想があり、(9) 漱石の周辺に排斥運動が再三起こっていた以上、漱石のみ無傷の例外であったとは考えにくい。

二十六年の九月より、漱石の所属は専修英語科から文学科へ移ったようである。「早稲田文学」（明26・9）の「文界現象」欄に文学科新学期の講義題目と担当者の紹介があり、英文学の担当は次の通りである。

英文学
- スコット、ヂツケンス、スヰントン文集（輪講）　磯野徳三郎氏
- ミルトン、バイロン、デクインシー（講義）　夏目金之助氏
- シエークスピヤ、カーライル、エマルソン（講義）　坪内逍遥氏

これを文学科第二回生の卒業記念文集『同窓紀念録』(10)、第三回生の同『おもかげ』(11)の記事と対応させると、新たな事実が浮上する。前者の「受業志」の項に〈明治二十六年九月より二十七年二月まで第三学年の前半に於ては沙翁のハムレツトを坪内講師に、ヂツケンスのチヤイムスを磯野講師に、ミルトンのアレオパジチカを夏目講師に、ミルトンのコーマスを藤代講師に〉学んだとあり、後者の「同窓小話」の項には同年度の〈第二年級――夏目講師にバイロンのチヤイルド、ハロルドを、磯野講師にスコツトのアイヴンホーを、坪内講師にオセロ、テーンの英文学史、カーライルのギヨオテ論、ハムレツト、テンペストを（中略）、藤代講師にチヤイルド、ハロルド（夏目講師の後をつぐ）、斎藤阿具講師に近世史を、増田講師にチヤイルド、ハロルド（再び藤代講師の後をつぐ）カーライルのバルンス及びスコツト論を学びたり〉とある。

従来の漱石伝では、漱石が辞任したのは松山へ赴任する際のことで、後任に藤代禎輔（素人）を推薦したとされる。ところが右の資料によれば、その年度中に漱石も後任の素人もすでに辞任しており、素人の後任増田藤之助がはや着任している。通説の誤りは明らかだが、この間違いの元は素人の〈君が東京を去って松山中学校へ赴任する際、早稲田の英文科に後任として出て呉れと頼まれた〉(12)という回想に依拠したためで、これは素人の記憶違いである。記念文集二冊の記事と、素人の〈僕が君の後釜に据わらうと云ふむら気を出したのは一期の不覚で、僕の英語講演は散々の不成績で一学期の終りにソコソコに逃出して仕舞つた〉(13)という回想を突き合わせると、素人の辞任は前期終了時点、すなわち二十七年二月ということになろう。

では、漱石の辞任はいつのことか。それを明確に示す資料は存在しないが、素人の〈松山中学校へ赴任する際〉

〈後任として〉という記憶の誤りが逆にヒントを与えているように思われる。二十六年の秋、大学院在学（入学は九月）中の漱石は自らの就職問題に逢着する。十月頃、第一高等学校と高等師範学校とからほとんど同時に就職の話があり、両方にいい加減な返事をしたため悶着が惹起した経緯は講演「私の個人主義」（大4・3）に詳しい。結果として漱石は高等師範学校英語嘱託となり十月十九日より出講している。その後これと時期を接して国民英学会にも出講していたから、学生の身分としてはかなりのハード・スケジュールである。とすれば、すでに嫌けのさしていた専門学校の講師をこれ以上続ける意欲をもちえたかどうかは疑問で、高等師範学校への内定を理由として辞任したことは十分考えられる。素人の〈松山中学校へ赴任する際〉とは実はこのときのことではなかったか。二十六年の十月頃漱石は辞任した、というのが仮説的な結論である。ともあれ、新学期の漱石の講義がごく短期間であったらしいことは、古白と同期の後藤宙外の証言がこれを裏づけている。宙外は〈夏目漱石先生もほんの短い間、ミルトンの『アレオパジチカ』を我々の為めに講述されたが、無口の方で、その頃の印象は何も残つてゐない〉[14]と述べてにべもないが、宙外の文章が四十年前の学窓を懐古して綴られたものでありながら、その当時漱石の同僚であった逍遙や操山の講義が〈今も眼に見えるやうに〉鮮やかな印象を刻んでいるのと対照的である。

漱石が先任教師から引き継いだミルトンの『アレオパジチカ』（一六四四）の講義に難渋した話は談話筆記「ミルトン雑話」（明41・12）にも語られている。〈何うも解らなかつた。解るやうで解らない。解らないながらも試てゐたのですから、当時の生徒は嘸迷惑した事と思ふ〉と往時を思いかえして、率直に講義の失敗を披瀝している。漱石の講義について宙外の印象が淡いのも案外この辺に由来するのかもしれない。さらに後年のことになるが、やはり古白、宙外らとともに文学科第二回生であった竹内松治という人が、次のような興味深い証言を残している。[15]

第二回には後藤寅之助、島村瀧太郎、中島半次郎などがいたが、名簿に載らない傑物を拾うと、英文学に関しては藤野潔が級中第一と称されていた。（中略）当時帝大文科出の秀才が講師として来任したことがあった

が、豪傑連中に排撃されて、僅か二、三時間でつとまり兼ねた中で、夏目漱石君が、兎も角も授業を継続し得たのは藤野潔の親友なるがゆえであった。

古白の〈親友なるがゆえ〉に、漱石がクラスの豪傑連中からの排撃を辛くも免れたというのだが、そこに友情の黙約があったとはにわかに信じがたい。むしろこの証言から透けて見えるのは、クラスに勢威を及ぼしうる古白の位置である。古白はクラスのリーダー格の抱月や宙外とも親しかったが、『同窓紀念録』の「同窓小話」から引けば、〈子は頗る多芸の人にして古文、俳諧《ママ》、漫画、英語会話、戯文、小説等を能くする〉偉才であり、〈稟性飄逸瀟洒一点の俗気なし〉という[16]性格は周囲から愛されたに違いない。わけても〈英文学に関しては藤野潔が級中第一〉と称されるその抜群の語学力によって一目置かれていた。そうしたクラスにおける古白の位置が隠然たる力となって、漱石の難解な講義を助けたのであろう。「僕の昔」で『アレオパジチカ』に難渋した記憶を語りつつ、漱石が古白を直ちに連想したのもゆえなしとしない。

3、寓居あと

古白の旧寓早稲田にありけるに
暮の春俤橋を通りけり　（鳴雪）

古白をめぐる回想のたぐいを読んでいくと、戸塚村面影橋[17]（俤橋とも）の程近くにあったその仮寓は、閑雅なことで知友間に有名であったらしく、古白その人の記憶と切り離せないもののようにして追懐されている。梁川の「車上半日記」（明36・12）は、ある秋の日、病中の彼が車をやとって郊外に出たおりの記録で、その一節にこうあ

る。

このわたり、懐ひでの心の絃《いと》の繋きが中に、わきてなつかしきは、曾て同じ学びの窓の、同じ机に、同じふみ繙きたる薄倖の詩人、故古白子の仮住ひのあとなりけり。古白好みとやいふべき浮世隔てたる閑静の一構、窈然と景色邃き屋後の木立、庭のたゞずまひなど、ありし昔とつゆ変はらぬさへあるに、下宿人の名標《なふだ》の、二つ三つ淋しう軒に懸かりたる、さては外面《そとも》より打見入りたる家内の板敷、調度などの、清らに塵一つだになきさままで、昔のまゝなり。（中略）あはれ、多感の幽魂は、俳諧の遺韻拾はむとて、今もなほこゝに飄遊することありやなしや。

書き手の澄明な心ばせが直に伝わってくるような雅文である。〈曾て同じ学びの窓の、同じ机に、同じふみ繙きたる〉のくだりからは、二人がかねて相識であったことが知られるが、これは意外なことだろうか。梁川は文学科では古白の一級下であったから、二人の間に親交があったことは一般に知られていない。しかし、梁川は古白のことをその当時の日記に書き残していて、そこから二人の交遊の一端がしのばれる。それは、梁川が古白の下宿を初めて訪れた二十五年三月四日のことである。この日、〈会話の課業〉のあと梁川は古白に同行し、仮寓で文学談義に花を咲かせ、昼食を饗せられて帰宿している。最初に声をかけたのは梁川の方であろう(18)。

同氏の下宿屋はもと宮崎湖処子の宿なりしを聴き、且つその彼が書きしと云ふなる甲板《ママ》の文字を見しときには、何となく瀟洒たるその宿の一しほ趣味多く床しげに覚ゑ、且つ余の想像は直ちに彼が著せし「帰省」中の記事に黐び臻り、この静寂なる戸塚村の風景と対照していとゞ興味を惹き起こしぬ。

梁川は同所に『帰省』（明23・6）の作者が居住していたことを知り、大いに感銘を受けたらしく、その四日後知人から『帰省』を借り出していることによって想像される。（『帰省』は旧武蔵野のおもかげを色濃く残す戸塚村の閑居を原点として作者が郷里を幻視し、そこから故郷の田園をさらに夢幻化するという二重の操作を施している）。ともあ

れ、明治三十年代の後半、藤村操の自殺（明36・5）に象徴される煩悶世代の理解者として青年の渇仰をあつめた梁川と、北村透谷などといわば煩悶第一世代に属する古白との間の親交を思うとそこには興味深いものがある。

さて、古白を追慕してその旧居に人一倍の執着を示したのは虚子である。子規の虚子宛書簡（二十八年八月九日付）に、

旧古白庵ニ御転居の趣これより御奮発の程思ひやり候
　尻のあとの最うひやゝかに古畳
百ケ日も先月すミけるとかや
御転居についてハ最早何事も不申候　須磨の旅寝のくり言忘れ給ハじと存候

とあるように、虚子は八月の上旬、碧梧桐と相宿の本郷の下宿を出て、ひとり古白の旧居に引き移った。須磨の保養院で子規から後継者を委嘱されたときの制約は、碧梧桐との同居を解消すること、学問をすることの二点であった。子規の後継となるのもいやだし、学問をするのも気がすすまない虚子にとって、追い討ちをかけるような子規の手紙は相当の圧迫となったはずである。虚子は転居の動機を述べて次のように言う。(19)

早稲田専門学校に坪内先生のセークスピヤの講義を聴くことをも一つの目的として高田の馬場の或家に寓居をトした。此家はもと死んだ古白君の長く仮寓してゐた家であつたといふ事が余をして此家をトせしむるに至つた主な原因であつた。

同様の記述は『俳句の五十年』（昭17・12）にもみえる。しかし、転居の理由となる表現は微妙に異なっており、後者では逍遙のシェークスピア講義を聞きたいという動機が主で、古白を偲ぶという動機の方は付帯的になっている。回想の時点を斟酌すれば、引用文の方が当初の心境に近いのではなかろうか。

虚子は言葉どおり、その年の九月、専門学校の文学科に入学した。しかし、不幸にして逍遙の講義はシェークス

ピアではなくワーズワースであった。ワーズワースは虚子の興味をひかなかった。操山の心理学はおもしろいと思ったが、ほかに興味を呼ぶものがなかったため、ほどなく廃学している。初めから学業に専念する意志はなかったのである。学問を強要する子規にみせたポーズといわれても仕方がない。ただ、虚子のために弁ずれば、逍遙のシェークスピア講義、演劇への関心はその場限りの思いつきではなかった。その当時、虚子もまた古白同様に「早稲田文学」の鼓吹する新戯曲待望論の渦に巻き込まれていた形跡があり、[20] 生来の芝居好きは後に「女優」（明45・1）、「お七」（明45・4）等の劇作に結果した。

廃学はしたものの、逍遙の講義には多分に未練を残していたとみえ、虚子は漱石に逍遙への紹介状を依頼している。漱石の逍遙宛書簡（二十九年五月三日付）に、〈偖今般小生友人高浜清なるもの先生の御宅に参上の上英文学に関する御高説伺ひ度由申居候（中略）参上の節は何卒よろしく御教訓被下度〉とある。実際に虚子が逍遙宅を訪れたか否かはわからないが、梁川が漱石の門下生たりえなかったように、虚子もまた逍遙の門下生とはならなかった。

二十八年の十二月、虚子は古白の旧居を去ったようである。

「藤野潔の伝」所載の年譜、二十五年の項に〈東京専門学校に入り文学を修む。独り南豊島郡戸塚村高田馬場の跡に寓居す〉とあり、古白が麻布永坂の家を出て、下宿住まいを開始したのはこの年のことと考えられる。ただし、その日月は不明。北川忠彦は宙外の回想をふまえて、〈秋頃であろうか、家を出て高田馬場にある農家の表座敷に下宿〉[21] とするが、同所より発信した古白の子規宛のハガキ（二月二十六日付）が存在するので、下宿の日月はこの年の冬まで遡る。さらに、同年の子規の「ノート」一月十四日の記事に、大学の講義のあと麻布の藤野宅を訪れ、〈ソレヨリ始メテ下戸塚村四百三十四番地北田屋ニ至リ藤野古白ヲ問フ〉[22] とあり、初めての訪問といい、また麻布をわざわざ経由していることからみて、古白の下宿住まいは、この日からそう遠くない日に始まったらしい。古白の下宿を子規が〈北田屋〉としているのは誤り。古白は書簡に〈北村方〉〈北村屋〉、戯れに〈山吹のさと湖泊草

蘆〉とも記した。高田馬場の旧跡辺りにあったこの家は〈旧茶屋〉[23]の由で、その風趣のほどがしのばれよう。二十七年の六月中旬、古白は病気を理由として卒業試験を中途で放棄し帰郷しているが、その際この下宿を引き払った。北川は〈十二月帰京後はずっと「切通しの藤野」すなわち湯島の故藤野海南邸に下宿していたらしい〉[24]と推定している。

では、古白が下宿から馬場下の夏目家へ〈折々やつてきて熱烈な議論をやつた〉のはいつ頃のことか。二十六年四月、漱石が夏目家を出る以前、すなわち〈あちらこちらに宿をかへてゐた〉時期より前のはずであるから、古白が北村屋に下宿をした二十五年一月から一年数カ月の間のことであったと推定できる。そこで二人がどんな議論を交わしたか、今は知るよしもない。

4、古白曰来

古白没後、子規は文学に志の深かった古白を弔うため、一周忌を期して遺稿の編集を思い立ったが、頼みの虚子によんどころない事情が生じ、心ならずも延期のやむなきに至った。二十九年四月十九日、不忍弁天僧房で古白の一周忌追悼発句会が開かれた。子規は体調の不良と雨天を理由に欠席している。しかし、同日付の碧梧桐・虚子宛書簡に、〈古白遺稿は近日ハ《ママ》整理の上上梓するつもりなれば其時ハ諸君の御助勢を乞ふ旨予め御報道致置被下度候〉と合力を依頼し、遺稿の上梓に執念をもやした。碧梧桐は子規の心事を推察して、

> 不幸な古白に対して、肉親の愛といふより、文学の友として、自分は聊か冷淡であつた、といふやうな一種の悔恨を感じてゐたのではないか。古白を救う救はぬに論なく、たゞ余り為すがまゝに放任し過ぎてゐたといふやうな。——で、古白遺稿のことは、神戸で再生して以来子規の念頭を離れてゐなかつた。それがせめても

の古白に対する心の償ひでもあつた。

と述べている。[25]

子規は三十年二月下旬より遺稿の編集作業に入り、三月上旬にほぼ完了、四月三十日以降校正を終え、五月下旬刊行の運びとなった。作業経過の巨細は、上記期間中の子規書簡に明らかである。『古白遺稿』の目次は、俳句（新年春夏秋冬雑）、和歌、情鬼（新体詩）、人柱築島由来（戯曲）、藤野潔の伝、遺稿跋並追弔詩文よりなるが、当面問題にしたいのは、三十年三月一日の日付をもつ子規編「藤野潔の伝」である。同日付虚子宛書簡に子規は次のように書く。

> 数日前より俳句の選択にかゝり候処一日半にてそれはすみ伝をものせんと存じて取りかゝり候処意外の苦辛にてこれにも一日半を費したり（原稿紙二十八枚）やりかけたらほうつておけぬ小生の性質故今夜伝を書きあげて快に堪へず　尤も此二三日来多少発熱あり殊に今夜は八度六分迄上り居り候へども責任をはたさんとする心熱は体熱に打勝ちて重荷の下りたるやうに覚え候

わずか数日で編集の目鼻をつけるという早業であるが、それまでに相応の準備期間があったことを思えば信じられない話ではない。真に驚くべきは、まるで重ってきた病状と発熱に挑むかのように単独で宿願を果たしたことで、〈心熱は体熱に打勝ちて重荷の下りたるやうに覚え候〉は文字どおりの実感であったろう。むしろ、処置に窮したのは印刷費用をどう捻出するかという実際問題であったと思われるが、これも縁者・俳友たちの醵金によって全てまかなわれた。募金総額は七十二円六十銭。「古白遺稿寄付者及金額」[26]によれば、藤野家が四十円、子規が五円、漱石の場合は村上半太郎（霽月）と並んで、他人としては最高額の二円である。子規は金額の目安を、二十銭以上一円までとほぼ決めていたから、その高額の寄付には子規に対する友情が働いていることは言うまでもない。[27]

『古白遺稿』を手にした漱石が、そこに何を見、何を感じたかを知る直接的な資料は存在しない。後に華巌の滝

で自殺をとげた藤村操に同情して、その壮烈な死の意義を『草枕』に開陳し、その他の作品にしばしば言及した実例が一方にあるだけに、古白に対して漱石は奇異に思えるほど寡言である。しかし、たとえば『こゝろ』の次のような場面を読むとき、ピストル自殺した古白のことが（むろん墜死した藤村操のことも）漱石の念頭にあったことはほぼ確実である。

「よくころりと死ぬ人があるぢやありませんか。自然に。それからあつと思ふ間に死ぬ人もあるでせう。不自然な暴力で」

「不自然な暴力つて何ですか」

「何だかそれは私にも解らないが、自殺する人はみんな不自然な暴力を使ふんでせう」（上、二十四）

この場面にほのめかされている〈不自然な暴力〉による自殺とは、当然、伏線（予告）としてのKの死である。小説の結構からいえば、先生の自殺の予告すらそこに読めなくもないが、〈私は死んだ後で、妻から頓死したと思はれたいのです。気が狂つたと思はれても満足なのです〉（下、五十六）という先生は、奇妙な表現になるが、自然な（と思われる）自殺をこそ指向していたとみられ、Kの死と同断とすることはできない。あえて〈不自然な〉と評する先生の言葉の裡には、自殺者に通有の、理解を拒絶するようなその死に方についての根本的な不審があろう。それは、おそらく、小説の冒頭で、自殺するKがあらかじめ相対化されていることと無関係ではない。〈私〉はその人を〈先生〉と呼ぶほかない故由を述べたあと、〈余所々々しい頭文字抔はとても使ふ気にならない〉（上、一）と揚言していたのである。〈K〉とは漱石にとって何者の象徴だろうか。

〈不自然な暴力〉を行使して自殺したKの死因をめぐって、先生は次のように思考する。

私は寂寞でした。何処からも切り離されて世の中にたつた一人住んでゐるやうな気のした事も能くありました。

同時に私はKの死因を繰り返し〳〵考へたのです。其当座は頭がたゞ恋の一字で支配されてゐた所為でもありませうが、私の観察は寧ろ簡単でしかも直線的でした。Kは正しく失恋のために死んだものとすぐ極めてしまつたのです。しかし段々落ち付いた気分で、同じ現象に向つて見ると、さう容易くは解決が着かないやうに思はれて来ました。現実と理想の衝突――それでもまだ不充分でした。私は仕舞ひにKが私のやうにたつた一人で淋しくつて仕方がなくなつた結果、急に所決したのではなからうかと疑がひ出しました。さうして又慄としたのです。私もKの歩いた路を、Kと同じやうに辿つてゐるのだといふ予覚が、折々風のやうに私の胸を横過り始めたからです。（下、五十三）

ここには、Kの死の動因を推考する過程の段階的思惟が示されている。〈失恋のために死んだ〉とみる第一段階。そして、〈現実と理想の衝突〉とする第二段階。そのいずれもが否定されて、最終的にはKが〈一人で淋しくつて仕方がなくなつた結果〉＝〈何処からも切り離されて世の中にたつた一人住んでゐるやうな〉孤絶の故という推定にたどり着く。このKの自殺に至るまでの心理解剖は、複雑微細にわたる先生自身の場合と比べ、かなり単純化されているところに特徴がある。それはまた、〈自分は薄志弱行で到底行先の望みがないから〉（下、四十八）とのみ記されたKの遺書と、決死までの経緯を長々と縷述した先生の遺書の差に呼応する。

「藤野潔の伝」に引用された遺書[28]のなかで、古白は世のいわゆる厭世家の場合と区別し、〈是界が予には縁遠く世事が予を活動せしめ若くは反動せしむ可き制限を予に与へずなりたる即ち予が生存といふ事にインテレストを抱かずなりたるなり〉と書いている。古白のこのような活動世界からの隔絶感と、『こゝろ』の先生が至りついた〈何処からも切り離されて世の中にたつた一人住んでゐるやうな〉孤絶意識に本質的な差はない。古白は続けて、〈是予が従来の行為経歴の畳積したる結果にして固より一朝の故を以て自ら求めて遽に此に至れるには非ずされば余が把持する所の理想若くは希望の実際と画□《不明》する等頓挫転倒を物うき事に思ひたる失意が（略）原因なるにはあら

ず〉と書き、世に〈インテレスト〉を喪失した原因として、誰でも思いつきそうな〈理想と現実の衝突〉という因果を明確に否定する。そして、最終的に自殺の因由は次のように集約されるのである。

> 勇猛進取の気力は例として一時の発作たるに止りて持久するを得す傲慢にして他に愬ふる事を得為さゝりしの果遂に愬ふる所なきに至りて茲に現世に生存のインテレストを喪ふに畢りぬ

子規が遺書の展開にみたのは古白の〈狂〉であり、〈意志尤も弱き〉古白である。自他ともに認める古白の〈薄志弱行〉はKの遺書中の言葉でもあった。

前述のように、子規は自殺の誘因を分析して四カ条挙げたが、さらにもうひとつ、古白が〈世の中にインテレストを失ひし最近因〉として、自らの従軍行を挙げている。ひそかに文学上の競争者に擬していた従兄の壮途に、古白が敗北感を募らせたというのだ。〈遺書の日付と当時彼が認めたる書状とは之を証するに足る〉と子規は記している。古白没後、子規はおそらく古白の〈死因を繰り返し〳〵考へた〉に違いない。こんな記述がある。

> さめざめと雨ふる夜の淋しさに或は古白を思ふことあり。古白の上はわが上とのみ覚えて、古白は何処に我を待つらんといと心細し。（傍点引用者）

往年の感情的な違和も、古白の死後に味わった〈一種の悔恨〉も消えうせ、今や〈古白の上はわが上とのみ覚え〉るところまで子規は古白の内面に踏み込んでいる。孤独の体感から死者の側へ接近したともみられよう。これは、背景や状況こそ違え、先生が自らの〈寂莫〉からKの内面を類推する場面に一脈通じるものがある。〈Kが私のやうにたつた一人で淋しくつて仕方がなくなつた結果、急に所決したのではなからうか〉〈私もKの歩いた路を、Kと同じやうに辿つてゐるのだ〉と観じて先生は慄然とするのである。漱石は、先生がKの死因を推考する場面に古白の遺書を要約して援引し、子規の古白に対する感懐を先生のKに対するそれに仮託したのではなかろうか。しかし、だからといって、古白がただちにKのモデルであるというつもりはない。時代の終焉とともに自らの生に封

印する先生の宿命に深く関わったK、その痛切な人間像には、すでに指摘があるように、漱石の周縁にいた古白や藤村操、米山保三郎のような〈鮮烈な青年像〉[29]がイメージとして反映していると考えるのが妥当である。

明治三十四年十一月六日、子規はロンドンにいる漱石に宛てて悲痛な手紙を書いた。漱石宛の最後の手紙である。

僕ハモーダメニナツテシマツタ、毎日訳モナク号泣シテ居ルヤウナ次第ダ、ソレダカラ新聞雑誌ヘモ少シモ書カヌ。手紙ハ一切廃止。ソレダカラ御無沙汰シテスマヌ。今夜ハフト思ヒツイテ特別ニ手紙ヲカク。（中略）錬卿死ニ非風死ニ皆僕ヨリ先ニ死ンデシマツタ。

僕ハ迚モ君ニ再会スルコトハ出来ヌト思フ。万一出来タトシテモ其時ハ話モ出来ナクナツテルデアロー。実ハ僕ハ生キテヰルノガ苦シイノダ。僕ノ日記ニハ「古白曰来」ノ四字ガ特書シテアル処ガアル。

書キタイコトハ多イガ苦シイカラ許シテクレ玉ヘ。

垂死の床にあって、もはや書きたくても書けない無念な境涯を綴りながら、子規はその日記に〈古白曰来〉（古白曰く来たれ）と特記した事実を伝えている。『仰臥漫録』同年十月十三日の条には、小刀と千枚通しの絵のわきにこの四文字が記されている。病苦に耐えかねて自殺熱が高進したとき、あの世から呼びかける古白の声が子規には聞こえたのである。それを聞いてくれる相手として、漱石以上の適任者がほかにあっただろうか。漱石が帰国したとき、子規はもはや世に亡い。漱石は出世作『吾輩は猫である』中篇序（明39・11）に、子規の手紙の全文を掲げ、そこに鎮魂の言葉を書き残している。

注

（1）　碧梧桐『子規の回想』（昭南書房、昭19・6）によれば、〈古白の継母磯子刀自の追憶談をきくと、書生時代古白の

最も心服したのは子規であるらしいが、なぜか子規の方では、余り古白に重きを置いてゐなかつたやうだ〉〈我々も子規から古白に就いては、困つたものだ、といふ程度以外余り話をきいた覚えはない〉という。

（2）斎藤恵子「漱石研究文献批評」（『作家の世界夏目漱石』番町書房、昭52・11）は、『漱石とその時代』の圧巻ともいうべき漱石と子規との交友が〈立体的なふくらみをもって書き込まれ〉ているゆえんに、自殺する古白のエピソードが〈鮮やかな点景〉となっていることを指摘して示唆的である。

（3）河井酔名「藤野古白の俳句」（『俳句』昭28・9）は〈昂奮すれば狂人とも見えたであらうが、矢張彼の人格は正気である。狂人扱ひは速断であつた〉とみる。感情傾向の問題は別として、その死を狂疾の故と断定する根拠は存在しない。

（4）和田克司「子規・漱石・為山・古白――古白百カ日と為山の絵」（『愛媛新聞』昭54・9・19）。

（5）漱石による古白追悼、追懐句には次の五句が知られている。古白その人への追慕の並々でなかったことが感じられよう。和田利男「漱石と古白―漱石書簡の新資料について」（『図書』昭51・7）参照。

①御死にたか今少ししたら蓮の花（弔古白、二十八年十月末）
②君帰らず何処の花を見にいたか（古白一周忌、二十九年三月五日）
③思ひ出すは古白と申す春の人（同年三月二十四日）
④古白とは秋につけたる名なるべし（同年十月）
⑤梓彫る春雨多し湖泊堂（三十年三月二十三日）

（6）木村毅『比較文学新視界』（松蔭女子学院大学、同短期大学学術研究会、昭50・10）

（7）荒正人『研究年表』（集英社、昭59・6）は漱石のこの日の訪問について、〈正岡子規から、情報を聞いた人の名前を出してよいかどうかをたずねたか、または事情をよく確かめてみようと思ったかどちらかと推定される。坪内逍遙への辞職願は発送を中止したと想像される〉と記す。

（8）木村毅、前掲書

（9）島村抱月「過去の早稲田文学」（『文章世界』明41・10）によれば、〈当時の文科は、開けて漸く第二期の、所謂草創の際であつたから、万事が甚だロマンチツクで、活気があつて、随分乱暴者も居て、教師などを何とも思はず、ス

トライキを喰はせたり、悪戯をやつたりしたものである〉という。

(10)『同窓紀念録』(明27・7・27)は島村瀧太郎(抱月)、中島半次郎、後藤寅之助(宙外)の三人によって編集された卒業記念文集。裏表紙に〈同攻会に寄付す、文学科第二回卒業生、明治二十七年七月三十一日〉とある。早稲田大学図書館所蔵。

(11)『おもかげ』(明28・6・21)は綱島栄一郎(梁川)ら六人によって編集された文学科第三回卒業生の記念文集。早稲田大学図書館には残されていない。川合道雄『綱島梁川とその周辺』(近代文藝社、一九八九・四)参照。

(12)藤代素人「夏目君の片鱗」(昭和三年版『漱石全集』月報第五号、昭3・7)

(13)同前。

(14)後藤宙外「四十年前の早稲田」(「早稲田学報」昭3・2)

(15)「座談会・三代の早稲田」(「早稲田学報」早大七十周年記念号、昭27・10)の誌上座談会における竹内松治の発言。

(16)明治二十六年九月上京し、子規の紹介によって古白から英語を学んだ喜安璡太郎は、〈古白氏は英語の発音読方会話に於て最も優れ早稲田にて氏に及ぶ者なしとの評判に候ひき〉(「四国文学」明43・4)と証言している。抱月にも〈語学などもうまい方で、殊に会話など、ちよつと稽古したばかりで不思議なほどよくできる〉(同)という回想がある。

(17)漱石は古白仮寓の位置を〈姿見橋―太田道灌の山吹の里の近所の―辺〉としているが、面影橋と姿見橋はよく混同されたようである。『江戸名所図会』によれば、〈姿見の橋〉は〈俤の橋〉の少し北方に位置する。ただし、同一の橋とする異説もある。

(18)梁川のこの日の日記から、当時古白が専修英語科に在籍していたことが知られる。古白が英会話の名手であったのに対し、同科を首席で卒業した梁川の唯一苦手の科目が会話であった。この日〈会話の課業〉のあと古白の仮寓を訪問しているところに因縁が感じられる。篤学の梁川がその攻略法を尋ねたとしても不思議はない。

(19)『子規居士と余』(日月社、大4・6)

(20)碧梧桐によれば、古白が〈坪内逍遙のセクスピアの講義のまねをして笑はせたこと〉(前掲書)があったといい、古白を劇作に誘った逍遙の「功過録としてのシエークスピア」(「早稲田文学」明27・7)を虚子たちもまた読んでい

たはず。早稲田派の戯曲論をふりまわしたらしい虚子と碧梧桐のそれぞれに宛てた書簡（二十八年八月九日付）に子規の批判がある。〈沙克斯比亜《シエークスピア》の近松のとは少々片腹いたく覚え申候〉（碧梧桐宛）には、早稲田派嫌いの子規の面目が躍如としている。

(21)「藤野古白の一生」（「愛媛」昭42・1〜3）

(22)「ノート」（講談社『子規全集』第二十一巻）

(23)「俳句会稿」（同『子規全集』第十五巻）によれば、明治二十六年一月三日、子規らが参加して古白の仮寓で句会が開かれた。〈高田馬場旧茶屋ニ於テ〉とある。

(24) 北川忠彦、前掲文

(25)『子規の回想』（前掲）

(26)『子規全集』第二十巻

(27) 和田利男、前掲文にすでにその指摘がある。

(28) 昭和六十三年、古白の甥藤野淳が松山の子規記念博物館に寄託した「古白遺稿等」一件資料のメモに従えば、①「遺言状」②「自殺之弁」③「中島正雄ニ弁スルノ書」④「母上さま」⑤「父上様」⑥「真子（海南の息女）宛遺言」⑦「井上理三郎宛遺書二通」が古白の遺書の全てである。「藤野潔の伝」にはこのうち②、③、④からの引用がみられる。

(29) 山田輝彦「『こころ』注釈上の問題」（「国文学」昭56・10）

Ⅳ 高浜虚子『俳諧師』論

1

写生文と小説の違いはどこにあるか。俳句を応用して写生文にしたように、写生文を応用して小説にすることはできないか。このような課題を前にした虚子は、〈小説といふものは到底理屈の骨組を抜くことの出来ぬものとすると写生文とは全然目的を異にしてゐる。写生文は俳句の如き散文として文界に独立すべきもので小説とは没交渉のものらしい〉(「写生文と小説」明39・10、傍点は原文)と、いったんは両者の差異を明快に分けながら、〈唯併しながら注意すべき事は所謂骨組みの上に張る一枚〳〵の紙は写生文の如く趣味的なものである〉〈若し理屈の骨ばかりで満足せずに趣味深い肉をつけた文学的の小説を作為せうとならば是非とも此一枚〳〵の紙を精選する為めに写生文を習熟する必要がある〉と述べ、写生文を小説に応用する処方ではなく、その効用のみを性急に説いた。そこに明らかな論旨の飛躍に方法上の困難が指し示されているともいえようが、矛盾をはらんだこの一節から逆に、虚子の小説創作欲がすでに臨界状態にあった気配が見てとれる。

「写生文の由来とその意義」(「文章世界」明40・3)によれば、この時期、虚子を含む写生文家たちは例外なく一種のマンネリズムにあって、写生文の材料と技法の上で転機を迎えつつあった。そこで虚子は、写生文の世界に新生面をひらくべく、従来の技法としての〈写生〉とは別箇に、〈人間の研究〉という〈アドヴエンチユア〉の試み

が必要なゆえんを提示する。ことは写生文の問題にとどまらない。当時の文壇の主流にあった自然主義の文学者たちは、〈人間の性格〉とか〈運命〉について研究し、おいおい技術としての〈写生〉が必要なことを認めていった。それに対し、〈写生文家は先づ写生の技術の方に着眼して、今後人間を研究しようといふのだから、果してどういふ結果を齎らすか知らぬが、進んで、小説の方面にも、力の及ぶだけ、手を伸ばして見るのも、また面白からう思ふ〉と述べ、間接的な言いまわしながら、同時に自らの積極的な志向をも表明していた。事実虚子は、この文章の発表と相前後して、やがて最初の小説集『鶏頭』（明41・1）に結集する「風流懺法」（明40・4）、「斑鳩物語」（明40・5）などの諸作を「ホトトギス」に発表し始めていた。また、明治三十九年頃から「国民新聞」紙上に短いエッセイを載せ始め、四十一年の二月からは虚子の初めての本格長篇小説『俳諧師』の連載が同紙上で始まっている。こうして、写生文の技術を小説というジャンルに移植しようと志したとき、いわば満を持していた虚子に、それなりの成算がなかったとは考えにくい。

当時の虚子の方法的なもくろみを知る上で有力な手がかりとなるのは、新聞の連載終了後に発表された「『俳諧師』に就て」（「早稲田文学」明41・9）であろう。執筆の時期は確定できないが、〈全篇の三分の一位と思ふところが一段落〉したので〈此塩梅ならどうにか斯うにか書き上げる事も出来るだらう〉という部分があることから、これが小説の連載中に書かれたものであることがわかる。ただ、見過せないのは、虚子が〈全篇の三分の一位〉と思われるころまで書き進めた段階で、それまでのところは〈堕落の巻〉とでも命名すべきところであると述べている点で、この証言からすると、小説の実際の展開との齟齬を免れない。主人公の三蔵の行動に即して言えば、彼の〈堕落〉が本格化するのは、高等中学の中退、上京後のことであって、初出の五十三回以降と考えるのが妥当である。三分の一といえば、三十四、五回のあたりのはずで、このころは、ドイツ語の文法に屈託しながらもなお課業に身を入れようとしており、彼の行状を指して勤勉とは言い難いにせよ、〈堕落〉とまではとうてい言えない。し

かも、三蔵の言動に深い影響を与える二人のうち、十風とは知りあってまだ日も浅く、水月はまだ登場すらしていない。以上の事実を勘案すると、どうやら『俳諧師』は初出の展開と異なり、もっと大がかりな構想のもとに企てられたのではないかという疑いが浮上する。このことは、初出の終章（百四回）がかなり唐突な終り方をし、[1]のみならず、作者のいささか人を食ったような弁解の一節を最後に付記していることとともに、虚子にとってそもそも『俳諧師』が計画倒れの半産の作品であったことを裏書きしているのではなかろうか。それがまた、後の改訂の動機の一つともなったと考えると符節は合う。

ところで、『俳諧師』〈全篇の三分の一位〉と判断した時点で書かれた「『俳諧師』に就て」には、今回の執筆は〈全くの筆ならしの積り〉であるとか、〈習作の範囲を脱することは出来ない〉とか、〈大体の方針を極めて置いた許り〉というような、あえて習作・無構成を強調する言葉が散見する。意地の悪い見方をすれば、完結のおぼつかないなりゆきを見越した遁辞と言えなくもないが、写生文を小説に応用拡大する困難が想像以上であったというのが実相であるらしい。ともあれ、同文に依拠して執筆の際の虚子の方法的もくろみを整理すると、ほぼ次の二点に集約できる。

(1)　短篇では〈或中心点——その中心点とは感想でも事件でも人物でも好いが——それを目がけて一直線に進む〉のに対し、長篇では〈先づ中心点をきめて置いてその周囲を廻りながらだん〱と螺旋的に中心へ近づいて行く〉。

(2)　〈作中に出す人物を世間に於て充分自分の熟知してゐるものであれば〉〈其時其場所の写生はしなくとも、作者が其人物を中心にして勝手に創造して行く天地が労せずして眼の前に現はれて来る。其を逃がすまじとして写生すればいゝ〉。

(1)では小説の構造に、(2)では描写の方法にふれており、まさしく虚子の腐心もこの二点にあったといってよい。

前者については、新聞連載時から漱石などによって構造が〈ルーズ〉であると指摘されていたのであるが、虚子にとっても長篇の構築は思うに任せなかったようで、〈一節々々を切り放して写生文として見ればよいが、全体纏まつた処を見ると却て部分部分の活躍が全体を殺してしまふ〉と匙を投げかげんである。後者にいう〈写生〉はむろん写生文の立脚する外面描写の位相とは異る。〈目に見耳に聞く実世間の事を写生するのでは無くて頭の中に創造された別天地を写生するのである〉と再説して明らかなように、いうまでもなく小説における内面描写（あるいは人物の性格描写）を指している。虚子はこのとき、写生文の技法が虚構小説に応用転化される際に働くある想像的機能にもふれているはずで、それ自体興味深いが、〈写生〉自体の技巧の分析には及んでいない。というより、〈写生〉の技術というのは永年の修練によって体得されるもので、もともと方法として外化できない性質のものなのである。

充分性格の分つた人物だと作者の方では、読者も共に其人物を熟知してゐる如く感じて、大胆に無造作に筆をつけて恰も龍が片鱗を見せるやうな筆使をすることが出来る。その方が筆数が少ないだけに寧ろより多く性格が活躍するやうになるといふ事です。

これは(2)の所説への付言と考えられる部分であるが、仮に〈写生〉の技法が存分に揮われて、その結果、〈恰も龍が片鱗を見せるやうな〉陶酔境に作家を引き込む瞬間がありえたとしても、〈筆使〉という表現が象徴するように、描写のリアリティは、あくまでも作家の主観のうちにのみ保証されていのあやういものとならざるをえない。しかし、虚子の方法が主観的かつ強引であるにせよ、作者が小説の素材となる人物を熟知している場合、省筆の効果として、その人物を躍動的に浮かび上がらせることができる、という実感を随伴させている点に留意したい。その人物描写論、ないし性格描写の所説の反面は、作者と読者の共役を前提とする一種のモデル論なのである。虚子は〈実世間の人物をモデルとしたに拘らず実世間を離れて別に事実が存在し得る。此事実は活躍すれば活躍する程

全体を活躍せしむる〉という体験的な見通しに立って、〈写生〉の論理を〈頭の中に創造された別天地〉の〈写生〉へと拡大してみせた。実際に、こうした〈写生〉が可能かどうかは別にして、『俳諧師』が多くの読者に興味をもって読まれたゆえんは、ひとえに登場するモデルのためであった。虚子の『続俳諧師』（民友社、明42・9）の巻末には、周知のように漱石をはじめ、当代の多くの評家による『俳諧師』評が収録されている。その中で、〈現存の人物〉に応用した〈写生〉の技巧、筆致に神品を看取し、〈現在、描写法の水平線上、印象筆致の、殆ど最高点〉という評価を与えたのは徳田秋江である。このとき秋江は『俳諧師』の技巧を藤村の小説『春』（「東京朝日新聞」明41・4～8）と対比してあげつらっているのだが、現在の文学史における両作品の位置に思い及べば、秋江の評価は過褒にすぎるということになろう。しかし、秋江の比較がほとんど偶然の所産であったことは疑えないにせよ、両作品の対比を恣意的とみなすことはできない。そもそも『俳諧師』と『春』の因縁は、それぞれの連載紙で競合したことに始まり、内部要請として相互比較を必然とするようないくつかのファクターを共有しているからである。たとえば、共に、明治四十一年の時点から顧みられた明治二十年代後半の青春群像が描かれていること、主人公の文学志向、主人公に影響を与えた人物の自殺（もしくは自殺に近い病死）、モデル小説という形態、そして何よりその表現技法が〈写生〉に立脚していること……等。二つの作品を、もっぱら表現技巧に限定して対比した秋江の判定によれば、モデルの性格が躍如としているか否か、その〈印象的描写力〉の差は歴然としていた。(2)

…少くとも『俳諧師』に表はされた十風と、『春』に表はされた青木とを比べては、作者の技巧によつて、私には十風の方が遙に感触的の力を以て居る。『春』の青木は、甚く読者の予備知識に訴へる所がある。「俳諧師」の十風は、例へば此の私にしてからが、三蔵の虚子たり、水月の古白たり、李堂の子規たり、北湖の鳴雪たることを知つてゐて、独り十風の何者たるかを知らぬさへあるに、予備知識の見当から離れて、独立して、紙表に其性格を躍動せしめてゐる。

現存の人物を〈写生〉して〈創造された別天地〉に再現した作品世界を、ひたすら技巧の観点から感受した秋江の評言は、作家虚子の意に適う知己の言といえよう。

2

『俳諧師』には、現在三種類のテクストの存在が知られている。「国民新聞」の初出は明治四十一年二月十八日から七月二十八日まで、百四回（A）にわたって連載された。翌年の一月には、民友社出版部から単行本として刊行され、九十回（B）に圧縮された。その後、春陽堂版『明治大正文学全集』第二十一巻（昭3・7）では、さらに圧縮されて七十八回（C）となり、この版が岩波文庫『俳諧師・続俳諧師』（昭27・8）あたりまで普及した。（A）→（B）→（C）への改訂は削除による縮小を原則とする。ただし、後に（C）が（B）の改竄でしかない実態が明らかとなり、虚子の圧縮の企図が不明朗なこともあって(3)、筑摩書房版『現代日本文学全集』66（昭32・1）以降の版では（B）に復元された。現在これが標準のテクストになっている。毎日新聞社版『定本高浜虚子全集』第五巻（昭49・5）もこれを採用、同巻には（A）と（B）、（B）と（C）の本文校異が示され、改訂の経過をつぶさに知ることができる。校異の概略をたどると、（B）から（C）への改訂は部分的な字句の削除・補訂を除けば、（B）の七十五章から八十二章まで、東京時代の三蔵が血道をあげて入れ揚げた娘義太夫小光とのかかりあいの場面のカットがその全てであり、その改悪は論外といわざるをえない。さしあたり、『俳諧師』のテクストとしては、〈初出のそれの散漫な部分を整理した九十回本が最良である〉(4)とみることで諸家の見解は一致しているが、（A）から（B）への改訂には〈散漫な部分〉の修正にとどまらない変更があることにも注目しておきたい。

（A）から（B）への修訂は字句の削除・補正を含め、ほぼ小説の全体に及んでいる。そこで大幅に削除された

のは、（A）の冒頭一〜三章、中学の卒業試験で順位を下げた三蔵が失望感を味わう場面。次いで、〈自由〉〈解放〉の世界を想望した高等中学の現実に裏切られる九、十章。さらに、三蔵と水月とが隠微に恋を競う相手である鶴子さんの内面を叙した四十二、四十六章。そして、小光に関わる八十二、八十三、九十二章。こうした大幅な削除によって消失した企図（たとえば、三蔵と水月に注視される鶴子さんの特異な心理など）も少なくないが、それも本筋からそれた部分的な削除とみなせば穏当な処置といえる。（A）から（B）への重大な変更は、大詰めの九十七、九十八章と百四章の間に行われた章節の入れ替え、端的にいえば、十風の死と水月の自殺の場面の入れ替えであろう。（A）における水月の自殺（九十七）は第四回内国勧業博覧会（明治二十八年四月〜七月）の開催された前年のことであり、十風の死（百四）はその会期中。（B）では十風の死（八十九）は二十八年の五月、一方の〈水月は此年の秋自殺した〉（九十）とあって、虚子は水月の自殺を十風と同年の秋に変更している。この、そうそつな変更の意図、あえて小説のラストに水月の自殺を配置するねらいは奈辺にあったのだろうか。小説の展開を追う限り、そうした変更の内的必然性は見あたらない。それどころか、むしろ改変にともなういくつかの不自然、作為の方が目につく。例示すれば、まず彼らのモデルとなった新海非風、藤野古白の実際の没年月とのズレ。古白が自殺を図ったのは二十八年の四月七日のことで、同十二日に亡くなつた。非風は三十四年十月二十八日に病没している。小説的虚構といってしまえばそれまでのことであるが、虚子の作為は二人の死の後先を逆にしたところにあるのではなく、十風と水月の死をともに二十八年の設定にしたこと、その時間的なこだわりの方に見い出すことができる。

また、水月は小説の半ばで読者の視界から姿を消し、すでに一定の役割を終えているにもかかわらず、最後になって何の前ぶれもなしに彼の自殺が告げられ幕切れを迎える、という段取りはいかにも唐突である。『俳諧師』の読者は、先に引用した秋江の評が典型的であったように、その連載時から今日に至るまで、〈紙表に其の性格を躍動せしめてゐる〉十風、および〈十風夫婦の悲哀な凄艶な運命〉をこそ、この小説の勘所としてきたのではなかった

か。とすれば、あえて作品の完結性を冒してまで水月自殺のエピソードで締めくくる作為は不自然で、軽重をわきまえない扱いとみえる。しかし、事実はおそらく逆なのであって、わざわざラストに水月の死を配置するところに、単なる思いつきではない、虚子にとってなみなみならぬ比重をもったモチーフであったことがわかる。三蔵（虚子）にとって水月（古白）とは何者であったのか、ここで二人の関係が改めて問われなければならない。

　古白の実像を踏まえて写された水月の人物がその輪郭を現わすのは、水月が三蔵に自身の見た夢を話す場面であろう。自分の腰に妙な花が咲いて折っても折ってもあとからあとから咲くので弱ったという夢。海に入っていろいろの魚の顔の前でしきりにピョコピョコ頭を下げて謝罪したという夢。この現実離れした奇怪な夢をこともなげに語る水月の前に立つと、いっぱしの〈詩人〉を気どっていた三蔵も〈忽ち俗人に堕したやうな〉（三十三）失墜感を味わっている。俳句を作る一方、〈文学者〉（三十六）を自任して小説への意欲をみせていた水月は、同じ道を目ざす三蔵の先行者でもあった。こうして、水月はまさしく敬意を表すべき飄逸な〈詩人〉の相貌をもって三蔵の前に現われたといってよいが、語る奇怪な夢はそれ自体で、彼の飄逸な一面と人を驚かす奇矯な側面との奇妙な融合をかもしていよう。俳句を作れば、考えているようないないような顔つきで、〈一句も出来ぬ時もあり、出来る時は二三十句立どころに出来る〉水月。文学者と草刈娘の心中というロマンスの趣向を語って、自らをその文学者に見立ててはばからない水月。ハンカチに京の紅葉の色を打ち出してみせる水月。こうした水月にまつわるエピソードの数々は、彼のどこかとぼけた印象とともに、飄逸なイメージを増幅させて遺憾がない。

　しかしその一方で、三蔵がこの水月に親しみを感じて接近するたびに、なにかはぐらかされるようなかみ合わないものを感じていることも確かなのだ。一例をあげてみよう。知り合ってまもなくのこと、三蔵の方から文学に関する質問を試みたとき、なぜか〈其答へは三蔵の問うた心持とはひたと合はぬ事が多い〉（三十三）と、ある障壁として感じられたのがそれに当たる。おそらくそれは、両者の気質の差とも文学観の違いとも異なる、ある本質的

な何かで、ことの訳がわからない三蔵が水月の言動に翻弄される様子が、いくぶんユーモラスにとらえられている。以下、虚子は二人の関係した恋愛事件を話題として、水月の言動を、奇矯からのいっそうの逸脱として描き出してゆく。

発端は、俳句作りにかまけて学校の課業のおくれを気にしていた三蔵が、ドイツ文法に屈託した結果、渥美重雄というドイツ語の先生のうちへ通うようになったことである。渥美家には今年十八になる先妻の娘で、〈背は低いが顔立ちは美人〉（二十九）という鶴子さんがいる。そこへ、渥美家の親戚の篠田正一という青年が現われる。この青年は、三蔵が俳句の師として敬慕する李堂が紹介してきた水月のことであった。恋愛事件のおぜん立てとしていかにもご都合主義的な設定になっているが、実際に虚子と古白が恋敵として相対峙した事実が反映している[5]らしく、主観的には虚子にとって虚構の出来事ではない。ただし、恋愛模様は三者の外面描写に終始しているためか平板で、〈水月は眼鏡ごしにぢろりと其手許を見て、鶴子さんの電の如く閃いた空眼とはしなく逢って互に避ける〉（三十二）のような意味ありげな表現を除くと、そこに恋愛の劇が進行しているとは思えないほどである。初出では視点を鶴子さんの内側において、適齢の異性に対する揺曳する心理や、〈自尊の念〉を失うまいとする女心が克明に描かれていたのに、三十六、四十二、四十六、四十七章の該部が全く削られたこともあって、三者の関係が立体的にとらえられなかったためと考えられる。

事態は水月の鶴子さんに宛てた手紙が発覚したことから、思わぬ破綻をみせる。文面は短く〈小野の頼風が塚に生ひけん草を男郎花とよび、女の塚なるをこそ女郎花とは呼べ。我が文ぞ偽りなる〉云々という呪文めいた異様なものながら、〈御かへり言こそ待たるれ。かしこ〉（三十九）と結ばれていたため不都合な艶書と審判され、渥美から糺問の手紙が届いたときには、〈例の〉と形容される〈寂しい笑ひ〉（四十一）を浮かべた孤独な水月は、何の挨拶もなく帰京してしまう。一見、児戯に類するふるまいとみえなくもないが、手紙が〈薄桃色の雁皮〉に書かれて

いたことといい、〈様御許〉の脇付といい、結語の〈かしこ〉まで、水月は自らを女性に仮託しているとみられ、そのことがすでに尋常でない。この手紙は、改訂版では削られた初出の四十二章、水月宛の手紙として届いた〈女の手蹟であり乍ら男名前〉のそれと対応するものであるが、不可解な一連の言動ともども水月の実存の謎を深めるエピソードとなっている。しかも、虚子はこのことに意識的で、水月がいつも手にもっていた〈新聞紙包み〉を象徴的な小道具として用いることによって、彼を小説の世界から鮮やかに退場させる。

例の新聞紙包みは浜名湖の真中で汽車の窓から湖の中へ投げ込んでしまった。此新聞紙包みが何であったかといふ事は水月と浜名湖の外は知るものが無い。(四十一)

包みの中身は何なのか。予想される卑俗な見方をことごとく拒絶して、それは水月の実存に重なる謎そのものと化しているといってよい。古白が死んだとき、〈此不可思議な詩人は終に冷たい骸となつた〉(『子規居士と余』)と虚子が記したように、水月もまた神秘的かつ〈不可思議な詩人〉であって、それ以上でも以下でもなかった。

そして、小説の終結部。

水月は此年の秋自殺した。三四年間殆ど俳人としての交通を絶つてゐたが、三藏は京都から帰つて間もなく久し振りに出逢つて其風采言行の非常なる変化に驚いた。以前は一見異常なる哲学者膚の人と思つたのが極めて穏かな平凡な人になつてゐた。(中略)其から最も三藏を驚かしたのは「僕は自殺せうと思ひます。」といつたことだ。けれども其態度が極めて平静で更に大問題と思へぬやうな口振りであつたので三藏は初めこそ驚いたがたいして気にも留めなかつた。(中略)帰路三藏は水月に妻帯してはどうかといつた。水月はさういふ事を聞くとすぐ目の前に飢餓に迫つてゐる妻子の状態が描き出されるといつた。それから切通しの坂の上で別れた。其の後二三日してピストルで前額と延髄とを一発づゝ打つて自殺した。(九十)

三藏は〈三四年間〉の時を隔てて起った、水月の〈風采言行の非常なる変化〉に驚倒している様子であるが、描

写以前の説明的行間からそれを実感として読みとるのはむずかしい。〈以前は一見異常なる哲学者膚の人と思ったのが〉という三蔵の見方にしても、〈異常なる〉外観はともかく、前半の水月の言動から〈哲学者膚〉(6)をうかがわせるような思弁性や理性的指向性を認めることはできない。このことは、水月の人物のどこか厚みに欠ける印象とともに、『俳諧師』において虚子が、三蔵や十風、十風の細君以下登場する全ての女性の〈内側にも入りこんでゆくという多元的な手法〉(7)をとりながら、水月の内面には立ち入っていないことと無関係ではありえない。〈読後十風に劣らぬ悲壮感を覚えるのは彼の悲劇的結末に負うところが大きいのであって、作者の手腕によるものとは見なし難い〉(8)という批判があるゆえんである。

そうした形象の不備にもかかわらず、あえて小説の中心にいた十風の死と入れ替えて、エピローグに水月の自殺を配する企図から、虚構を支える真実、水月のモデルとなった古白自殺の衝撃が、虚子にとっていかに深甚な感銘を与えたかを想定することはそう困難ではない。

3

小説『俳諧師』の時間は、明治二十四年三月、三蔵の中学卒業に始まり、水月が死んだ二十八年の秋をもって閉じられる。章にあてはめて整理すると、一〜六章（二十四年三月〜秋の末）、七〜四十二章（二十五年一月〜冬）、四十三〜六十八章前半（二十六年一月〜年の暮）、六十八章後半〜八十四章（二十七年一月〜年の暮）、八十五〜九十章（二十八年一月〜秋）が小説の時間である。以上の年月は虚子の年譜上の時間とほぼつりあっているが、中学卒業を実際より一年早めるなど、随所に虚構化（もしくは事実の整理）が認められる。かといって、小説の時間が歴史的枠組を越えた恣意に委ねられているというわけではない。空間的には三蔵の高等中学の退学、上京（四十四）を境

に、京都時代と東京時代とに分かれ、叙述の質・量からいって、十風、水月、北湖等の来訪と交遊によって〈現状打破〉(同)のきっかけをつかむ二十五年が小説のピークとみられる。しかし、前半の密度と比べ、三蔵の放蕩の日々を素材とした後半の展開はやや粗雑で、全体にしりすぼまりの観がある。

それにしても、『俳諧師』が二十四年から二十八年という時代を背景としながら、〈日清戦争あるいは戦争をめぐる社会の動静の影すら映し出されていない〉(9)のは奇異といわざるをえない。日清戦争の当時にあって大多数の国民と同様に、〈出る号外を見て一喜一憂してをつた〉(『俳句の五十年』)虚子であってみれば、なおのことである。この問題はおそらく、十風の死を非風の死んだ三十四年の秋ではなく二十八年の五月とし、水月の死を古白の死んだ同年の四月ではなく、その年の秋に設定したこと――二十八年という特定の時間へのこだわりとも関係しよう。さらにいえば、小説の帰結がなぜ水月の死んだ二十八年の秋なのか、その時間のもつ象徴的意味とも連関するはずである。

モデル小説としての『俳諧師』を読む場合、読者のつまずきとなるのは、これまでにもしばしば指摘されてきたように、およそ青年期の虚子と切り離して考えることのできない碧梧桐をモデルとする人物が登場しないことであり、また、子規をモデルとした李堂が遠景に退けられ、直接姿を現わさないことであろう。虚子の回想記『子規居士と余』に往時を追想した一節がある。それによれば、〈学校生活を中止して文学に立たうといふ一つのあせり〉(傍点は原文)から退学した子規の軌跡を虚子がなぞったこと、あたかも〈親獅子は舞台に出て舞ひ、子獅子は橋がゝりで舞ふ〉能楽の「石橋」のごとくであったという。

居士はまだ舞つてはいかぬいかぬと言ひ乍ら舞台で舞ひ始めたので、余は堪へずに橋がゝりで舞ひ出したのであつた。碧梧桐君も其頃は殆ど余と同身一体のやうな有様であつた。性格の全く異なつた二人は常に同一行動を取つてゐた。橋がゝりの子獅子は二匹であつたのである。

〈文学〉（小説）への野心抑えがたく、〈現状打破〉を呼号して退学を決行した三蔵さながらの挙であったことがこの一文から知られる。碧梧桐にしても、当時虚子と〈同身一体のやうな有様〉で〈常に同一行動を取つてゐた〉とすれば、虚子と形影相伴うように生きた人物を、もう一人造型する必然は当初からなかったといえよう。なまじ登場させれば、〈性格の全く異なつた二人〉のことゆえ、そこに無用の劇を招来しないとも限らないのだ。では、〈親獅子〉子規の場合はどうか。

『俳諧師』制作にあたって、時代背景としての日清戦争に虚子が無自覚であったわけではない。執筆の企図にふれた「『俳諧師』に就て」（前掲）の次の一節は、その証左といえるだろう。

> 今迄の処は『堕落の巻』とでも命令《ママ》すべきところで日清戦争前後に於ける文学志望者の半分は『俳諧師』中の人物と其当時是等の渦中に投じ無かつた人が今の文壇に名ある人々達でせう。私達の眼から見て立派な天才肌の人と思はれた人は却て多く落伍者になつたやうに思はれます。

前のセンテンスにねじれがあるため、やや意味のたどりにくいところがあるが、意のあるところを酌めば、日清戦争前後の文学志望者の半ばは〈堕落〉青年であったが、すぐれた才能の持主にかえって〈落伍者〉が多かったというのである。むろん、虚子の関心は非風、古白のような〈落伍者〉の運命にあったわけで、時代に背を向けて淪落に身をまかせた十風に共感し、孤独から世相に超然とした態度をとりつづけた水月と親しんだ三蔵もまた、〈落伍者〉の側に身を置いていたということであろう。このように、彼らを形象して戦争を意図的に黙殺した虚子と、従軍を文学者の使命と断じてはばからなかった子規（碧梧桐・虚子宛手記、明28・2・25）との径庭はまぎれようもない。両者の精神史的位相差については、従来、山本健吉、猪野謙二らによって、明治二十二年の憲法発布より前に青年時代の自己形成期を経たものと、そうでないものとの決定的な差異として世代論的に論じられてきた。そうした観点に立てば、虚子が小説において戦争の時代を無化し、李堂の子規を後景に退けたことから、そこに〈子規

的な精神への反措定〉(10)を読みとることも十分可能である。あるいは、両者の行動や意志の背馳は、彼らの資質に根ざした文学意識の落差に胚胎したものではなかったか。

周知のように、明治二十八年七月、虚子は須磨の保養院に転地した子規から後継を委嘱される。虚子の回想記類によれば、委嘱に心理的な負担を感じ、迷惑とも感じたにもかかわらず、あいまいに応諾したため、この年十二月の道灌山事件にまで尾を引いたこともよく知られていよう。このとき子規から課された制約は、悪循環を来たしている碧梧桐との同居を解消すること、学問をすることの二点であった。八月上旬、虚子は碧梧桐と相宿であった本郷の下宿を出、高田の馬場にほど近い下戸塚にあった古白の旧居に引き移った。転居の動機は、

　早稲《ママ》田専門学校に坪内先生のセークスピヤの講義を聴くことをも一つの目的として高田の馬場の或家に寓居を卜した。此家はもと死んだ古白君の長く仮寓してゐた家であつたといふ事が余をして此家を卜せしむるに至つた主な原因であつた。(『子規居士と余』)

子規に促されるところがあったとはいえ、転居先、進学先は虚子自身が決定している。転居は古白を偲ぶという感傷的な動機に発しているが、通学にも便利であった。虚子の選択を、子規がひとまず歓迎したらしい様子は虚子宛の手紙(二十八年八月九日付)からうかがえる。〈旧古白庵ニ御転居の趣これより御奮発の程思ひやり候〉〈御転居についてハ最早何事も不申候　須磨の旅寝のくり言忘れ給ハじと存候〉。学問はともかく、子規の後継者になることはもっと気がすすまない虚子にとって、追い討ちをかけるようなこうした文面は相当な圧迫となったであろう。もっとも、この頃の生活の一端を記した「朝貌日記」(明治28・8・25~30)によれば、読書、古俳書の筆写、謡、句作、交遊と、意外なほど清閑な日常がそこにはうかがえる。八月二十六日の条には、古白の校友であった福笑門を訪ね、〈談遺稿の事に及び夜に入つて帰る〉という記事がみられる。一日、鳴雪、碧梧桐らと催した運座の記録も古白の旧居にちなんで「古庵」(「玉藻」昭26・9)と題され、子規の許へ送られた。死後の古白へのこのような

傾斜が、古白自殺の衝撃・感銘に由来することはいうまでもない。

同じ年の九月、虚子は東京専門学校の文学科に入学した。しかし不幸にして逍遙の講義はシェイクスピアではなくワーズワースであった。ワーズワースは虚子の興味をひかなかった。大西操山の心理学は面白いと思ったが、ほかに興味を呼ぶものがなかつたため、ほどなく廃学している。（退学の月日は確認できていないが、十月中か）。〈初めより真面目に課程を没頭する気はなかつた〉という言葉どおりだとしたら、学問を強要する子規にみせたポーズといわれても仕方がない。ただ、逍遙の講義には多分に未練を残していたとみえ、翌年、虚子は漱石に逍遙への紹介状を依頼している。漱石の逍遙宛の手紙（二十九年五月三日付）には、〈偖今般小生友人高浜清なるもの先生の御宅に参上の上英文学に関する御高説伺ひ度由申居候（中略）参上の節は何卒よろしく御教訓被下度〉とある。実際に逍遙宅を訪ねたかどうかは不明だが、虚子の逍遙への執心も並ひととおりではない。まず考えられることは、「マクベス評釈の緒言」（明24・10）その他で展開された逍遙の没理想論への関心である。『俳諧師』の初出には、〈近松の世話浄瑠璃を読破した〉三蔵が〈早稲田文学と柵草紙の没理想論を反覆して精読した〉（二）という記述があり、シェイクスピアと近松を比較研究していた逍遙からの影響が濃厚である。初期の虚子「俳話」に、たとえば、〈戯曲は没理想を以て人間を詠じ俳句は叙景によりて山川草木を歌はんとするものなり〉といった表現が散見するのも、その名残であろう。また、碧梧桐によれば、古白が〈坪内逍遙のセクスピアの講義のまねをして笑はせたこと〉（『子規の回想』）もあった由で、それも聴講を希望する機縁になったかもしれない。

そのころ早稲田派の小説論・戯曲論を大いに吹聴したらしい虚子、碧梧桐の書面（現存しない）のそれぞれに返答した子規の長文の手紙（二十八年八月九日付）が二通ある。「阿波の鳴門」のお芝居にことあたらしげに感激したと報知した碧梧桐には、苦々しい調子で、〈沙克斯比亞《シェークスピア》の近松のとは少々片腹いたく覚え申し候〉と批判し、虚子に対しては後継者を意識してか言いきかせるような筆致が目につく。〈貴兄の状況今日にありて俳句は稍平等的差

別の域に達し居られ候へとも他の文学に在りてハ猶無差別的平等の域に止まり給ふにやと存候〉(傍点は原文)には暗に俳句への専心を促す響きがないとはいえない。〈机に向へば何より手を出すべきか〉茫然といったていたらくの虚子に対して、〈原因ハ学浅にあらす只貴兄の目的が確定せざるためのミ〉〈貴兄ハ只今何をせんとの御目的なりや(小目的也)〉と畳みかける。俳句なのか小説なのか、小説なら何を書くのか。俳句に重きをおけず、さりとて小説にもめどが立たない虚子は、このとき明らかに生涯の岐路に立って、処決を迫られていたといっていいだろう。

三蔵は尚ほ小説に意を絶つことが出来ぬ。当時売出しの硯友社の作物などを見ると物足らぬ所が多く何所にか新たらしい境地があるやうな心持がする。が扨て筆を取つて見ると相変らず何も書けぬ。已むを得ず時機の到るを待つことゝして、暫く俳句専攻者として立つことにする。小説俳諧師は之れを以て一段落とする。

『俳諧師』の末尾に加えられた作者の付記である。虚子は二十八年の十月から、(東京専門学校の退学と前後して)日本新聞に句罪人の名で「俳話」を載せ、また雑誌「日本人」にも「俳話」の連載を始めている。後にその一部がまとめられ『俳句入門』(明31・4)となった。小説が終結する二十八年の秋から、虚子もまた三蔵と同じく〈俳句専攻者〉の歩みを開始したのである。しかし、それは、子規(李堂)の後継者を意識してのことではなかった。〈已むを得ず〉〈暫く〉という限定辞が示すように、腰を据えた出発でもなかった。三蔵が〈別に俳諧師になろうと思つたわけでも無く、又特に意を傾けて研究したといふわけでも無〉いのに、〈いつの間にやら俳諧道の先達になりすましてゐる〉(九十)自身を発見して驚くというなりゆき、小説家志望の青年が、いつのまにか〈俳諧道の先達〉になりおおせていたという小説の展開にはアイロニーがあろう。別様の題材と手法によって、新たに俳諧師誕生の物語(『続俳諧師』)が書かれねばならなかったゆえんである。

注

(1) 初出では、十風の死後、庇護者を失ったため、もとの娼妓の世界に復帰して男性に依存して生きるほかない細君の〈末路を思うて哀れを感じた〉ところで終わる。本来、脇役にすぎない一女性の運命を占って終わるのは不自然。九十回本では初出九十七、九十八の、いつのまにか〈俳諧道の先達になりすまして〉得意な主人公三蔵の現況を叙した部分と前後を入れ替え、企図の回復を図っている。

(2) 藤村は『新片町より』（明42・9）の中の「写生」で、〈物を観る稽古〉としての〈写生〉の方法の肝要なことにふれている。

(3) 三蔵の小光への痴情を描いた十二章にわたる大幅な削除の意味は、坪内稔典「『俳諧師』〈高浜虚子〉」（「解釈と鑑賞」平元・6）が指摘するように、〈若い日の俗っぽく軽薄で痴情的な側面を切り捨てて体裁をつくろったもの〉と考えられる。

(4) 坪内稔典「『俳諧師』〈高浜虚子〉」（同前）

(5) 『子規居士と余』によれば、虚子の高等中学時代の保証人は京都の栗生氏である。古白の父漸はこの栗生家から後妻にいそを迎えた。古白の従弟服部嘉香「子規と古白と拓川」（『正岡子規　夏目漱石　柳原極堂　生誕百年祭記録』昭43・2）には、いその妹すみが古白の恋人であり、〈その叔母は虚子にも初恋の人でしたので、古白、虚子が競争相手、つまり恋敵となりました〉という証言がある。

(6) 虚子は初出の三十六章で、鶴子さんが水月の顔を想像するところを、〈眼鏡を掛けた哲学者らしい眼付きの、口許のぐつとしまつた意味の深い顔〉と表現し、四十六章にも〈眼鏡の光つて居る哲学者らしい水月の顔〉とあって、〈哲学者膚〉の側面を描く用意があったことが知られるが、むろんそうした片言によってとらえられるわけもなく、九十回本ではどちらも削除された。

(7) 高橋春雄「写生文と自然主義―『俳諧師』『続俳諧師』まで」（「解釈と鑑賞」昭43・9）

(8) 笹瀬王子「『俳諧師』から『続俳諧師』へ」（岡保生編『近代文藝新攷』平3・3）

(9) 橋本寛之「高浜虚子『俳諧師』論」（「阪南論集　人文・自然科学編」昭59・3）

(10) 同前。

V　河東碧梧桐・井上理三郎編『湖泊堂蔵書目』について

1、はじめに

湖泊堂こと藤野古白の蔵書目録が実在したことは、一般には知られていない。のみならず、表題の下に〈明治廿八年四月〉と記された『湖泊堂蔵書目』の現物もすでに失われ、もはや存在しないと推定される。したがって、本稿で翻刻して紹介するのは、かつて存在したものの写しが基になっている。(1) この写しから原形の体裁を推し測ると、そのあらましは次のとおりである。大きさは二三〇ミリ×一五五ミリ。用紙は一頁十行、一行が一二ミリ幅の罫紙。ただし、洋書目録には白紙を使用。袋綴じ。毛筆。また、記述の内容は例言が一頁、和書目録が五十頁（内、四頁は空白）、洋書目録が六頁。編者については識語に河東秉、井上理とある。河東は秉五郎（碧梧桐）、井上は理三郎である。

以下、『湖泊堂蔵書目』をめぐって、編者と古白の関係、とりわけ碧梧桐と古白の関係について、さらに、目録が編まれた経緯、その内容や蔵書の行方について言及する。

2、碧梧桐と古白

古白の享年は二十四歳。明治二十八年（一八九五）の四月七日、寄寓先である本郷区湯島切通坂町の故藤野海南（父方の伯父）邸でピストル自殺を企て、十二日に死亡。『湖泊堂蔵書目』（以下、『蔵書目』と記す）はその日から二週間ほど後に編まれている。その間の消息を今日にまで、もっとも精細に伝えているのは碧梧桐であろう。碧梧桐の証言には、日清戦争に従軍して金州の陣中にいた子規に宛てて古白の訃を伝えた書簡（明28・4・14付）、「寓居日記」[2]、「寓居日記」の記述を基にして書いた「古白の死」（『子規の回想』昭19・6）等がある。わけても青春日記の趣がある「寓居日記」は、虚子のモデル小説『俳諧師』（明41・2〜7）の世界に比肩する内容をもち、彼らの青春をほうふつとさせる点で特筆に値する。『子規の回想』によれば、

> 『寓居日記』と題する明治二十八年の私の日記が、四冊手もとにある。其の一・二を欠く三・四・五・六の四冊で、二十八年三月五日から六月一日に及んでいる。其三が三月から始まつてゐるのから見ると、日記を書き始めたのは大方二月の初めから一月の末であらう。（「従軍前後」）

二十七年の十月、仙台の二高を中途退学して上京した碧梧桐と虚子は、それぞれ子規と新海非風の家に寄寓し、後に本郷竜岡町の下宿で同居。さらにその後、本郷台町の下宿に引っ越して、その引っ越し記念に書き始めたのがこの日記である。

> 日記の内容は、主として当時の遊蕩生活を赤裸々に書いたもので、たゞ文章の拙劣であるばかりか、殆んど他見を憚るやうな愚劣極つた事実の暴露である。この日記によつて、当時の放縦な糜《ママ》乱した頽廃的生活がどこまで野法《ママ》図であつたか、恐らく之を手にする人を呆然たらしめるであらう。大方父母兄弟の監視や学校の日課

又は職業の束縛から放たれた自由と、未来の大文豪を夢見てゐた首途の誇りを完膚なく打挫かれた自棄的心理とが、当然弱い人間を引張り込む魔の陥穽へ一歩々々近づかしめたものであらう。（同）

とあるように、この年の碧梧桐は虚子とともに吉原遊廓に通ったり、寄席や女義太夫に血道をあげて放蕩無頼な生活を送っている。したがって、ここに、人生のあるべき方途を見失った者の〈頽廃的生活〉が〈赤裸々に〉記録されているのは確かであるが、それに尽きるものではない。残された「寓居日記」の三・四・五・六（二十八年三月五日～六月一日）では、子規の日清戦争従軍（出立は三月三日）、古白の自殺（四月）、子規の罹病帰還（五月末）といった劇的なトピックス、当時の碧梧桐にとっては、まさに襟を正さしめるような出来事が継起して、碧梧桐はそうした事態にいやおうなく真摯に立ち向かわざるをえなかった。日記が単なる遊蕩の記録などでなかったことは、いうまでもない。

さて、古白の遺書には三月六日付と十日付のものとがあったことが知られているが、碧梧桐はその当時の古白の切迫した境位に気づいていない。たとえば、三月九日の日記の一節、

虚子の曰く藤野古白ハよく死を口にす、然れども彼容易に死する事能ハざらん、吾や口にハいわずとも近来死なる観念ハ一層に強し。或は古白に先て死する事もあらん、吾もかねて此心ありといへバさはさりながら死ハ何時なりともなす事を得るに必ず之を急ぎ玉ふな。若し貴兄死なんとならバ吾に之ハいへ、時もし早くバ吾之を止めん、吾も亦死なんと思ハゞ貴兄に報ぜん。只亦た其遅速を指揮せよ、と呵々として笑ふ、笑ふもの快なるか愁ふるもの欝するか、欝するもの必ずしも笑ハざるにあらねど、此笑の如き針頭胸を刺すものならざらんや。（傍線は引用者）

この日、碧梧桐と虚子は牛肉店にはいって酒を酌みかわし、〈平生の抱負より未来の事業に到る迄言ひ尽して残す処なし〉〈二人の交情結託してより已に数歳未だ嘗《ママ》つて今日の如く其心情を語りし事あらざるなり〉と特記する

ほどの親交の絶頂を体験している。多弁な虚子は碧梧桐に向って、〈談心の友〉〈吾とほゞ同一体なる人〉と呼びかけ、進路に対する心組み、〈恋人の小土佐〉にかかわる憂悶を語り、碧梧桐もまた、これに真心をもって応じているうちに、〈心中に蟠る種々雑多の煩悶痛苦、怨恨、過去、未来の考など一時に心中に高まりたるならんか〉感きわまって泣き出してしまう。〈衷情〉を披瀝しあって感涙のきわみに二人がかわしたのが上掲の会話であり、述懐である。しばしば自殺を口にする古白より、公言はしないが〈死なる観念〉はよほどさしせまっていると告白する虚子に、〈吾もかねて此心あり〉と碧梧桐も応じている。古白より、互いの苦悩の方がずっと深刻であり真面目だというのであろう。大酔した二人はこのあと、〈心中極秘の悲哀を慰めんが為なり〉とうそぶきつつ登楼する。痛切に心事を語りあい、感激の一夜を過ごした二人が吉原から朝帰りした当日、古白は〈謹厳な細字で〉〈極めて冷静な哲学的な遺書〉(3)を認めていたのである。むろん、それは二人にとって想像すべくもないアイロニーであるが、そうした事情は自殺の直前になっても変わらない。古白の寄留先が下宿から近かったこともあって、碧梧桐はしばしば古白を訪ね、「早稲田文学」を借り出したり（三月二十一日）、双眼鏡を借りようとしたり（四月六日）している。また、自宅で句会（四月五日）を催すため、前日に案内状を出しているが、当日の朝、〈心地殊にわろければ得行くまじ〉(4)という辞退の手紙を古白から受けとっても、そこに何か異変を感じとっている様子はない。手紙には〈花の頃西行もせぬ朝寝かな〉の句が書きつけられていたという。この句が古白の辞世であったことを碧梧桐が知るのは後のことである。四月七日、彼は虚子から古白の変事を知らされる。

虚子ハ（中略）かへり来りぬ。しかも酒気紛々たり。倉卒かけ入りて曰く、藤野古白ハとう〳〵やつつけたりと、ピストルを以て前頭部及び後頭部の二ケ所より脳へうちこみし事より家内の人の何にか豆をうちたる如き響きしたるに、子供の悪戯と思ひて気にもかけざりしに、二度目の音ハ現在子供の眼前に飯をくひつゝありし故怪みて行き見れバ、古白は血に塗れて煩悶しつゝ、ありし事、及び其病体などくわしく話す。たゞ驚嘆の外

なし。

古白は医科大学第一医院の外科に収容され、弾丸摘出の手術を受けたが、十一日の夜になって容体が急変し、十二日の午後二時に永眠した。連日、夜伽のため病院に詰めていた碧梧桐は、その一時間後、〈解剖立合人〉として脳部の解剖に立ち会っている。十四日、子規に宛てて、古白が自殺を図ったとき〈何をいふても親身の人とては独もなく皆に冷視せられて誰一人主となりて働く人もな〉いというありさまであったこと、入院の手続きから看護の指揮まですべて鳴雪の尽力によること、古白の父漸の到着するまで、〈内藤先生のみ一人心を労せられ切通の藤野の如きは皆々殆んど対岸の火視せられたるやの思ひありしなり〉と憤激を交えて報告している。日ごろ軽々しく死を口にし、その奇矯な言動のゆえに、友人はおろか身内からさえ古白は見放されていたのである。古白に肩入れする碧梧桐にしても、〈自ら天才呼はりをする古白を嘲笑の的にして、其の病的発作に思ひ及びことの無かつたのは、真に悲むべき我々の錯誤であつた〉（「古白の死」）と慚愧の念とともに回顧することになる。

子規宛の手紙の中に、〈内藤先生の発起にて古白子病床雑事あり　訪問者より其他の事一切もらさず様々の人の手に様々の文もてかかれぬ〉とあって、古白の入院から死にいたる経緯を含む病床記録への言及がある。しかし、この「古白子病床雑事」の所在は知られていない。これにかわるものとして、鳴雪の手になる「藤野潔氏負傷一件」、三並良・鳴雪による「第二回手術要件」、医科大学病理学教室の「病理解剖上所見」等が残され(5)、経過を詳細に知ることができるが、今は立ち入らない。

ところで、古白は自殺の手段としてピストルを用いた。このことを聞いた直後、碧梧桐は古白が常々、一日も早く死にたいといっていたことや、虚子に向って〈今日金あれバピストルを一挺買ひ置かん〉（四月七日）と言っていたことを想起している。そのことが頭にあったのか、十四日には、ピストルの持主である井上理三郎の家から、古白が策を弄して盗み出すまでの顚末を井上自身から聞き出している。ピストルは井上が湯島の藤野家からもらい

うけたもので、古白が浅草鳥越町の井上家に同宿したおり（四月六日）、これを盗み出したのであるらしい。〈若し単に死を選ぶとすれば、死の方法はいくらもある。かやうに細心な計画を立てゝまで銃死を選んだ所以はどこにあるのか、そも亦一種の病的発作観念であらうか〉（前出）と碧梧桐は疑問を呈している。もっともな疑問である。ピストル一件から知られるように、井上と湯島の藤野家とは縁故が深そうであるが、人物の詳細は不明。海南の息女真子が結婚して井上姓を名のった時期があるが、理三郎との関係ははっきりしない。(6)

「古白の死」によれば、碧梧桐が〈古白を知つたのは、明治二十六年の秋、古白が帰郷した際のこと〉という。古白没後、碧梧桐は追悼記「古白子を悼む」（「日本」明28・4・19）、「古白終焉の記」（「常盤会雑誌」明28・5頃？）を書いている。二人の短い交遊を考えれば、古白の自殺から没後まで、彼の情義は行届いているというべきであろう。

3、古白の蔵書とその行方

『蔵書目』が編まれた経過についても、「寓居日記」に記載がある。四月二十六日、湯島の藤野家に赴いた碧梧桐は、居あわせた井上理三郎とともに、〈古白子が蔵書を散佚せざらん為め之が目録を作り、直ちに国へ送るを得る様せバやと二人乃ち之が調整にかゝる。日暮るゝ前迄も終らず依て明朝を期してかへる〉。翌二十七日には朝からとりかかり、昼過ぎにようやく完了している。これは『蔵書目』の例言に記された日付（明治二十八年四月二十七日）に合致する。

例言に、〈此編ノ類別ヲ為サスシテ整正ヲ欠クハ一ハ急速ヲ主トシ一ハ書函ノ便宜ヲ主トスレハナリ〉とあるように、目録づくりは急速を旨として本箱（第一号〜第十一号）毎に行われたため、蔵書の整理分類はされなかった。

したがって、各号とも類別に一定の基準はない。第三号に架蔵の洋書は別途、洋書目録として記録された。第一号から第十一号にいたる蔵書の数は、種別による数え方によって異なるが、和書の総計はおよそ四〇〇部、約一一〇〇冊、地図などが九巻、謡本が一筥（ただし、冊数は不明）、洋書が五十部、約八十冊。しかし、この数字はあくまで相対的なもので、古白の全蔵書を覆うものではない。当然のことながら、郷里に残した蔵書はこの埒外にあり、目録には古白蔵書以外のものの混入も認められる。和書目録の末尾〈函外〉と記された箇条に、「湖泊堂遺稿」三冊と「湖泊堂蔵書目録」一冊がある。遺稿中には戯曲「人柱築島由来」の原稿もあったと想像されるが、詳細は不明。蔵書目録についても、それが『蔵書目』、または、その写しと同一のものか否か、「目録」とあって表題に違いがあることから別物とも考えられ、本当のところはわからない。

ともあれ、古白の蔵書は編まれた『蔵書目』ともども、いったん郷里に送られ、ある時期までは遺族のもとに保管された。古白の父方の従弟で、詩人・歌人でもあり、後に早稲田大学教授となった服部嘉香は「古白は天才の人である弱者である而して空想家である」（「四国文学」明43・4）の中で、古白蔵書のその後について、次のように証言する。(7)

伯父の家の玄関に三十個近くの本箱にギツシリ詰め込んで保存してある古白の蔵書を、時々とり出しては読んでゐた。あらゆる方面に亘つての文学哲学の書籍は、私には不可解のものが多かつたが、中に朱や何かで印のしてあるのを見て、古白の蔵書家であると同時に熱心な読書家である事に常に驚いてゐた。哲学心理学に関する泰西の名著より、日本の過去の文学殊に俳諧に関しては渉猟至らざる無き有様であつたので、先年叔父の手から蔵書の全部五六百冊を早稲田大学に寄託した時には、図書館長は珍本奇籍の多いのに驚いてゐた。巧みな細字で書いた写本も可なりに多かつた。

〈蔵書の全部五六百冊〉が早稲田大学に寄贈されたというのだが、その数字については留保せざるをえない。服

部の別の記事「古白遺書と早稲田大学図書館」（「伊豫日々新聞」明41・5・17）に、〈今回同家（古白の実家――引用者注）にては古白の学んだ早稲田大学の図書館に寄托して一般の閲覧に供せらる、事となって先日古白遺書を悉皆同大学へ送られた〉とあり、次に引用する早稲田側の資料とともに考えあわせると、古白蔵書が早稲田大学図書館（当時の館長は市島春城）に寄贈されたのは、明治四十一年の四月末頃のようである。「藤野潔氏の遺書寄贈」（「早稲田学報」明41・5・5）には、〈本校の専門学校時代の出身たる愛媛県人故藤野潔氏の遺族より今回同氏遺愛の和漢書二百八十五部洋書二十部を本館に寄贈されたり〉とある。同文の末尾に掲げられた〈今回寄贈されたる図書館中其重なる者〉を列挙すると、以下のとおりである。

さごろも物語（承応三版本）十六巻△鵝鷺物語（写本）一巻△しみのすみか物語（文化二版本）二巻△岩屋の草紙（版本）二巻△西行物語（写本）一巻△若竹《ママ》物語（天和版本）一巻△華胥国物語（文版《ママ》写本）一巻△鳴門中将物語（版本）一巻△大阪《ママ》物語（版本）一巻△雫物語（写本）一巻△はちかつき姫物語（寛文六版）一巻△祇園物語（版本）二巻△和歌女郎花物語（版本）六巻△御伽草紙百物語（室永《ママ》版）六巻△撰集抄（慶安版）九巻△鎌倉大草子（写本）三巻△源氏物語（総入《ママ》写本）四巻△鴨長明道の記（寛政版）一巻△長明海道記（同）一巻△須磨記（享《ママ》保写本）一巻△粛嵓吉野紀行（写本）一巻△玄旨卅六歌仙難解抄（元文版）三巻△続万葉論（写本）二十巻△古今集秘事（写本）一巻△草山和歌集（版本）一巻△建保名所百首（版本）三巻△世中百首（享保版）一巻△新百人一首（明暦版）一巻△後水尾院點删類聚（享保写本）一巻△和歌山下水（版本）三巻△絵入自誼歌（本版《ママ》）三巻△鳥の迹（端本版）二巻△後十輪院家集（元禄写本）二巻△和歌一字妙《ママ》（古写本）二巻△玄々集（古写本）一巻△愚詠一日一首（写本）一巻△仙洞歌合（古版本）一巻△千五百番歌合（初版本）一巻△つくば集（写本）七巻△大原三吟（正保版）一巻△本朝文鑑（版本）五巻△うら若葉（版本）一巻△新編俳諧文集（版本）一巻△産衣（版本）三巻△其命《ママ》（版本）二巻△俳諧新式大全（版本）二巻△俳諧をだまき綱目（版本）一巻△野ざ

らし紀行抄（欠本）一巻△芭蕉翁句解（写本）一巻△深川集（元文一版）一巻△五百題（印本）一巻△俳諧蟻塚（版本）二巻△狂歌奇人談（版本）一巻△都老子（版本）一巻△安政風聞集（版本）三巻△古今奇談莠句冊（版本）五巻△洛陽名所記（古版）十二巻△兵庫名勝誌（版本）一巻△山中人饒舌（写本）一巻

これらの寄贈書を分類整理した早稲田大学図書館は、〈古写本、古版本類にして珍奇なるもの少からず殊に故人は故正岡子規の従弟に当りて俳諧の趣味を有へ造詣甚深かりし故其種の書類にして有益なるもの殊に多し〉（前出）と見分けている。江戸期の写本、板本を中心に、ジャンルでは俳諧に貴重書が多かった。現在の早稲田大学図書館の示教によれば、古白の旧蔵書は一括の文庫扱いにはならず、分類の上、整理された。たとえば同図書館作成の『和漢図書分類目録　文学之部』（昭6・8、昭8・11）や、カードに分類されている登録番号へ5（連歌・俳諧）の部の内、2089から2236までが古白の旧蔵書で、その中の特別図書は別の書架に排架された(8)。一例を挙げると、『本朝文鑑』には、へ5 2229一―五という請求番号がついている。しかし、俳書以外のものについて調べると、所蔵されていないものもかなりあり、他の分館に移されたもののようである。また、旧蔵書のうち、『蔵書目』に登録された部数と寄贈部数との間には和・洋書とも相当の開きがあり、前掲リストにはあるが『蔵書目』(9)にない書物も、『絵入自誼歌』ほか数部ある。その他の古白の蔵書は今日すでにご遺族のもとにも残されていない由であり、多くは散逸したと考えられる(10)。

4、おわりに

和書目録に記載の図書を類別すると、『源氏物語』等の古典から、俳諧・和歌・謡曲・浄瑠璃・漢詩文・絵画・地理・歴史・宗教・哲学、雑書にいたるまで、ジャンルは多岐にわたっている。これらの書物は、古白の未完の文

学生涯の教養的基盤を明かすばかりでなく、彼の趣味性の豊かさをも示しているだろう。古白は自殺の前年、明治二十七年の七月、東京専門学校文学科の第二期生として卒業するはずであったが、病気・その他の理由で卒業できなかった。同期の島村瀧太郎（抱月）、中島半次郎、後藤寅之助（宙外）が編集した『同窓紀念録』（明27・7）の「同窓小話」欄に、〈子は頗る多芸の人にして古文、俳詣《ママ》、漫画、英語会話、戯文、小説等を能くする就中俳諧を以て同人間に鳴る稟性飃逸瀟洒一点の俗気なし〉と紹介されている。紹介者はおそらく抱月か宙外、同人とは彼らが坪内逍遙の助言を得て出していた回覧雑誌「友垣草紙」のグループをいう。古白には人の意表を突く言動もあったが、多芸多能の人として級中の人気者であった。とりわけ語学に堪能で、子規の紹介で古白から英語を習った喜安璡太郎は〈英語の発音読方会話に於て最も優れ早稲田にて氏に及ぶ者なしとの評判に候ひき〉（「四国文学」前出）と述べている。古白の語学力の水準については、洋書目録に記載された西欧の十九世紀文学、当代の著名な哲学者、心理学者の著作への関心が間接に証明していよう。洋書中では心理学の分野への傾倒が著しいが、抱月はこれを、〈多血狂熱より来る精神の異常を自分でも意識してゐたから、心理学を研究するのも、人間の精神現象の研究はもとより、之を以て自己の頭脳をも研究して見やうと心掛けたらしい〉（同）と観察している。ちなみに、完成をみなかった古白の卒業論文は〈自ら組織せし哲学の一斑を述べて自衷哲学という〉（「早稲田文学」明28・4）論題であった。

『蔵書目』の編集が完了した日、碧梧桐は帰りぎわに、ゾラの小説“Fat and Thin”を借り出している。この本の所有者は古白ではない。〈獺祭書屋図書〉、すなわち子規の蔵書である。碧梧桐はまた、これとは別に、子規の謡曲の友で文科大学在学中の小川尚義のために、James, W.の“Psychology”とErdmann, J. E.の“History of Philosophy”を借り出して、当人に手渡している。碧梧桐がゾラを読もうとした動機は不明だが、翌二十八日から五月十日すぎまで、ほとんど毎日読みつづけ、十一日にはわざわざ虚子に宛てて〈近頃ゾラを読む〉とハガキで報知

するほどの熱心さである。古白の死後も、碧梧桐は相変わらず女義太夫や吉原通いをつづけているが、その一方で、〈朝源氏西鶴等をよむ〉（四月二十五日）とか〈昼前正岡へ行き万葉集とThe Works of Tennisonをかりかへる〉（同三十日）などとあって、新聞「日本」の「日本俳句」の選句や句作のかたわら、勉強に励んでいる。子規の初期俳句グループにあっては、こうした書物を仲立ちとする交友はごく普通のことであったことがうかがえる。

子規の初期随筆「筆まかせ」（明17〜明25）には、子規との間でかわされた古白の書簡が相当数紹介されている。はじめ商業に志をもっていた古白が、俳句や短歌に志向を固めていく軌跡が示されているが、それが子規の間接直接の誘掖によるものであることは明らかである。「筆まかせ」第四編の明治二十五年の項に、古白にまつわる滑稽譚につづいて〈久万夫（古白の幼名―引用者注）古書を好む。古書あれば則ち銭を惜しまずして之を購ふ〉（「藤野久万夫蠹を養ふ」）という一行があって、古白の購書欲のほどが知られる。明治中期の大学生、読書人として、古白がぬきんでた蔵書家であったかどうか、にわかに断定はできないが、『蔵書目』の内容を「獺祭書屋蔵書目録」などと比較しても、質量ともに遜色がない。由来、文学を志して挫折した青年は数しれない。周囲から才能を期待されながら開花できなかった文学青年の典型である古白の蔵書リストは、明治中期の青年の知の背景を示す実例として、一顧の価値はあるのではなかろうか。

注

（1）『湖泊堂蔵書目』の所有者は広島市在住の藤野エイ（英子）。氏は古白の次弟準の長女。古白の遺書をはじめ、遺稿、書簡等とともに保管されていたが、昭和四十二、三年頃、当時立命館大学教授（後に、京都女子大学教授）だった故北川忠彦が他の資料とともに借用してこれを複写した。筆者が所有する写しは、平成元年四月、北川の写しを再複写したもの。エイの弟、藤野淳の筆者宛の手紙（平元・3・10付）によれば、数年前、エイが資料を整理すべく集積しておいたところ、同居人により誤って処分され、〈その中に湖泊堂のも含まれておりました筈です〉という。存否は

確かめ得ていないが、失われたと推定される。

（2）「寓居日記」には、①「明治大正文学研究」（昭27・6）、②「俳句」（昭29・7）、③講談社版日本現代文学全集25『高浜虚子・河東碧梧桐集』（昭55・5）所収のものがある。ただし、①は抄出。

（3）高浜虚子『子規居士と余』（日月社、大4・6）

（4）河東碧梧桐「古白子を悼む」（「日本」明28・4・19）

（5）いずれも藤野エイ所蔵。（1）に記したように、現物は多く失われたと推定されるが、先年、淳によって「古白遺書等一件資料」として松山の子規記念博物館にその一部が寄託された。引用した資料の写しは、筆者が北川忠彦より譲り受けた。

（6）藤野淳の資料蒐集に基づいて編集された戸塚博編『松山親類系図集』（昭58・3）によれば、真子は井上姓。淳の筆者宛ハガキ（平8・9・14付）によれば、真子は中島某という外交官と再婚し、離婚している由。藤野家と井上理三郎との関係は今のところ不明。

（7）勝本清一郎「埋れたロマン主義文学―宮崎湖処子と藤野湖泊堂について」（「図書新聞」昭25・10・25）に、実物の写真とともに、〈戯曲「人柱築島由来」の草稿「松王人柱経ケ島由来」の表紙で、非常に珍しい遺品の一つである〉という紹介がある。

（8）筆者の問いあわせに対する早稲田大学図書館参考係（普喜氏）の回答（平2・4・18付）による。古白蔵書の寄贈日は記録に明治四十一年四月二十四日とある由である。

（9）藤野淳の筆者宛の手紙（平元・2・27付）に、エイの言として、〈湖泊堂と書いた日本式本箱はありますが内容物はありません〉とある。

（10）稲垣達郎・岡保生編『座談会　島村抱月研究』（近代文化研究所、昭55・7）中の本間久雄の発言中に、大正の初め、〈古白の持つておつたボサンケの『美術史』〉を〈神田神保町の厳松堂という古書店で見た〉という証言がある。また、〈古白の蔵書どころか、古白一代の傑作の例の『人柱築島由来』という長篇戯曲の原稿が、そつくりそのままの形で、ここにありました〉ともある。

（追記）　早稲田大学図書館所蔵の古白蔵書については、久保尾俊郎・岡田広之編「早稲田大学図書館所蔵藤野古白旧蔵書目録」（「早稲田大学図書館紀要」平6・3）の調査がある。寄託された〈和漢書二百八十五部洋書二十部〉のうち、〈和漢書二一四部、洋書十七部〉が確認された。また、平成十年六月十日付藤野淳の筆者宛の私信によれば、氏がその日戸棚を整理していたところ〈古白の父母等への書簡や二三の遺句〉と共に『湖泊堂蔵書目』の現物が見つかった由で、藤野家にその所在が確認された。

VI　古白と早稲田派

古白の面貌を今日にまで最も精細に伝えているのは、正岡子規編『古白遺稿』に添えられた評伝「藤野潔の伝」であろう。その叙述は身内意識に曇らされることなく透徹して、ときに峻厳をきわめる。

古白の人に接するや快活にして物に拘らざるが如く、其相話するや奇想天来諧謔百出人をして笑はしめ驚かしむ。誰に交るにも城府を設けず親疎愛憎なしと見ゆるものは彼が一人の親友を持たざりし所以なり。彼は何人に向つても自己の秘密をさらけ出して同情を求めんには余り卑怯に且つ余りに人を疑ふに過ぎたり。無邪気なる古白は必ずしも人に憎まれずして或は親しく交らんとする人あるも古白は之に応ずる能はざりき古白は終始孤立せり。

子規の初期俳句グループにあって、内藤鳴雪のような数少ない同情者を別にすれば、古白は明らかに〈孤立〉していた。〈自ら天才呼はりをする古白を嘲笑の的にして〉（『子規の回想』）いた河東碧梧桐や高浜虚子はむろんのこと、最も近しい位置にいた子規ですら——少なくとも古白の死に直面するまで、古白の内面に理解や共感を示していない。ところが、早稲田時代の古白の交友には、こうした子規の観察とはおよそ異なった様相がうかがえる。

1、「友垣草紙」

古白は明治二十五年一月、東京専門学校（早稲田大学の前身）の専修英語科から文学科へ中途入学し、二十七年七月卒業の予定であったが、病気・その他の理由により卒業できなかった。古白と同期の島村瀧太郎（抱月）・中島半次郎・後藤寅之助（宙外）の編集になる文学科第二回生の『同窓紀念録』（明27・7）の「同窓小話」によれば、〈子は頗る多芸の人にして古文、俳諧《ママ》、漫画、英語会話、戯文、小説等を能くす就中俳諧を以て同人間に鳴る稟性飄逸瀟洒一点の俗気なし〉と評され、多芸多能の人として、わけても〈英文学に関して藤野潔が級中第一〉（同期の竹内松治の証言、「早稲田学報」昭27・10）と称されるその抜群の語学力によって一目置かれていた。上掲文に同人とあるのは、在学中に抱月や宙外らとともに出していた回覧雑誌「友垣草紙」のことである。古版手摺、半紙の袋綴という体裁で、各自の文章を綴り合わせ、回覧互評をへて坪内逍遙の閲覧を乞うたものであるという。創刊は第一学年の春（二十五年）以降のことと思われるが、「雑志」（『同窓紀念録』）には、〈第二学年の中ごろ廃滅に帰せしが第三学年の十一月体裁を更へて再興し第三集に及んで息みたり〉とある。早稲田派の同人雑誌としては、先に文学科第一回生の金子馬治（筑水）や水谷不倒らによる「葛の葉」（二十三年の五月以降に始められ、後に「延葛集《はうくず》」と改題）があるが、いずれも詩歌や文章の鍛錬と同期生の親睦を目的としていた。

この回覧雑誌によって古白も抱月も宙外も、逍遙にその技量を認められたといってよい。卒業まぎわに「塵の身」という自伝的小説を書いて逍遙に注目され、小説家になるよう奨励された宙外によれば、「友垣草紙」の〈大立者〉（『明治文壇回顧録』）は古白であった。古白の死後、宙外は手持ちの「友垣草紙」から古白の小品『里神楽』を抜いて「早稲田文学」（明29・1）へ掲載の労を取った。宙外は他に、手許に残った数冊の「友垣草紙」から、

『古白遺稿』に洩れた俳句と歌を前掲書に採録している。

白梅の入日に黄はむ山路かな

ほか俳句十八句と、

春かすみ八重のしほ路の空はれてふしのたかねは雪のあけぼの

ほか短歌十六首である。

2、第一次「早稲田文学」

逍遙が主宰した第一次「早稲田文学」(明24・10~31・10)は、第一期(第一~一〇二号)、第二期(第一~四一号)、第三期(第一~一二号・号外)の期間に該当する。当初は文学科の機関誌として講義録の外延にあったのが、しだいに総合的な文学雑誌として体裁を整え、第一回生の筑水・不倒、第二回生の抱月・宙外、第三回生では綱島梁川・五十嵐力らが執筆の機会を与えられるようになっていく。第一期(明24・10~28・12)に限定すると、第二回生の中で最も早く登用されているのは、入学以前から逍遙の家で書生をしていた奥泰資で、編集にも携わり漫録や雑文を書いた。「文学と糊口と」(明25・9)他がある。古白も第五八号(明27・2)から三回、つごう二十句の俳句を寄せている。抱月は二十七年七月、卒業と同時に「早稲田文学」記者として採用され、「探偵小説」(明27・8)をかわきりに、評論で主として健筆をふるった。二十八年一月から記者となった宙外は、「時文月旦」や「彙報」を主に担当したが、小説「ありのすさび」(明28・5~10)で小説家としてのデビューを果たしている。

当時「早稲田文学」の呼び物として特色をもっていたのは「彙報」欄である。毎月起こった文壇の現象について、新聞や雑誌の記事、あるいはインタビューによって材料を集め、分類整理の上、これを批判的に紹介したもの。抱

月や宙外などが担当したが、逍遙門下にふさわしく記実批評をその特徴としている。二十八年四月に古白が自殺した直後、前年の五月に北村透谷が自殺した残響もあって、厭世論がジャーナリズムの話題になったことがある。〈青年詩人と厭世観とは端なく世の一問題となり種々の新聞雑誌多少この事につき論ぜざるは稀なる有様となりぬ〉（明28・8）と報じた彙報子は、「太陽」「女学雑誌」「青年文」等の雑誌や「国民新聞」の記事の論調から、それぞれを、自殺者の儒弱を排する論、詩人の自殺を嘆美する論、同情論、浅薄ではないが不健全とする論に区分し、〈我が邦現時の思想海にはセンチメンタリズム、もしくはウエルテリズムともいふべき一道厭世的暗潮の流れつ、あるは事実なるが如し我が思想海の批評家者流の留心を要す〉と注意を促した。とりわけ物議をかもしたのは、「国民新聞」が伝聞にもとづいて書いた、次のような痛罵である。

某（古白をさす─引用者注）を識る人曰く、彼は人生の趣味を解せず、幾度か自殺を謀りて、遂に其目的を達したるなりと。自殺は心志の強勁を意味せずして、其脆弱を意義す、（中略）「我は死し得べし」などと自殺を誇るが如きは、娼婦、丁稚にも劣り果てたる次第なりと謂ふ可し。（「青年文学者の自殺」明28・4・21）

抱月はすぐさま筆を執って「故湖泊子の為に嘲を解く」を書き、新聞「国会」（明治28・5・1）と「早稲田文学」（明28・5）に発表した。

君は死せんと欲せしが故に死せしのみ、豈他事あらんや、嗚呼之れ我が知る限りに於ける湖泊子の本意なりき、また哀しからずや、世人動もすれば此れ等の消息を解し得ずして、自殺の原因を直に俗事の上に求めんとす、而して求め得ざるときは即ち狂とよぶ、嗚呼狂か、狂か、我れは天の狂せんと欲して狂し得ざるものを憫む、湖泊子の主義は非なりきといへども、其の心事に至ては、寧ろ敬すべきにあらずや、

抱月の解嘲文は〈俗事〉的な解釈で事足れりとする「国民新聞」への反論としてだけではなく、一般に、偏見と誤解を招きつつあった古白の死の実相を正しく伝えようとするところに真意があった。もっとも、〈湖泊子の主義

は非なりきといへども〉という表現が見られるように、〈我れは固より有以外に有無く有の一字が万善の源泉なるべきを信ずるもの〉（同）という唯物論的な抱月と、古白の厭世主義とでは立場を異にする。古白の思想傾向に抱月はじゅうぶん同情的だが、必ずしもそれを容認したわけではない。しかし、透谷や古白を自殺に至らしめた〈厭世的暗潮〉への哲理的な関心は深く、古白の死の直後に「厭世観の三類及び其の要件」（明28・4）、「悲劇の種類を論ず」（明28・5）、「劇詩人と人生観」（同）を「早稲田文学」に発表していることから知られる。それぞれテーマは、厭世観、悲劇論、そして両者の関係である。これらは後に一括して「悲劇論」と改題され、『抱月全集』に収録された。

ところで、子規と早稲田派との縁は比較的薄いと見られているが、第一次「早稲田文学」との関係においてはそうとは言い切れない。第一期では、雑録欄に「我邦に短篇韻文の起りし所以を論ず」（明25・10）を含め三編の評論を寄稿し、第二期には終末近くになって大野洒竹に担当をかわるまで、詩歌俳諧欄で「船百句の内」（明29・2）等を掲げるかたわら、投句の選者をしている。「早稲田文学」とのかかわりは決して浅くはない。また、宙外の証言によれば、子規が『古白遺稿』の編集を企てた二十九年中に、追憶談寄稿の件その他に関して、何回か手紙のやりとりがあり、これをきっかけに子規との間に交渉の端緒が開けたという。三十年四月、宙外・抱月らが丁酉文社を組織して新しい文学雑誌「新著月刊」が発行され、翌年から子規が俳句の選者に当たることになっていた。ところが、同誌の口絵にしばしば用いられた西洋の裸体画を契機に、丁酉文社の商略が問題となり、裸体画の扱いに批判的だった子規は選者を降りてしまう。「新著月刊」の裸体画事件そのものは、二十八年の第四回内国勧業博覧会において、黒田清輝の描いた裸体画（油絵）の公開をめぐって惹起されたジャーナリスティックな論争の余波にすぎなかったが、結果として子規を早稲田派から遠ざけることになった。

もともと子規が、早稲田派嫌いであったことを傍証する事例がいくつか存在するから、決別はあるいは必至のこ

とであったといえるかもしれない。たとえば、従軍記者として子規が出発した二十八年三月三日の、古白と子規の応酬はよく知られていよう。ふたりの確執について虚子は『子規居士と余』（大4・6）の中で、当時抱月や宙外らと交友していた古白がしきりに〈運命〉とか〈人生〉とか口走るので、元来それが余り気に入らなかった子規が一矢を報いたのだと説明している。早稲田派特有の深刻癖を、子規は嫌ったのであろう。

3、最初期の劇作家

明治二十七年十一月二日付の子規宛書簡の中で、古白は目下〈ドラマ〉を制作中であると報じ、〈この稿を為す最中には湖泊堂所作の新劇こそ年来文学界一斉に頭を挙げて俟つ所の注文にしかとはまりたりとの感難禁〉と意気軒昂、近時の傑作と自負する戯曲を逍遙に見せ、鑑定の結果によっては、出版したいという意向を表明していた。その作品とは、二十八年一月（第八十号）以下四回にわたって「早稲田文学」に掲載された『人柱築島由来』である。初出の巻首に、「早稲田文学」記者による次のような紹介文が載った。

湖泊子飄然として一篇の戯曲を携へ来て示しぬ披き視て読む〳〵別天地に遊ぶ思ありこれ所謂リ、カル、ドラマなるもの理想の乾坤に理想の情操を躍らし読者を駆りてまた此の理想中の偶人たらしむ飄逸此の作家の如くにしてはじめて如是の作を容すべし文致はた古雅清麗最もよく其の想にかなへり新国文壇の一種の珍羞として読者に紹介す

広告であることを割り引いても、行き届いた紹介文といってよいが、推挙の弁を記したのは逍遙その人であったと推定される。逍遙文献中の逸文の一つである「『築島由来』の回顧」（「四国文学」明43・4）がその根拠である。「四国文学」は明治四十二年五月に創刊された地方文芸誌で、発行所は松山市魚町の福田印刷所に設けた四国文学

社。寄稿者には、松山出身で東京において活躍している著名人を多く含み、当時にあっても地方誌とあなどれない内容を誇っていた。「四国文学」の該号（第一巻第十二号）は「藤野古白の追懐」と題する半特集になっていて、まず古白の春の句（十句）、古白の写真と筆墨を掲げ、このあとに逍遙「『築島由来』の回顧」、鳴雪「天才」、抱月「飄逸な天才」、五十嵐力「哲学会にて」、喜安璡太郎「英語教師」、服部嘉香「古白は天才である弱者である而して空想家である」がその内容。寄稿者のほとんどが早稲田派の人々で占められていた。五十一頁の下のかこみ記事に、ほかに鳴雪による「古白の俳句」、父漸の追懐談、『築島由来』の梗概が予定されていたが、執筆予定者の側に病気その他の事情が生じて実現しなかった旨の付記（越智二良）がある。逍遙は『築島由来』について、次のように評価している。

あれはたしかに新しい劇であつた。今から見ては兎も角も、あの当時の作としては、形式も着想も新しいものであると同時に、其頃あちこちで試みられた西洋詩劇の直模《すがうつし》といふのでもなく、何処となく俳句脈に通ふ余裕のある、迫らない、優美な、なつかしい味ひのある作であつた。言はゞリ、カル、ドラマとも称すべき、一種のロマンチックな悲劇で、目に訴へる点にも注意が施してあつたから、今日ならば随分舞台に上せられないことはない。

〈あの当時の作としては〉という留保つきではあるが、〈形式も着想も新しレ〉いという逍遙の評語は重要である。「早稲田文学」誌上で、事実上競合した逍遙自身の戯曲『桐一葉』（明27・11～28・9）との比較においていわれているからである。明治期には、戯曲を文学作品として鑑賞するという習慣は一般にはまだなかった。〈直ちに舞台に上すといふことを劇の第一要件と考へてゐた〉逍遙は、上演を前提に〈随分コンヴエンシヨンをも取入れ〉、すなわち歌舞伎を意識して読本体という院本に近い体式を採用し、〈叙事詩風のロマンチシズム〉を目指した。それが『桐一葉』である。『人柱築島由来』は、平清盛による築島造営を背景として、平家の侍松王と、平家に恨みを

抱く兎餓野の庄司の娘橘との愛と死をテーマとする〈ロマンチックな悲劇〉で、逍遥はこれを〈リ、カル、ドラマ〉と称して前掲紹介文の用語との対応が見られる。文体も破格、歌舞伎風の韻律を排し、文語脈の詰屈が悲劇に一定の効果をもたらしている。セリフとト書きの割り方、また『ハムレット』を思わせるような傍白とモノローグの多用も、当時の戯曲としては斬新であった。しかし、旧態になずんだ『桐一葉』でさえ、上演までにさらに十年の歳月を要したことを思えば、『人柱築島由来』が時代に黙殺されたとしても不思議はない。古白と同時期に劇作家を志した高安月郊は、明治二十九年に歴史劇『重盛』を自費出版したが、〈時に戯曲は狂言作者以外のを舞台へかけるどころか、読物としても『桐一葉』が出たばかり、無名青年の処女作は一二冷評の外何の反響も無〉(『東西文芸評伝』)かったと回顧している。機は熟していなかったのである。

古白には他に、彼の死後「早稲田文学」に掲載された戯曲『戦争』(明28・5)がある。〈故湖泊子が病中其の友と探題して咄嗟作せるもの〉と紹介されていて、〈二十八年二月二十一日五時間急稿〉と注記されている。おりしも、川上音二郎らによって日清戦争劇が舞台の人気をさらっていた時節に、そうした際物とは別種の、人情の機微を穿った戯曲を短時間に完成させる技量に、彼の劇作家としての資質をうかがうことができよう。

古白にはさまざまの筆名が知られているが、子規の俳句グループにおいては〈古白〉が一般的。これに対して早稲田派では湖泊堂(湖泊、湖伯)系の雅号が用いられた。早稲田派の劇作家は今日まで数多く輩出しているが、湖泊堂はまぎれもなく、その最初期の劇作家であった。

Ⅶ　坪内逍遙『桐一葉』の試み

大坂落城を題材とする片桐且元・淀君の悲劇『沓手鳥孤城落月』（明30・9）は、『桐一葉』の続編として構想された。歌舞伎風の浄瑠璃を廃し、せりふ形式を採用した戯曲である。今日『孤城落月』に対する評価は、坪内逍遙の史劇中もっとも〈改良主義的なもどかしさを感じない作品〉（尾崎宏次『坪内逍遙』）という見方が一般的である。しかし、先行する『桐一葉』に多分に指摘される〈もどかしさ〉こそ、時代の、あるいは劇作家逍遙の困難を示しているはずで、当時、新時代にふさわしい新作家の手になる劇場用の戯曲は皆無といってよかった。『孤城落月』は『桐一葉』とほぼ同一の素材を扱っているが、『桐一葉』を執筆したとき、逍遙の念頭にはおそらく『孤城落月』の構想はなかった。『桐一葉』発表の直後、その劇構造に対して蒙った手厳しい批判を契機として着想されたと考えられるからである。『孤城落月』から〈改良主義的なもどかしさ〉が払拭されているとしたら、この史劇が現在、歌舞伎の技芸のうちに取り込まれ、明治劇の〈古典〉になりすましていて暗示的なように、むしろ旧劇の手法の逆用を試みた『桐一葉』より夾雑物が少ないだけ、それはより改良歌舞伎（新歌舞伎）の名にふさわしいように思われる。このことを逆にいえば、〈改良主義的なもどかしさ〉を包摂する『桐一葉』の方が、見かけはともかく、旧劇の手法により挑戦的であったといえよう。北村透谷が我が国の演劇の弊として嘆じた〈整合的調和〉（「劇詩の前途如何」明26・12）にむしろ意識的であった逍遙が、『桐一葉』においてあえて歌舞伎劇の手法を逆用したとすれば、その謀反心とはどういうものだったのだろうか。成立の経緯から、初出『桐一葉』の企図を考えてみたい。

1

> 我が当来の文学は宇宙第一位の文学たらざるべからず、而して我が当来の美文学をして宇宙に君臨する価値あらしめんとせば、我が新作家たらん者はまずシエークスピヤを凌がざるべからざる也（「功過録としてのシエークスピヤ」明27・7）

という逍遙のことばがある。この、新しい時代の新作家達を指嗾する逍遙のことばは、根拠のない大言壮語ではあるまい。『桐一葉』制作前夜のことばとして読むとき、それは明治二十年代の劇詩人である透谷や藤野古白（湖泊堂）と通有の、文学＝ドラマに対する彼自らのアンビションをも語っているはずである。

シェイクスピア劇を凌ぐような新しい劇作への夢。たとえば、透谷は〈他の事は皆うツちやれ、今はドラマの時来れるぞ〉（「透谷子漫録摘集」明23・9）と叫び、あるいは〈われ支那歴史的エピツク又はドラマを作りて白楽天を泣かしむべし〉と記していたし、偶然『桐一葉』と不幸な競作となって、その不評が自殺の主因となったと考えられる『人柱築島由来』の作者古白も、作劇の情熱を〈沙翁をも叱咤する勢にて少くとも日本第一位〉（明治二十七年十月二十二日付島村抱月宛書簡）と語って、意気軒昂なものがあった。

しかし、これら当代劇詩人の営為に関する逍遙の見方は、おおむね否定的である。透谷の『蓬莱曲』、島崎藤村の『琵琶法師』等の劇詩を念頭において、脚本としての〈不成功の影〉を指摘するのだ。〈脚本の妙は演ぜられてこそ知らるべきを、舞台の知識浅き小説の読者に一種の小説として読過せられて何の妙かあらん〉（「作の上より見たる我が劇壇の現在及び未来」明30・11）というとき、〈一種の小説〉に傍点を付した逍遙の立場は明らかだ。一方で逍遙は、一種の効用論から、〈机上脚本〉に対する理解を示すことばを書きつけている（「文学としての我が在来

脚本」明29・1）のだが、彼にあって戯曲は、何より上演の可能性が前提されていなければならず、現実の舞台の約束を閑却した戯曲は〈単に文学たるにすぎない〉（『それからそれ』大10・1）。したがって、当初から〈敢えて舞台に曲げられんとの野心あるにあらず〉（「『蓬萊曲』序」明29・5）とする透谷などと比較すれば、両者の劇作態度にはかなりの開きがあったといえよう。逍遙の批判は、まず、脚本の採用はおろか局外者の舞台への容喙をきびしく拒んでいた当時の劇界事情に通じていた彼の眼に、現実の舞台イメージをなおざりにする劇詩人の覆いがたい観念性として見えたところにあるが、そうした考えと表裏のものとして、逍遙の劇空間に対する、ある限定も作用しているようである。

演劇にては、人の性情を写しいだすに、もつぱら観者の耳に訴へ、また其眼に訴ふるがゆえに、其場《には》かへりて狭けれども、小説にては之に反して、たゞちに読者の心に訴へ、その想像を促すゆえ、其場《には》頗る広しといふべし（『小説神髄』明18・9～19・4）

という比較には、享受者（観客）の感官に依存する演劇の〈場《には》〉と、より享受者（読者）の想像力に依存する小説の〈場《には》〉とが対置されている。ジャンルの比較論としては不完全なものでしかないが、逍遙はここで、演劇が主に感覚的に、小説が想像的に享受されるという一般論を述べているのではあるまい。『小説神髄』の有名な断案によれば、小説の（もしくは言語芸術の）主脳は〈人情〉なのであり、作品が指向する〈人情〉の表出を、逍遙は享受者（観客もしくは読者）が享受する際の想像力の機能の差異として、すなわち言語表現の誘引する〈場《には》〉＝想像域の広狭としてとらえているのではないか。とすれば、逍遙は演劇と小説の表現機能を比較して、演劇の言語機能をより限定的にとらえていたといえよう。『小説神髄』の所説が、ジャンルとしての小説の鼓吹にそのねらいがあったにしても、演劇と小説との間に一線を画す逍遙にとって、それはもともと一貫した姿勢なのである。その意味では、逍遙の立場を現実主義的だとはいえよう。

周知のことであるが、〈活歴〉劇に端を発した明治の演劇革新は、当初からすでに史劇革新の色合いをおびていた。明治劇における史劇偏重は、演劇史的にも、戯曲史上においても顕著な流れであったが、その結節に逍遙の論文「我が国の史劇」があり、この論文が唱導する方向でもあった。「我が国の史劇」は、明治二十六年十月から翌二十七年四月にかけて、「早稲田文学」に逐次発表された。河竹繁俊・柳田泉『坪内逍遙』(冨山房、昭14・5)伝に紹介されているように、内容は五項目にわたっているが、仮に初出のサブタイトルによって内容を分類すれば、次のとおりである。

①「過去…巣林子、黙阿弥、学海の三家を評す」(49号)
②「現在…桜痴居士の本領及び其の史劇」(50号)
「………居士の作全体に就きて」(51号)
③「現在…夢幻劇派」(55号)
④「再び夢幻劇を論ず」(60号)
⑤「未来…改革案の第一段」(61号)

一口でいえば、「我が国の史劇」は、〈活歴〉劇を中心として、もっぱら史劇をめぐって繰り広げられた演劇革新の動向を鋭く見据え、演劇・戯曲史上の現状を、〈失敗の史〉(「劇海の風潮」明27・10)と断じ、そのアンチテーゼ、換言すれば過去・現在の史劇を批判し、未来への提言に及ぶ演劇論である。従前の史劇に対する全否定に近い攻撃を特色としていて、逍遙が〈近世劇壇の一詞傑〉と評して好意的に対している黙阿弥の場合ですら例外ではない。元来、〈写実派〉である黙阿弥は〈物質的、実際的作家〉であって、〈巧妙なる世話物〉にこそ秀でているが、彼の史劇は根本において失敗していると断じた。

彼れの最も難ぜしは語(白《せりふ》)なるべし。仮令彼れが想像は、能く史的人物の肺腑に入りしも彼れは其想を再

現するの術無きに因みしならん

黙阿弥の最大欠陥は、〈語（白《せりふ》）〉（逍遙はこれを別言して〈思想〉と同義という）にあり、彼が〈想〉の再現の方法をもたない以上、その詩魂や想像力をもってしても、いかんともなしがたいといいきる。ただ、ここで留意すべきは、史劇といっても逍遙の批判の対象は、歴史の契機などではなく、もっぱら〈せりふ〉の問題に限られていることである。その用語法における〈せりふ〉を、〈思想〉（＝想）と置き換えてそこに要請されるのは、なにより〈せりふ〉のリアリティであり、詩人的想像力とは別種の概念による方法化ということであろう。対象をあくまで史劇に限るとしても。では、逍遙にとって、〈せりふ〉のリアリティを保証する方法的概念とはどのようなものだったのか。

当時、「我が国の史劇」の出現を、〈今年の秋暮より劇詩界に新しき風雲生じ来れり〉と歓迎し、逍遙を〈劇詩界の革命を煽動する者〉に擬したのは、「劇詩の前途如何」を書いた透谷である。しかし、この論文に、透谷のある期待感が盛られているとしても、透谷は根本において劇詩界の先途を楽観していたのではなかった。自らが抱懐する劇詩のビジョンを定着させる現実的条件を断念するところから、〈吾人は竟に我劇の整合の弊を如何ともするなきを知る〉という悲観的な見通しで結ばれていたからである。色川大吉は、透谷が縊死した明治二十七年五月十五日の北村美那子の回想を引いている。

透谷は床に起直って新着の『早稲田文学』に載っていた逍遙の史劇論を読んでもらっていた。そして、それがもはや理解できなくなっている自分に気づいた時、かれはその夜、自らの手でくびれた。（「透谷と演劇」昭40・4）

新着の「早稲田文学」とは「我が国の史劇」の結論、「未来の史劇に対する第一段の改善案」を載せた六十一号（明27・4）のことで、逍遙がそこに、史劇改良の要諦として提出したのは周知の三カ条である。

（第一）叙事詩と劇詩の体を分別すべし。

（第二）劇をして〈旨〉の一致を具へしむべし。

（第三）性格を諸作業の主因たらしむべし。

以上の原則をわかりやすく言い換えれば、次のようにもいえるだろう。（第一）は、浄瑠璃を基調とする在来の院本体を脚本体に改めること。（第二）は、テーマの一貫性。（第三）は、境遇劇ではなく、性格劇を目ざすこと。また、このほかに、〈以上三ケ条はこれを約すれば、叙事詩と劇詩と（即ち小説と脚本）の別を明かにすることに止まる〉という付言もある。こうたどってみると、逍遙の方法的課題はいつのまにか戯曲体式の問題にすりかえられ、みごとにはぐらかされているといわざるをえない。

透谷が「我が国の史劇」の趣意を理解できなかったのは、伝えられるその脳疾のゆえばかりではあるまい。逍遙の史劇論がこの痛ましい劇詩人の終焉におよぼした因縁は、劇詩の前途に抱いた一縷の望みが確実に潰えた、透谷の深い絶望のほどを意味していよう。

2

『桐一葉』は今日、逍遙の紛れもない代表的な戯曲として記憶されているが、初出『桐一葉』（明27・11～28・9）は、当時新進の劇評家としてデビューしてまもない鶴田沙石（長谷川喜一郎）と逍遙の合作として発表された。「早稲田文学」誌上掲載十四回のうち、沙石の署名はつごう五回みえる。改訂版『桐一葉』（春陽堂、明29・2）「はしがき」によれば、明治二十五年頃、自らの腹案を沙石に語った上、〈起稿したまへとすゝめ〉、二十七年の秋に沙石がもたらした半産の戯曲六場を受け取った。ところが、これを補綴しようとしたところ〈おのが案とは折あはぬ節

いと多くて、そのままには筆を加へんすべもなく〉新たに自身が筆をとったのだという。こうして、沙石の草稿に加筆して発表されるはずであった原『桐一葉』は、けっきょく逍遙の主体性において書き換えられていくのだが、この始発における見込み違いがそのまま初出の体式を決定づけることになった。すなわち、沙石の戯曲を当然反映している（に違いない）ト書きとせりふの分別書きで始まった脚本が、奇怪なことに、序幕発表の途中から〈脚本風のトガキを廃し文章体にあらため〉（二幕目付言）ると称して、その体式をきりかえるのである。自ら後にいう〈読み本体〉への転換であり、逍遙の分類によれば、それは叙事詩体なのである。こうして、初出が連載の中途からあえて〈丸本まがひ、小説まがひに〉（「帝劇上演の『桐一葉』について」大6・4）書かれたことは、注目されなければならない。「未来の史劇に対する第一段」の提言からいえば、明らかに矛盾であり、後退した体式。〈史劇のモチーフの曖昧さが実作の歪みに拡大された〉〈奇妙な混乱の姿〉（永平和雄「坪内逍遙の史劇」）を呈していると評されるゆえんである。理論と実作の乖離、眼高手低のなせるわざというわけか。なるほど結果論的な評言としては至当であろう。しかし、提言の三カ条を約言して、〈叙事詩と劇詩〉（小説と戯曲に対応）の分離に尽きるとした逍遙の明快な所説に従えば、出来映えの問題はともかく、旧体式である叙事詩体の試みは、本来、企図を含んで多分に冒険的であったはずなのである。

ここで、逍遙の作意を、体式とモチーフの面への言及から拾ってみよう。

境遇悲劇を綴るには彼の支離滅裂な散漫な挿話（エピソード）沢山で出来て居る日本の形式は却て面白いフオーム（形式）ではないか（「『桐一葉』について」明37・3）

序幕より第五幕目までは主として片桐を内より破壊する事情を写したつもりです、外徳川の強敵なくとも此れだけの内輪揉めがあれば如何なる英傑も破れざるを得ずといふことを見せた積りで、第六幕目に至つて四分五裂の事情が纏綿の極断裂して一局に帰収し、片桐の失敗に終るのを見せた積りです（談話筆記「中央公論」

明37・3)

二幕目に極華やかな吉野山の桜狩を見せたのは、豊臣氏が全盛の夢即ち過去の大栄華を見せたので、其の後段々寂れて、終に長良堤訣別の場に至つては唯二人悵然として涙の袖を別つ、以つて国の将に亡びんとする哀れな風韻をほのめかした積(同)

ここに、(近代的な)性格悲劇ではなく、あえて境遇悲劇を目ざす逍遙の企図が種明かしされる。あたかも、絵物語りを展開するように継起的に〈挿話〉を接合し、〈挿話〉を全体の大きな流れのうちに呑み込んで、予定調和的帰結にいたる運命悲劇。逍遙はいわば、歌舞伎劇の手法を伝統的な序破急の劇構造の中に意識的に整合しているわけで、いきおいそこに取り込まれる〈挿話〉も〈挿話〉以上のものとならざるをえない。『桐一葉』には、主筋の片桐且元の悲劇に、且元の敵対者の弟である銀之丞の、且元の娘(蜻蛉)への悲恋という〈挿話〉が交錯する。森鷗外の〈僅に桐一葉の中の挟みものたるに足るべきものなるに、その占めたる空間時間のあまりに広きは奈何ぞや〉(「めさまし草」明29・2)という批評以来、戯曲中の乱調として指摘されているところであるが、逍遙はむしろそのことに意識的であったことがわかる。正宗白鳥が、「『桐一葉』について」(「中央公論」昭2・11)の中で、〈シエークスピアの戯曲から挿話を除いたら、興味索然とする如く、『桐一葉』から挿話を取ったら、「活歴」物とさして異るところはあるまい〉と述べていたことも、そうした経緯と無関係ではない。

先の談話筆記の表現を借りていえば、大坂落城の波瀾に富んだ悲劇は、まず、豊臣家全盛の追憶を淀君の見る〈吉野山の桜狩〉の夢によって象徴的に喚起し、やがて、城内の〈四分五裂〉からすべては瓦解、ついには、秘計によって落城を阻止しようとした且元の苦心の経営を押し流してしまうという構造になっている。逍遙はそうした展開を、〈吉野山の桜狩〉(春)から片桐=〈桐一葉〉の凋落(秋)に帰す必然の運命とみるのである。(そのかぎりでは且元という個人の運命は、大坂落城の全体のそれに匹敵しよう。)しかも、その運命悲劇は〈春から秋へ〉という

〈自然〉の象徴的な推移とアナロジカルである。劇は〈自然〉の時間的変化をなぞって継起的に進行する。このあたり、逍遙がもっとも執着したところであるらしく、東京座初演（明37・3）の際には、脚色者が構成した段取りに強い反発を示している。座付き作者である平山晋吉の用意した台帳では、劇場側の興行時間のつごうと、淀君役者である中村芝翫の注文にあわせ、二幕目の夢の場が、五幕目の寝所の場の前に繰り入れられることになっていた。この措置が逍遙の逆鱗にふれる。あわや上演中止というところ、その場にいあわせた市島春城の調停によって危機が回避されるまでの経緯は、「芸術殿」（昭7・2、3）所載の両者の回想に詳しい。結果として、段取りは、劇場側の現実的な理由によって押し切られ、以後も逍遙はその不都合をかこつことになるのである。原作者の側からすれば、平山の脚色では、大坂方の〈其の豪奢、其の栄華、歓楽極まつて衰亡の哀傷来るその略歴史を早取りにした積〉（前掲）であった二幕目の作意を破るものでしかない。亡滅の予感をはらんだ〈桜狩〉の絢爛たる夢の場から、在りし日の大坂方の栄華を破壊してあらわれる運命の姿。そして、その運命の力が現実にもたらす哀感の流露といったモチーフ。こうした作意への執着は、明らかに劇の仕組みそのものへのこだわりにほかならない。逍遙が言及したカタストロフィーにおける〈哀れな風韻〉の広がりとは、夢のような栄華の日々から醒めて、冷厳な現実にひきもどされる急転の落差がもたらす悲哀なのである。それを、逍遙は〈劇詩〉体ではなく、あえて〈叙事詩〉体で、すなわち小説的想像力に依存しつつ具現する。

秋さび月も乗る人の、心やいかに白駒の、勇むを制するかた手綱、引戻さるゝ後髪、さらば〳〵ト西東、見送るかたに霧や立つ、眼や曇るおぼろおぼろ、いなゝく駒の声はして、立別かれゆく両人ンが、此世に残す面影は、また見ぬ形とぞなりにける

『桐一葉』の大尾である。従来、その名文を謳われる「長良堤訣別の場」の幕切れ。川霧がたちのぼる東雲のうすあかりのなか、遠くひろがる長良堤を背景に、何らなすところなく、とうとうたる運命に押し流されるように居

城に退去する老忠臣（且元）と、勝算のない戦に潔く殉ずる若武者（木村重成）との決別の姿が、静謐な愛惜の情をもって描かれる。近松の心中物の道行きを思わせる〈模糊縹緲〉（「我が国の史劇」）の〈自然〉への同化が、そこには見られる。

且元が、〈百計〉ことごとく徒労に帰す自らの運命を、〈我が名に因む庭前の、梧桐悉く揺落な〉（六幕目、上）す姿にみたとき、それは、同時に悽愴な〈天地の秋〉の暗示にもなっていること、個の運命が個の帰属する全体の運命であり、またその逆でもあるパラドックスは、大坂落城の悲劇が〈哀れな風韻〉を漂わせてひっそりと散る桐一葉（＝片桐）のイメージに、象徴的に回帰していくねらいにおいて構想されていることからも明らかであろう。逍遙自ら、後に、〈隠然近松とシエークスピヤとに胚胎した一種の新ロマンチシズム〉（『文藝瑣談』明40・5）と呼ぶ新しい試みは、まず、そうした作意のうちにあったと考えられる。

3

では、『桐一葉』において、且元はどのような意味で劇的でありえたか。発表当時、もっとも早くこの戯曲の劇性の問題にふれたのは、上田敏である。

慈には個人が運命に圧せられし　跡あれども、之に衝突反抗して終に粉砕せられたる悲壮劇振の運動なく、（中略）大団円が悲壮劇の大破裂にあらずして一篇の好叙事詩の如き観ある（「桐一葉を読みて」明28・11）

敏の批評は、一見、骨格の正しい泰西劇のドラマツルギーに偏した発言のようであるが、逍遙がもともと劇構造の型に意識的であったことを思えば、その批判は有効である。

六幕目は此篇の大団円にして悲壮の情を動かすべき点なれども、思ひしよりは只哀れなる方に静まり行きし

　　は口惜しき限りなり（同）

敏の不満は大団円が蕭条として頼りない点に集中する。両者の対立は、こうしてカタストロフィーの理解をめぐって著しい。けれども、それは、一般的に劇の大尾において浄化（カタルシス）されるという悲劇の感情的色調、〈悲壮〉か〈只哀れ〉かという観客に及ぼす心理の帰趨が問題なのではあるまい。ここではむしろ、そうした感情を触発する手法なりメカニズムが問われているのである。そのことは、敏に続いて、森鷗外や高山樗牛らによって同様の指摘がなされていることからも明らかであるが、敏が投じた劇性への疑問は、隠微なかたちで逍遙のドラマ観に衝撃を与えた気配がある。『沓手鳥孤城落月』は、今日「且元最後」の角書きをもっているが、当時の広告文によれば、この戯曲は当初『桐一葉続篇且元の末期』の題をもってあてられることになっており、且元の〈悲壮〉な運命は、そこで実現することになるのである。『桐一葉』でいったんは完結したはずの且元の悲劇が、〈且元の末期〉として再度劇化されねばならなかったところに、蒙った批判に対する逍遙の過剰反応が見られよう。

　さて、『桐一葉』における且元は、徹頭徹尾、なすところむくいるところのない非行為者として登場する。状況・運命の知悉にもかかわらず、ありうべき行為の契機を未然に奪われた且元は、大坂城の屋台骨を支えんとして〈百計こと〴〵く心と齟齬し、死すべき機をさへ失〉（六幕目、上）う、あくまでネガティブな運命をになった人間である。当然のことながら、且元の劇中行為は、せりふに依存するほかない。あのハムレットの独白にも比すべき且元の長広舌は、ここに由来する。

　　死を恐れざるを忠臣とや、若し且元が一死をもて、山岳の鴻恩に報ひ得べくば、げに死するより易きはなけれど、我が有にして我がものならぬ、遺命重き此の一命、我れ若し九死のうち一生を得ずもあらば、お家の滅亡はまのあたり、ゆめ〳〵死すべき時にあらず（三幕目、下）

死すべきか、生き続けるべきか、という二律背反の状況を生きたハムレットの運命は十分劇的である。これに対

し、自らの死が豊臣家の滅亡に直結することをよく知り、万策つきてもなお〈死すべき機〉すら与えられていない且元の場合はどうか。かれが、生きることも死ぬこともできない無為の局地に置かれ、いわば、生存の隘路に立たされているという意味で、その境遇もまた十分劇的であるといえよう。だが、逍遥によって用意された且元のためのせりふは、しばしば、そういう状況に対して自己弁解的であるか、説明的であることは争われない。たとえば、全てが水泡に帰したことを認めた且元が、〈かく成り行きしも、天なり、命なり、今更に何をか怨まん、ア、止ンぬるかな〳〵〉（六幕目、上）と総括するとき、自因・他因の結果した自らの劇的境遇の意味は、天命という超自然的なものに融解してしまう。怨みという、本来もっとも劇的な感情さえ、なんら高揚することなく消滅してしまうのである。当時、上田敏らが指摘していたように、且元のありうべき葛藤は表面化することなく沈潜したと考えられる。

　だとすれば、自身の文学理念にもとづいて〈戯曲中に作者の評を挿むを嫌〉（鷗外「めさまし草」前掲）う逍遥の場合、生きることも死ぬことも許されない且元の苦衷、そのせりふのリアリティは、何によって保証されるのだろうか。劇の仕組みでも、表現としてのせりふでもない以上、それは作者の実感をおいてありえない。あえていえば、逍遥のそば近くにいた河竹繁俊が推測している〈何か早大関係かなどで、作者自身がジレンマに立たせられたことがあるようで、それが且元の心境に托された〉（「『桐一葉』と『役の行者』」昭30・5）というような、作者の共鳴に支えられてのみ保証されるていのものであったろう。しかし、且元の形象の背後に、そうした自伝的な共感を想定しても、それが直ちに『桐一葉』のリアリティをうけあっていないことは自明である。このような方法的弱点が、逍遥の客観主義に由来するのは確かであろうが、逍遥が黙阿弥を批判したように、せりふ＝思想の不徹底をあげつらうだけでは不十分である。『桐一葉』の見かけが、どれほど叙事詩的であろうと、改訂版『桐一葉』の奥付に、〈興業《ママ》権〉の所在が明記されて明らかなように、『桐一葉』はあくまで上演を前提とした戯曲なのである。なにより、

そのせりふが、演劇のことばとして書かれていることを見落としてはなるまい。

明治三十七年二月、「中央公論」の記者近松秋江が、熱海に静養中の逍遙を訪ね、翌月号の同誌に、そのときの談話筆記が載った。同月には『桐一葉』の東京座初演が決まり、日に日に緊迫の度を強めていた日露の国交はすでに断絶していたから、戦争劇『桐一葉』の上演は、第一に興行的に当て込まれたものだったといえよう。さらに、この上演の実現は、前年の九月に、明治演劇界の第一人者であった九代目市川団十郎が亡くなったという事実とも無関係ではない。

談話筆記の中で、逍遙は秋江に対して、『桐一葉』は元来〈団菊を目当に書いた〉のだと語っている。九代目団十郎の且元と五代目尾上菊五郎の淀君という組み合わせ。逍遙の夢は、とりわけ団十郎への執心として深く、その傾倒は〈彼の仮声で『文章規範』や『源氏物語』の下読みをした〉(「回憶漫談」大14・7)明治十三、四年以来のものである。しかし、逍遙の側の傾倒にもかかわらず、〈活歴〉を標榜して独行する団十郎に、存命中とりあげられることはなかった。けれども、逍遙の回想する団十郎をめぐる挿話は、あいだに『桐一葉』をおいてみると、両者の距離と演技史上のある機微を伝えていて興味深いものがある。

明治二十何年頃であつたか、私が彼(団十郎―引用者注)に対つて「無言の思入れで深い思想や感情を暗示するも面白いが、時にまたハムレツトの独白のやうな胸臆を有りのまゝに語るのも面白い」といふ意味の事をいふと、彼れは例の寡黙に「成る程〳〵」とばかりいつて聴いてゐたが、最後に「併し白で言つてしまひましたら、芸をする余地がなくなりは致しませんか?」とだけ言つた(中略)「それは白の内容次第である。(中略)ハムレツトのやうな怖しく葛藤《こぐらか》つた胸の悩みを言ひあらはす白は、言ひかたによつては非常に趣味も深く、感動も強からうと思ふ。実際は口へ出して言はぬ事を独白で言はせ、そして自然らしく見せる所に演劇の本領がある。(中略)三四十言の名文句を一々肺腑から出るやうに甚深の味ひを持たせて言ひ回したなら、瞬時の思

入れとは比較にならぬ強い印銘を与へさうなものだ」と言つた（「九世団十郎・五世菊五郎」大元・9）

ここには、まず、〈活歴〉を演ずる団十郎の演技術に対する逍遙の批判があろう。団十郎の〈無言〉の思い入れに対応するハムレットばりの独白。団十郎の思い入れとは、今尾哲也の明確な要約を借りるなら、〈表現を否定することによって表現を獲得しようという〉〈ぞくに腹芸と呼ばれる独自の創造方法〉（『変身の思想』昭45・6）であり、その表現原理は〈《動かない》ことと《せりふをいわない》ことにある〉。いわば、せりふの極端な消去が、内面のポテンシャルとなって視覚化されるのである。折口信夫によれば、〈技巧から出抜けたと言ふより、無技巧が一つの技巧と言ふ見てくれを持つて来た〉（『歌舞伎讃』昭28・2）という団十郎の演技の型は、ひらたくいえば、ないものをあるかのように見せる所作ということになろう。逍遙の不満はここに極まる。むしろ〈実際は口へ出して言はぬ事を独白で言はせ、そして自然らしく見せる所に演劇の本領がある〉と考えるからである。このような、団十郎の演技術に対する批判は、早く『小説神髄』中の「小説の変遷」の章に、東都の落語家某による団十郎への揶揄のことばとして残されているが、演劇に与えた次のような定義も、明らかに団十郎を批判の射程にとらえたそれである。

夫れ演劇の性質たる真に迫るべきものにあらで、寧ろ真に越えつべきものなり。（中略）真物並びにある物《リヤリチイ・プラス・サムシング》をば擬するを主眼とするものなり（「小説の変遷」）

〈活歴〉劇の史実への忠誠が、演技における素朴リアリズム・衣裳・道具に至るまで〈真に迫る〉ことを主眼としていたことは、よく知られている。その限りでいえば、劇の目標を〈真物並びにある物《リヤリチイ・プラス・サムシング》〉の表現におく逍遙の発言は、的確に〈活歴〉劇を乗り越えている。逍遙の当代演技者への批判（あるいは期待）は、こうして〈腹芸〉という演技術に対する反措定として、その性格をあらわしてくる。

小説家となり、劇作家へと転身する過程で、逍遙は実践倫理教育・新舞踊劇・演劇革新など、いくつかの運動を

並行して展開したが、その一つに脚本朗読の運動がある。明治二十三年から始まって彼の晩年まで継続されるこの運動は、逍遙とその関係者たちの技術練磨によって、〈人性分析、人間研究〉の方便から、劇表現の方法＝演技術の獲得へと導かれる独自の成長史をもつが、その触れ文「読法を起さんとする趣意」（『国民之友』明24・4）に、逍遙のねらいはすでに明確に表れている。

　我所謂朗読法の本願は人性研究にありと雖も其第二の誓願に至りては此欠乏を補ふて（中略）俳優よりも遥に高雅に俳優よりも遥に精緻に、俳優より遥に深遠なる着眼を有して原作者の本旨を穿鑿し其隠微を発揮し其秘密蔵を発き（中略）原作者と共に歓び我みづからも反省し又他人をして反省せしめんとするなり（傍点は逍遙）

〈俳優よりも〉という比較語に痛切な、団十郎を頂点とする当代演技者への不満は、彼らによっても表出されえない戯曲の〈隠微〉、あるいは〈人性研究〉の補足とすべき劇中人物の性格的ニュアンスを、せりふの朗読術によって捉えようという願望と結びつく。これは団十郎の〈腹芸〉が、空前の視覚表現として成立していたことに比較すれば、〈一に其の聴覚に訴ふ〉（同）ことを最要件としていて対照的である。逍遙の朗読術は、演技術への発展を内部要請としながら、表現・身ぶり・姿勢といった〈動き〉を極力抑制する。視覚にではなく、聴覚に表現を依存する。すなわち〈声が表現する所の行為《ビヘービヨア》こそは人間の行為中の頗る微妙な、精巧な、有力な部分〉（『柿の蔕』昭8・7）という聴覚への期待である。一脚本の全部をただ一人で読みつつ、俳優の舞台表現以上の表現を予期する逍遙にあって、それは、且元の内部に沈潜した葛藤を顕現する方法でもあろう。その意味では、かねて朗読的に『桐一葉』の世界に通じていた正宗白鳥が、『桐一葉』という戯曲は〈舞台で観るよりも、読んではじめて味はうべきものだ〉（前掲）といっていた事実は示唆的である。

以上、『桐一葉』が一種の語り物（＝叙事詩体）として書かれていたこと、在来の演技術によっては表出できない

〈真物並びにある物《リヤリチイ・プラス・サムシング》〉の〈ある物《サムシング》〉を、もっぱら音声への期待にこめて書かれていたことにふれていえば、朗読術ということばの耳新しさにもかかわらず、常に観客を意識し、観客に語りかけるという性格において、それはまぎれもなく日本の伝統芸能にかなう演劇の方法であり、そうした朗読術のテクストとして、『桐一葉』は〈読み本体〉という体式を必須としたといえよう。

Ⅷ 『人柱築島由来』の成立

1

勝本清一郎「埋れたロマン主義文学―宮崎湖処子と藤野湖泊堂について」（「図書新聞」昭25・10・25）によれば、藤野古白の戯曲『人柱築島由来』の草稿の段階での表題は、『松王人柱経ケ島由来』であった。勝本は草稿（表紙）の写真を掲げ、〈非常に珍しい遺品の一つである〉と紹介している。[1] ただし、この草稿の所在は現在まで、残念ながらつかめていない。草稿は改題され、第一次「早稲田文学」の第八十号（明28・1・25）、八十一号（同2・10）、八十二号（同2・25）、八十三号（同3・10）にわたって連載され、のち正岡子規編『古白遺稿』（明30・5）、さらに『現代日本戯曲選集』第一巻（白水社、昭30・6）に収録された。また、『古白遺稿』が講談社版『子規全集』第二十巻（昭51・3）に再録される際に、編集担当者（蒲池文雄）によって初出本文との対校が行われ、本文の妥当な決定をみた。現在のところ、これを基本的なテクストと考えてよい。初出での署名は、湖泊堂（もしくは湖伯堂）であるが、ここでは便宜上、古白を用いる。

明治二十七年（一八九四）六月中旬、古白は当時在籍していた東京専門学校の卒業試験を途中放棄して帰郷した。帰郷の直接的な理由は、卒業論文の遅滞に悩んで脳髄の疼痛とストレス性の胃炎を併発し、それを治療するためであるが、論文の主題が茫漠としていて、論理の収斂しないことに苦しんだようである。[2] 帰郷後も、二カ月ばかり奮

闘したが脱稿には至らなかった。その結果ということであろう、翌年三月十日の日付をもつ遺書（「自殺之弁」）には、〈自から力なきを嘆して自殺したき願ふと起り〉、しだいに〈生存といふ事にインテレストを抱かすなりたるなり〉という心境に至った経緯をつづっている。

　こうして、論文に対する意欲の減退が明白になった頃、古白は突然わきおこった想像力の跳梁に身を任せるようにして、戯曲の創作に没頭する。『人柱築島由来』の執筆である。この年の秋に、島村抱月や子規に宛てた手紙によれば、起筆から脱稿までの三カ月にわたる期間は、自滅意識とはおよそ対極の得意と昂揚の日々であったことがうかがえる。

> 従来のガラにはなき事なからドラマを作らんとの念起り八月の中程より稿を起し九月三日に到て一度稿を了九月十三日迄に修正一番畢て更に校し且つ補して再び稿を起し此稿両三日以前に出来上申候　陋筆不文の嘆ハ何時も逃かれされとも全部を以ていふ時は此稿を為す最中には湖泊堂所作の新劇こそ年来文学界一斉に頭を挙けて俟つ所の注文にしかとはまりたりとの感難禁（十一月二日付子規宛）

あるいは、

> 此劇は作者か Vain speculation の末 Nervous disorder 中に出来たる者なれば、作者の理想なといふ者は到底見出し得へきにあらず。柏子《ママ》に乗て筆を下したる時の愉快さは今更たとへんにものなく沙翁とユーゴーを調和し得たる感不一方御座候。（十月二十二日付抱月宛）

などとあって、前置きは一見ひかえめであるが、出来栄えについては傲然といってよいほどの自信を示している。明治十年代から二十年代にかけて、江戸時代の歌舞伎の時代狂言とは本質的に異なる歴史劇が数多く書かれ、上演された。たとえば、九代目市川団十郎の〈活歴〉と呼ばれた一種のリアリズム史劇であり、座付作者の河竹黙阿弥や福地桜痴の脚本である。本作もまた、そうした史劇ブームの渦中の産物であるが、作劇法において史実に傾いた

活歴劇との径庭に意識的な古白は、この史劇にじゅうぶん成算があった。そうした野心の実質は、先の引用部につづく子規宛書簡にまぎれようもない。

桜痴の日蓮記などに較へては迥然別種是自賛故に滅多にあてにならすと雖も一度逍遙先生之鑑定を請て自賛多く違はすんハ版行かねにしたくと存束上の念遽かに相萌来

本作を桜痴の活歴を旨とする『日蓮記』（明27・5）などと比較すれば、〈迥然別種〉の戯曲であることを、古白は自覚していた。時代が要請する〈新劇〉であるとすら。師の坪内逍遙の評価いかんが前提とはいえ、〈版行かねにしたく〉という希望にも古白の自信がのぞく。だが、なりゆきは子規が「藤野潔の伝」にいささかの皮肉をこめて記したように、〈事実は空想と違ひ社会は之を歓迎せざりしのみならず之を評する者も少かりき〉というありさまであった。

ただ、当時といえども、その脚本形式の新しさ、〈リ、カル、ドラマ〉としてのロマンティックな魅力に注目した人物がいたことに留意しておきたい。初出（第一回）の巻頭には、「早稲田文学」記者による次のような紹介文が載った。

湖泊子飄然として一篇の戯曲を携へ来て示しぬ披き視て読むく〳〵別天地に遊ぶ思ありこれ所謂リ、カル、ドラマなるもの理想の乾坤に理想の情操を躍らし読者を駆りてまた此の理想中の偶人たらしむ飄逸此の作家の如くにしてはじめて如是の作を容すべし文致はた古雅清麗最もよく其の想にかなへり新国文壇の一種の珍羞として読者に紹介す

これもまた宣伝文である以上、古白の〈自賛〉と同じく多少の誇張あるいは過褒を免れていないということになるだろうか。記者は、発表の経緯その他から判断して、逍遙自身だったと推定される。(3)

2

本作の典拠としては、つとに『平家物語』巻六「築島」の章が指摘されている。久保田正文『正岡子規と藤野古白』（永田書房、昭61・8）は、〈それだけの『平家物語』原文から重盛諫言の場をつくったり、橘や松王やを登場させたり、人柱強行の設定をかんがえたりしたのは、古白が、悲劇のテーマを構成するために盛りあげたフィクションにほかならない〉としているが、本作の執筆に際し古白が複数の資料を活用した可能性があり、ことはそれほど単純ではない。また、久保田が古白のオリジナルと考えた、松王が人柱にたつという本作の中心的なプロットも、古白の独創ではない。中世・近世に流布した兵庫の築島伝説がそのよりどころである。

神戸市兵庫区島上町四十二番地にある平清盛の開基と伝える浄土宗来迎寺（俗称、築島寺）の縁起に、清盛が兵庫の港を築くとき、工事が難航したため三十人の人柱をたてようとしたのを、清盛の侍童である松王が自ら志願して三十人の身代わりとなったという事が語られている。また、松王とともに一切経を書写した経石を沈めたことから、築島は経島とも呼ばれ、創建当時の寺号は経島山不断院来迎寺という。本作が「松王人柱経ケ島由来」を改題したものであることは、すでに述べたとおりであるが、いずれにせよ、築島（経ケ島）と人柱にまつわる来歴を表題としていることから、古白が築島伝説に熟知していたことが知られる。

ところで、この築島伝説について『平家物語』には、〈人柱たてらるべしなンど公卿御僉議有しか共、「それは罪業なり」とて、石の面に一切経をかひてつかれたりけるゆへにこそ、経の島とは名づけたれ〉とあり、経石を沈めたとはあるが、人柱はたてなかった。したがって、古白の人柱のモチーフは『平家物語』の「築島」とは直接には結びつかない。では、本作は『平家物語』とは無縁か、といえば、そうとはいいきれない。本作には『平家物語』

でなじみ深い平家一門の公達が数多く登場し、浄海（清盛）と対立し諌言する重盛、平家の没落を早めた宗盛の愚行、あるいは一門内部に生じた緊張など、古白が原作から学んでいることは明らかであるし、侍の命名にもそれがうかがえる。平家の侍でありながら松王の敵役として登場する宗盛の従者の難波六郎、あるいは人柱を捕縛する目的でつくられた生田の関の司、妹尾三郎。ふたりは清盛の近侍としてしばしば対で登場する難波次郎（三郎）と妹尾太郎から着想されたとおぼしい。『平家物語』では清盛の腹心である難波と妹尾は、悪行の実行者として登場する。

また、『平家物語』の異本の一つである『源平盛衰記』には、〈人力及びがたし、海龍王を宥め奉るべしとて、白馬に白鞍を置き、童を一人乗せて、人柱をぞ入れられける〉とあり、童を人柱にたてたとしているが、童はすなわち松王ではない。童には、名前が与えられていないのである。ただ、河東碧梧桐・井上理三郎編『湖泊堂蔵書目』には、一巻本の『源平盛衰記』が記載されているから、古白がこれを参看した可能性は残る。ところが、『参考源平盛衰記』になると、童を人柱にたてたという本と、〈止メラレケリ〉とある本と、人柱について何とも書いてない本の三種があった。柳田国男は「松王健児の物語」（「民族」昭2・1）の中で、『平家物語』や『源平盛衰記』の人柱伝説の有無をめぐる記述が一定していないことに着目して、いわゆる築島伝説が今日の形に固定したのはそう古いことではなく、〈少なくとも御伽草子や幸若舞の時代には、別にこれとは相容れざる伝承が幾らもあった〉と推定している。近年の研究によれば、『平家物語』や『源平盛衰記』の築島伝説とは同材ながら、これとは別に存在した唱導や口碑の影響を受けて、話が派生したり増幅していったと考えられている。[4] 中世の舞の本「築島」では、人柱となって海中に入ったのが〈松王健児〉であることが明示され、以降、舞の本に準じた説経浄瑠璃「兵庫の築島」、舞の本を翻案した謡曲「築島」や、その後日譚「松王童子」に受けつがれていった。しかし、舞の本「築島」では、三十人の身代わりに人柱にたったのが松王ひとりであったにせよ、〈彼は実は横合から出てきた最後の解決

者といふのみで、物語の葛藤はかへつて名月姫父子夫婦の悲運〉(「松王健児の物語」)が中心である。三十人の人柱に加えられた刑部左衛門国春と、その娘で主人公の名月女、その夫の藤兵衛家包の親子夫婦の恩愛の物語なのである。古白が以上の系譜に、どのような知見をもっていたか定かではないが、本作の趣向に密接するようなつながりはみあたらない。

近世になると築島伝説は『摂陽群談』(元禄十四年)、『兵庫名所記』(宝永七年)、『摂津名所図会』(寛政八年)などの地誌や『南海治乱記』(寛文三年)、『鎌倉実記』(享保二年)などの雑史にも採録され、広く世に知られるようになる。先行の文献や物語に依拠し、あるいは遊離しながら、築島と人柱の来歴を示す伝説が定着していくのである。以上の資料の中で、本作の典拠として最も有力なのは、『兵庫名所記』である。古白が所有した植田下省子編『兵庫名所記』(宝永七年)の所在が確認されているからである。(5) 以下に、その本文を掲げ、本作との関連を検討する。

(一)太政大臣平《たいらの》清盛公此《この》兵庫の浦上下往来《ゆきき》の船風波の難儀なからんが為にとて応保元年二月上旬より始て島を築かしめ給ふに(二)同八月二日大風に波を動《うごか》し潮さかのぼつて元の清海《せいかい》となれり(三)重て同三年三月下旬阿波民部成良《しげよし》奉行として築けるに(四)又南風おこつて忽《たちまち》白浪《ろう》をたたき又島を淘《ゆり》うしなうたり既に成就なりがたし故《かるがゆへ》に時の博士《はかせ》阿倍《あべ》の泰氏《やすうじ》を召て問給ふに天文地理の妙術《じゆつ》を以てしばらく考《かんがへ》申しけるハ此《この》島通例《つうれい》にしてなりがたし人柱《ばしら》を入て築《つか》しめ給ひなバ成就すべきと也是に依て当国生田の小野《おの》に関をするゑ往来《ゆきき》の旅人をからめ捕《とら》へしに其歎《なげき》限《かぎり》なし爰に平相国の家童《かどう》に松王児童いまだ若年といへども諸人の歎《なげき》を哀み我一人此《この》島に入り其命《めい》に替らんと誓《ちかひ》白馬に白鞍おき打乗《のり》海内にいりしとかや且《かつ》て又数《かず》の石に一切《さい》経を書写《しよしや》し彫《ほり》付て海底に入し誠に龍神納受《なふじゆ》有けるにや其後つゝがなく此《この》島成就して往来《ゆきき》の船の恐《おそれ》なく国家の宝末代の規模《きぼ》と成ける依て経の島とぞ名付けたり又築島興立《こうりう》の事承安《しやうあん》癸巳年ともあり

当然のことながら、地誌の説明的叙述や手順は、そのままでは戯曲の台詞回しには使えない。古白は本文の前半部を数個の断片に解体し、何人かの登場人物の台詞にそれをはめ込む。しかも、台詞として不自然にならないように部分的に変形したり、前後を入れ換えるなどするのである。

第一段第三場「船見浜　浦の御所（福原）」、兵庫の浦に築島の造営を計画した浄海は、すでに工事を二回失敗している。浄海がなおも工事を続行しようとしていることを知った重盛は、その無謀を諫めるために現われる。

此度成良に阿波民部大輔に仰せて、重ねて御造営有る可しとか、洵、左様に御座りまするか。

という重盛の台詞は、

(三)重ねて同三年三月下旬阿波民部成良奉行として築きけるに

とあるのによったものである。原拠の〈重ねて〉は再度の意であるが、古白は二回失敗した上に、さらにの意に用いている。重盛の詰問に対し、浄海は〈嘗て入道が一度思立たる事仕おほせざりし例やある〉と切り返す。これに対し、重盛がじゅんじゅんと道理を説き、諫める場面の台詞、

扨も是迄二度迄の築島御造営、去んぬる承安元年には、深くとかうの慮もなく、一時多少の費とは存じながら、偏に将来の利益に心を傾け、却て御勧を申せし不覚、翌年八月二日の大風、潮水溯りて元の青海、残念此上や候べき、

の傍線部は、

(二)同八月二日、大風に波を動かし、潮さかのぼつて元の青海となれり

をふまえたものであるが、記載された年号は異なっている。『兵庫名所記』に従えば、初回の起工は応保元年二月中旬(一)のことであり、同年八月二日には大風によって築島は跡かたもない(二)。翌三年三月下旬(三)、奉行の阿波民部成良によって再度築かれた島は、またしても南風によって淘り失われてしまった(四)。しかるに本作

では、初回の失敗は承安二年（八月二日）という設定である。さらに、先の引用につづく重盛の台詞には、

既に父上にも御断念有りけりと思ひきや、今年に及んで重ねての御造営、既に五月に到ツて半成たる上を、此程の嵐、折も折なり以前と違はず、（中略）前に六月後に五月、此間下民の苦労、諸国の難儀、痛はしと思さずや、

とあって、初回の起工は承安二年の二月ごろ、そして〈此程の嵐〉によって二回目の造営に失敗したのは今年（承安三年）八月中旬以降のことであるから、着工はその五カ月前、三月中旬以降であることがわかる。いずれにせよ、応保と承安では十年の開きがある。築島の造営を、古白が承安年間のこととしたのはなぜか。『兵庫名所記』には、実は応保年間の出来事とする記述とは別に、本文の末尾に〈又築島興立の事承安三癸巳年ともあり〉という異説が紹介されていて、ひとまず後者を古白が採用したと考えられる。応保年間のこととする記録には、ほかに『鎌倉実記』、『摂津名所図会』などがあり、『平家物語』や『源平盛衰記』の諸本には応保とも承安ともある。ただ、『源平盛衰記』の一本に、初回の着工を本作同様承安二年とするものがあり、しかも、本作にはその表現の一部を援用した部分があることから、古白が同書の年代に依拠したとみることもできる。

承安二年癸巳年（引用者注、ただし癸巳とあるは誤り、正しくは壬辰）築き始めたりしを、次の年南風忽ちに起りて、白浪頻に叩きしかば、打破られたりけるを、入道、倩々この事を案じて、人力及びがたし、海龍王を宥め奉るべしとて、白馬に白鞍を置き、童を一人乗せて、人柱をぞ入れられける。

〈諸国を賑はさん為ならば一日も早く築島を成就せんに如かず〉として、浄海は重盛の諫言を退け、陰陽の博士が考えた犠牲の人柱をという献言を採用する、その浄海の台詞に、

去れば犠牲の人身之れを民間に就いて求めんは元来その理、まつた入道が慈悲の心を以て上下往来の船、末代迄も風波の難儀なからんが為にとてする島築きの手始に海龍王をなだめ申す人柱旅人の中より択ばずして他

に何の方便か有る、

とあって、ここに〈海龍王〉が唐突に現われる。この、傍線②〈海龍王をなだめ申す〉べくという表現の出典が、〈海龍王を宥め奉るべしとて〉の一行を含む『源平盛衰記』であるとみなすのは自然である。また、傍線①が『兵庫名所記』の冒頭、

（一）太政大臣平清盛公、此兵庫の浦上下往来の船風波の難儀なからんが為にとて

をふまえたものであることはいうまでもない。〈此上は別の方便も候はず、唯生田の小野の辺に新に関所を御据有ツて此人柱往還の旅人の中より召し給はゞ是れそ誰彼となき千万人の中に一人を得る計と存じまする〉という側近の評議を受けて、浄海は妹尾三郎に生田の関の司を命じる。第三段の第一場は、「生田の小野の関所前構の場」。平家に恨みをいだく兎餓野の庄司の娘橘は、追っ手を逃れて明石を脱出したが、生田の関で捕えられる。その場に来合わせた松王は騒ぎが人柱の者の狼藉ときき、不審にたえずその子細を問う。妹尾は人柱の必要から関所を設けるに至った事訳を次のように語る。

③此春弥生の下旬より前阿波民部大輔奉行として造営有りし築島　④此程の南風白浪を逆捲上げ一夜の内に崩れたる天変既に再度に及ぶ此上は成就覚束なし如何ある可くやとて陰陽の博士阿倍の泰氏を召て問ひ給ふに泰氏天文地理の妙術を以て暫らく考へ申けるは此島通例にして成り難し人柱を御入有て築かしめ給ひなば成就せんずと也其に依て新に此処に関を据ゑられ往来の旅人を択び搦め捕れとの御諚

このうち、傍線③は『兵庫名所記』の本文（三）を、傍線④は（四）を、一部の表現・形容を除いてほぼその口吻のままに写しとっている。と、あえていうのは、（四）もまた先行する二種の文献の引用から成り立っていて、それらとは微妙に文体を異にしているからである。(7)

以上から知られるように、築島の二度にわたる造営の失敗と、人柱を必須とする経緯を叙した『兵庫名所記』の

本文の前半部を、古白は自在に活用し、本作にあますところなく吸収しているといってよい。後半部では、人柱として捕えられた往来の旅人の身代わりとなる松王の事績と、築島が〈経の島〉と呼ばれたゆえんが語られる。ところで、松王はなぜ人柱を志願したのだろうか。文中には〈諸人の嘆を哀み〉とあるだけで、その内的必然性は語られていない。おそらく、古白の作劇の動機は、その空白を満たすこと、外在化されなかった松王の劇的な内面を顕現することにあったはずである。してみると、『人柱築島由来』（あるいは『松王人柱経ケ島由来』）という表題には、人柱にたつ松王の行為のみならず、思考と行為の因果関係が寓意されているといえよう。

ちなみに、本作の表題が、やはり『兵庫名所記』からヒントを得ているらしい点にもふれておきたい。先に引用した本文の見出しに、〈築島《つきしま》の来由《らいゆう》〉とあり、本文のあとには〈築島寺〉として清盛の自画像や清盛作という松王の木像等の寺宝が列挙され、〈経《きやう》の島〉の項もある。ところが、目次の見出しはこれとはやや異なり、〈築島《つきしま》の由《ゆ》来《らい》〉とあって右下に小さく〈経《きやう》の島〉、次の項は〈来迎寺《らいかうじ》〉として右下に小さく〈つき島寺霊宝〉とある。経の島は経島、経ヶ島とも書き、〈築島〉の別名である。見出しの〈築島《つきしま》の来由《らいゆう》〉ないし〈築島《つきしま》の由来《ゆらい》〉が、表題のヒントになったと推定できる。

初出の「早稲田文学」と『古白遺稿』の異同をくらべあわせると、誤植や欠字とは違う一つの変更点が浮上する。第五段の第三場「兵庫の浜の場」、松王の犠牲に先立って、僧たちによって読経と願文が龍神に捧げられる。初出では、舞台中央に〈少僧都某法師及び扈従の僧三四人〉がいて、その〈某法師〉が浄海の願文を読みあげる設定になっている。ところが、『古白遺稿』では〈少僧都某法師〉の替りに〈叡山観如上人〉という固有名詞が与えられている。この改変について、久保田は〈テキスト・クリティクの点で注意される〉（前掲書）と述べているが、もともと草稿にあったものが復元されたのか、第三者の指摘による変更なのか、理由は不明である。が、上人の名前の出所ははっきりしている。『摂津名所図会』（寛政八年）に記載された築島伝説のくだりに、〈其時島供養に八叡

山の観如《かんにょ》上人を請じ、千僧を集め妙典を誦しけるに〉とあるのを借用したのである。『摂津名所図会』は、古白の蔵書目録中には見あたらないが、当時から著名なものであり、地誌類に趣味をもっていた古白の目にふれたとしても不思議はない。

こうした経過からみて、古白は『兵庫名所記』の記事を主たる典拠として、複数の資料を援用して創作したと考えられる。過去にも、築島物の影響を受けて脚色した紀海音の浄瑠璃『新板兵庫の築島』（享保期）や、築島伝説に斎藤時頼と横笛の悲恋を組み込んだ仏教説話『兵庫築島伝』（天明二年）を下敷とする小枝繁の読本『経島履歴松王物語』（文化九年）があるが、人物配置など本作とは系統を異にしている。

3

本作の構成は第一段・二段・五段が三場、第三段・四段が二場の全五段十三場(8)よりなる。幕といわず段を用い、五段構成であるところは、江戸期の浄瑠璃の約束を意識しているかのようである。各場の指定や場景説明も型どおり、内容も平清盛の時代を扱っていかにも歌舞伎の舞台イメージをほうふつさせる。台詞も初出を反映して第一段こそ読点が付されているものの、第二段以降にはそれがなく書き流しで読みにくい。しかも、語調には伝統的な七五調の韻律を避けている気配もある。〈総体に硬い漢語が多用され、会話にしても、寸足らずの如く、余れる如く、ごつごつと取っつきが悪く、舌触りのいい台詞に馴れた歌舞伎役者の歯には合い難い〉となれば、台詞の文体としては失敗ということになりそうだが、田中千禾夫『劇的文体論序説』上（白水社、昭52・4）は文体を吟味し、あえてこれを劇詩と称してはばからないという。

句の選びの厳しさ、王朝時代を思わせる、「な……こそ」式の辞の流用、音楽性に頼らない思惟的追求と凝

視、それは歌舞伎の次元とは異なるものであり、また結果として生れた潔く高い格調は、矢張り「劇詩」の文体に属すると思うからである。「能」を思わせる古風な風格すら私には感じられた。

周知のことであるが、古白の父漸は下掛り宝生流謡曲の名手として知られ、藤野門〈洋々会〉を長く主宰した。そうした環境のゆえであろう、子規が若いころから謡曲に親しんだように、古白もまた幼時から謡曲に耳馴れ、その詞章に通じていた。座右には一笥の謡本があったことも知られている。たとえば、第三段の第二場、人柱を〈疾く放遣て然るべし〉とすすめる松王の言動を怪しんだ盛国が、〈其許には何しに是迄参られたるぞ〉と咎めると、〈私に存《ひそか》ずる旨有て此処を通行する旅人で御座る〉のような能がかった台詞で応じているのは見やすい実例であろう。これまでにも、北村透谷の「蓬萊曲」（明24・5）や「悪夢」（未完）などの劇詩に類比する意見は存在したが、はじめて古白の文体的特色、その魅力の淵源に言及した見解として傾聴に値しよう。

さて、本作では『兵庫名所記』を主要な典拠としながら、古白が意識して用いなかった伝説の要素に、人柱の人数がある。舞の本以降、築島伝説では、人柱の数は三十人としているものが多い。『兵庫名所記』では、必ずしも人数は明示されていないが、〈諸人の嘆を哀み、我一人此島に入り其の命に替らんと誓ひ〉とあって、少なくとも複数であることがわかる。一人でなぜ三十人（あるいは複数）の代替が可能か、ここには〈諸人の嘆を哀み〉それ故にという情動的な理由以外に、納得のいく合理的説明がなされていない。古白はむしろ、人柱を一人と設定することによって、そこに劇的な契機をみようとする。すなわち、松王の身代わりになろうとした相手が、彼とは相思の関係にある兎餓野の庄司の娘橘であることとである。

父の庄司は平家に所領を奪われ、訴訟の旅に出たまま行方がわからない。一方、橘は平家の非道に対する恨みを表白したため、平家から追われる身となる。追っ手につかまり、あわやという場面で松王に救われ、そのとき負傷した彼女を介抱したことがきっかけで、二人は相思の仲となる。平家の疑いがかかった以上どこまでも逃げよ、と

松王にすすめられた橘は、侍女千鳥の助言により、男装して明石から脱出する。しかし橘は生田の関で捕えられ、築島の人柱にされようとする。人柱の資格は〈美しい若い男子〉であること、彼女は男装のゆえに条件に合致したのである。橘の男装については、松王以外にその性別、正体とも劇の終わりに至るまで、他の登場者に明かされていない。捕えられた橘は狂気を詐り、いったんは解放されるが、盛国によって佯狂を見破られる。橘の幽閉を知った松王は、関の司を欺いて橘を逃がし、替わりに自らが虜囚となるのである。では、松王が橘に替わって人柱を志願したのはなぜだろうか。

まず考えられることは恋人の命を救うための犠牲ということである。牢から橘を救出したとき、松王は〈早く親御へ恋人さらば〉と声をかけている。父との再会を願っている恋人の望みをかなえるためである。橘もまた〈浄土へ親を往生の引導は此身の役親に逢すの御情難有や勿体なや唯拝みます松王様〉と彼の厚志を受け入れているが、これとて二人の間にのみ成立する内輪の動機というにすぎない。父の庄司が京にいると教えられたその道すがら、一度は松王の厚情にほだされた橘も〈我からの心の詐〉に気づき、今来た道を取って返す。そして、まさにその場面に庄司の幽霊があらわれ、父の死の暗示によって、それまで橘をとらえていた恩愛の迷妄もうち払われる。人柱儀式の場へと駆けつけた橘は、死ぬべきは自らであると訴えるが、松王は〈御身の為に殺す此身にはあらず恨とな思ひ給ひそ〉という謎めいた言葉を残して死地におもむく。むろん、そうした経緯に二人の劇的葛藤があるのは確かであるが、橘のために死ぬのではないと言っている点に留意すべきであろう。橘を救うための犠牲とは簡単にいえないのである。

松王は一方で、浄海に橘を捕えるよう命令されていたにもかかわらず、役割を果たさなかったばかりか、彼女を逃がしてもいる。浄海から復命をただされたとき、女が平家に対する恨みを〈無道梟悪〉と罵詈したので、堪忍できずに殺したと言い抜けるが、生田の関で囚人（男装の橘）を逃がした罪には釈明できない。〈言葉多きは恐あり〉、

犯した過失を人柱のお役に立つことで贖いたいと願って許される。これを仮に公的動機と呼ぶにせよ、松王の論理が虚言を含む詭弁である以上、人柱を志願した真の動機とはならない。問題にすべきは松王の個に即した論理である。

第三段の第一場、生田の関で橘が捕えられる直前に、松王の長大な独白があるが、中に松王の出自を示す次のような一節を見ることができる。

我はそも何しに是迄は来りたる厭ひ果たる汚濁の世を捨んが為に家を出でながら猶中空に漂ふぞや栄華は幻忠義は夢恋は迷ひ迷ひし足の踏み所何処に向て着く可きか一歩先は未来なるに思慮なくて踏まるべきかあはれ思へば松王は氏なき生れ幼に父にも母にも別れはづかなる面影にも心に残るかたみはなく十歳にも足らぬ内より平家へ御奉公怪くも御一門の繁昌を親達一族の栄華の如くに観て喜びしは嵐の試未だ知らぬ舟子共月を包て輝めく怪し雲を美しやとて眺むるに異ならず

築島伝説では、松王はしばしば讃州香川の城主田井民部（あるいは河辺の郷司、河辺民部）の嫡子になぞらえられ貴種性があらわであるが、古白は松王に、自らは〈氏なき生れ幼に父にも母にも別れはづかなる面影にも心に残るかたみはなく〉といわせ、無名性や孤児性を強調する。係累のない裸形の人間をそこに見ようというのであろう。松王は〈十歳にも足らぬ内より平家へ御奉公〉、一門の繁栄を一族の栄華とみなして喜びつつ、以後〈十三年の御高恩〉（第五段第二場）を受けたとあるから、彼はもはや成人といってよい年頃である。この点においても、伝説中の松王が〈健児《こんでい》〉ないし〈児童《こでい》〉と称されていたことと対照的である。彼はすでに少年とはいえない。したがって、このとき彼が自身の生い立ちをかえりみて、〈我はそも何しに是迄は来りたる〉と懐疑したのは偶然ではあるまい。これを反転すれば、こののちどう生きたらよいかという前途への不安、危機の様相の表白になっているからである。〈厭ひ果たる染濁の世を捨てんが為に家を出でながら猶中空に漂ふぞや〉とあるように、松王にはその出発から、

厭世が刻印されているのだが、それも今や臨界に達している。独白の冒頭には、〈目に視るにつけ耳に聴くにつけ今や此世は終の形勢〉〈斯る汚濁にあらんよりは速に砕去らんには如かず〉ともあって、厭世には自滅志向さえ孕まれている。松王をペシミズムで染め上げている素因は、平家の暴虐非道がもたらした退廃なのだが、彼もまた平家の身内として、それに加担していたのではなかったか。そうした矛盾と懊悩から、進退窮まったあげく、松王の運命が急転するのは、因われの身にある橘との再会がその契機になっている。

第三段の第二場、〈唯此上の御情には親に逢はせて給るやう御慈悲を願ひ奉る〉と懇望する恋人の赤心にふれたとき、それを合せ鏡として〈愧入つたる松王が今迄の心懸〉が見えてくる。〈人こそ知らね人にこそ見えざれ我と我身を見る程に醜く汚穢《きたな》き者が又とあらうか〉。これまで、彼が覗いて見ようともしなかった内面から発した自意識は、自己の中に醜く忌まわしい者を見出すのである。その後の松王の直接行動に、明確な指針を与えるのは、こうした自己認識である。それは、とりもなおさず、観客もまた、その後の松王の、自己発見の劇に対面するということを意味する。松王は橘を説得して逃がすとともに、自らは彼女の身代わりに立つ。浄海に取り調べられ〈旅人の嘆を以て放ち遣たりとは何事〉と詰問されて、これに返答はできないにせよ、彼が対峙しているものの存在を明瞭に自覚していることは、直後の傍白が明かしているだろう。

　此場に於て割腹致さば其申訳立つ可きなり命を損つる途二つ尚未だ斯る岐に迷ふか情なき仰死を争ふを戦場には功名とかいふいざ争はんいざ去らば争はんいざ現世《うつしよ》の権勢と争はん

松王が自己と対峙するものを見きわめたときが、〈願の人柱〉を許されるときでもあった、というのは皮肉であろうか。おそらくそうではあるまい。先に引いた独白の懐疑を徹底すれば、もともと心中に自滅志向（死）を抱えこんでいた松王のことであるから、厭世へのいっそうの逸脱（自己否定）を招いたに違いない。同じ死を死ぬにせよ、ことの意味は正反対である。大尾の人柱儀式の場、海龍王に捧げられた願文の一句に触発されるようにして、

松王が到達したのは、人柱として死ぬことによる全き自己肯定である。

蒼生の一人を以て万人の過を論へんとな松王が此身を以て代るべくばあはれ願くは天が下に一人も残す事なく其過に代るべきなり左もあらばあれ過なき人には誰か代はりしぞ今ぞ知る松王は此身を以て天下の過には代るなり怨も消えぬあら本懐

松王が橘にむかい〈御身の為に殺す此身にはあらず〉と語ったゆえんである。彼が人柱を願ったのは橘のためでも、平家を裏切った懲罰の意味でもない。〈今ぞ知る〉自己発見への到達のプロセスこそ、この戯曲を支えているものである。人柱を一人とする作意も、したがって個我の悲劇の完遂にその主要な契機があるといえよう。

本作は一見すると、歌舞伎の舞台イメージを連想させるものがあるため、技法的にも歌舞伎の影響を受けたと思われがちであるが、意外にも、古白の旧劇に対する知識は乏しかった。(9) 作劇上のヒントは、むしろ逍遙に学んだシェイクスピアから与えられたようである。当時、抱月に宛てた手紙の中で、諧謔まじりにシェイクスピアを引き合いに出していたことを想起してもよい。卒業論文が書けなかったため、卒業試験を放棄して帰郷したことはすでに述べたとおりであるが、北川忠彦「藤野古白の一生」下（「愛媛」昭42・3）の調査によれば、成績表では古白は〈試験未済者〉として〈ハムレット90点〉という項のみ記されているという。第三学年（明26・9〜27・6）に、古白は逍遙の講義で『ハムレット』を学んだ。そのためか、本作にもシェイクスピアに学んだ技法が随所に痕跡をとどめている。シェイクスピアの喜劇の女主人公が身をやつして男装することはよく知られているが、橘の男装しかり。彼女の試みる佯狂、父の庄司の幽霊、侍女千鳥の狂気はさながら『ハムレット』のモチーフであり、墓掘りの場を思わせるおどけたシーンの挿入。そして、いささか過剰な傍白の数々、ハムレットの独白に匹敵する松王の長台詞、等々。

逍遙は「『築島由来』の回顧」（『四国文学』明43・4）の中で、

あれはたしかに新しい劇であつた。今から見ては兎も角も、あの当時の作としては、形式も着想も新しいものであると同時に、其頃あちこちで試みられた西洋詩劇の直模《すがうつし》といふのでもなく、何処となく俳句脈に通ふ余裕のある、迫らない、優美な、なつかしい味ひのある作であつた。

と評価し、〈今日ならば随分舞台に上せられないことはない〉とうけあっている。しかし、当代演劇界の第一人者の見立てにもかかわらず、上演はおろか、本作のもつ現代性や、ロマンティックな悲劇の魅力は、今日に至るまでじゅうぶん解明されているとはいえない。

注

（1）稲垣達郎・岡保生編『座談会　島村抱月研究』（近代文化研究所、昭55・7）中の本間久雄の発言中に、大正の初めのこととして、〈古白の蔵書どころか、古白一代の傑作の例の『人柱築島由来』という長篇戯曲の原稿が、そっくりそのままの形で〉神田の古書店で売られていたという証言がある。

（2）「早稲田文学」（明28・4）によれば、古白の論文は〈自ら組織せし哲学の一斑を述べて自衷哲学といふ蓋し上よりも見ず下よりも見ず衷より観ずるの哲学といふの義なり其の卒業論文の稿を更ふること数次、書きすてし故紙座右に堆をなすに至り遂に意に満つるものなしとて一旦之れを委棄して顧ず〉とある。卒業論文の相談にのっていた抱月の記事と推定される。

（3）拙稿「古白と早稲田派」（『子規博だより』平9・3）参照。

（4）武久堅「築島」（『日本古典文学大辞典』第四巻、岩波書店、昭59・7）、田中則雄「解題『経島履歴 松王物語』」（『小枝繁集』国書刊行会、平9・4）等。

（5）久保尾俊郎・岡田広之編「早稲田大学図書館所蔵藤野古白旧蔵書目録」（『早稲田大学図書館紀要』平6・3）

（6）戯曲冒頭のト書に〈八月十五日〉と時間指定があるところから知られる。

（7）〈又南風おこつて忽ち白浪をたゝき〉は『源平盛衰記』の〈次の年南風忽ちに起りて、白浪頻に叩きしかば〉をふまえ、〈既に成就なりがたし……成就すべきと也〉までは『摂陽群談』に〈兵庫築島成就し難きを怪み、阿倍泰氏を召て問之、泰氏暫く、天文地理の妙術を以て考申云、此島通例にして難成、人柱を入て築之、成就すべしと也〉とあるのをふまえた表現。

（8）初出では、第一段の第二場が〈第二段〉、第三場が〈第三段〉とあり、誤記または誤植であろう。また、第三段の第二場とあるべきところに〈第四場〉とあり、その間の二場が欠落した可能性もないとはいえないが、現行では誤記または誤植と考えられる。

（9）服部嘉香「古白は天才の人である弱者である而して空想家である」（「四国文学」明43・4）の中で、〈喜安璡太郎氏の話によると、古白はそれまで一度も観劇した事は無い、たゞ福地桜痴の『春日局』を読んだ丈で、直ぐと脚本を試みたのである。〉と紹介している。

第二部

Ⅰ　（翻刻）『八柱築島由来』

凡例

一、底本

湖泊堂（湖伯堂）の名で、「早稲田文学」80号（明28・1・25）、81号（同2・10）82号（同2・25）、83号（同3・10）に連載された『八柱築島由来』を底本に用いた。

二、翻刻の方針

（1）底本では第一段（「早稲田文学」80号）のみ読点を用いているが、他の段には句点も読点も施されていない。通読の便を考えて、適宜句読点を付した。

（2）ト書きと台詞の表現を弁別するため、活字の大きさを変えた。また、役名はゴチックで示した。

（3）仮名遣い及び仮名の清濁は、底本の通りとした。

（4）漢字の字体は、原則として現在通行の字体に改めた。

（5）反復記号（ゝ・〱）は、原則として底本のままとした。

（6）底本の振り仮名は、そのまま残した。

（7）誤植の明らかなものは正し、欠字を補った。

第一段

第一場　明石の浦

本舞台は一面の平舞台にて中央より左右に開きて老梢蟠屈松の木立生ひ茂り、幹大人影を蔵すに足るべく樹間には蒼海隠見する景致あり。平舞台の前側一面は浪打寄する際より白沙の浜辺にて、後側一面は海上の景色を見せ洋海漫々煙霧朦朧の裡に淡路島を望む書割など宜しく、中天には高く玉兎を懸け、此処都て明石の浦の体、八月十五名月の夜景なり。

管弦の調にて幕明けば、極めて華麗に艤装したる楼船仕掛有て上手より動き出で、舳を右手なる松の立樹より下手の方に少し突出して管弦の声止むと共に浪打際に止まる。

平宗盛同経俊及び侍難波六郎船を下りて登場。

宗盛　此処は明石の浦とやな、空蒼々と隈なき月影、光源氏の其の昔を宛がらの景色にて、磯打浪の音迄も、浦山敷聞ゆるぞや。

経俊　遙々出し浪の上に、風も思はず雲も見ず。

宗盛　何と経俊、此さやかなる月の光に、恋しき人の面影を照らして見たき願であらうの。

経俊　涙に月の濡れもせば又一しほ、かう隔りては都も遠く、福原辺も其処とは見えず、月に対して観念の心を澄す折柄なるに、よしなき言を言ひ出して、おどろかし給ふはなにごと、人々船を下られよ、白沙の磯は霜を置いたる如く、青松の蔭は珠を列べしにさも似たり、何か此処らに面白き形せる石がな有りさうなものよなア。

ト腰を屈め小石を拾ては投げ取ては捨る模様あり、侍松王大納言平頼盛及び侍二人船を下りて登場。

　是々松王落ちたる珠を拾はうぞ。

松王　（傍白）落ちたる珠を拾ふとは、げに言はれたり、天下の重宝平家に集まるの喩、嗚呼何処《いづこ》の王土、海の底を潜るに非ずんば争で主《ぬし》なき宝を求めん。

頼盛　浪の上の遊興は、珍らかなるに浮かれ来て、此処明石の浦、我等は新賓、殊には今日の今宵、明月の夜に邂逅ひ、一生の観会《くわんゑ》、齢を延ぶる心地の致す。

侍一　御供申す我々迄。

侍二　風流の面目に存じまする。

六郎　（傍白）一つ空の月の下、山も海も谷も川も、光と影に異《かはり》あらうや、名所とは何、淋しさをいふ事か、月見の御所に月見はせいで浪路遥々ハテ太儀や、月の容は何処も円いは、三角の月を観やうとて龍宮迄も行く事か、サテ〳〵興なき逍遙ぢやわエ。

宗盛　いかに六郎。

六郎　ハ、惟光と召給ふか、此の人気《げ》もない海辺にて何人へ御文、若しや又、此のあたりに天降りたる天人棲み、予ねても御心寄せられしか。

経俊　松王是れ此の石を見やれ。

　　橘登場。

　ハテ誰やらが顔に肖た石。

頼盛　またとない景色ぢやな。

　　各々思入れある模様にて間《ま》を塞ぐ。

　「卯辰集　逢坂やおの〳〵月のおもひ入れ　邑姿」

橘　あら恋ひし、若しあの月が鏡で有らば、父上の御顔は映る筈、子の面影をも見給はゞ、定めて御詞も聴えぬらん、嗚呼思ふまい、思ふまじ、兎餓野の庄司が一人の女《むすめ》、憂き辛《つら》き事知《しら》ざりしは、此身ながらに遠き昔、昔といふはるけき者と成つたるか、住馴れし古郷をば非道の平家に追払はれ、泣いて出でたる旅の空、明かし兼ねたる仮の宿、親子一所に在るならば、辺土の住居も何厭はん、斯るべき世の定と思へば、昔といふつれなき恋人には恨もなし、父上様の中々に在甲斐なしと訴訟の門出、万一《もし》や昔に復る事かと、昔という魔に誘はれたか、空頼して止めもせず、信楽笠に竹の杖見送つた時の其心、浅ましや喜ぶとは、今さら思へば憂き事の積るも報、親子別れて音信《おとづれ》も夏より秋と過ぎ行て、招く尾花にわりなき思、慰む方も有らんかと影に連立つ月の径、倘向ふより来給ふに俤ばかりも逢はんかと、思ふばかりに夜毎の出歩き、行くは倘やと空頼にも頼有れど、帰るはつらき露の径、オ、嘸や千鳥が待つらんを。

六郎　（傍白）はや御目にも留《とま》りしか。

宗盛　（傍白）ささ な驚かしそ、寄り来る鹿を。

頼盛　名処の中には名所あり、此辺の名所、年久敷福原に住みたれば松王こそ知りたる筈、先づ是れなる松の名を何とか申す。

経俊　其儀松王に問はれん迄もなし、木陰の珠の石拾ひ、イヤ玉取の松とか申、されば古き歌にも、珠取の松の下とりとりぐ〜に持囃すらん後の世迄もハ、、。

頼盛　フ、一段と詠んだ、先程預けし金谷の杯、是れによつて許すであらう。

船の中より笛一声起こる。

橘　妙に怪しき遊楽の昔の夢を覚ゆる調。

笛の声に聴ほれ項を垂れて徐に歩み寄る。

六郎　如何なる者かと思ひしに、こは是れ女。
宗盛　（傍白）月に傾く額付、嫦娥の下界に降りしか、人か女か。
不思議なり、月の光を遮りて夜遊の団欒《まとゐ》に寄来りしは、如何なる人ぞ、なのりめされい。
橘　道行振の垣間見ばかり、御妨とは存じませず、御咎有れば是非もなし、元来し方へ帰りませう。
六郎　いや待て女、帰しはならぬ名乗れとこそあれ妨とは仰られぬ、隠すべきかば、名乗れ〳〵。

船に楽声止む。続いて平重衡同業盛及侍三四人登場。
上手には松王頼盛少し下て以前の侍両人下て経俊其他の一同は畢く橘の前に群集す。

橘　扨は名乗れとのたまふか。
宗盛　如何にも。
六郎　其通。
橘　如何なる者ぞと問ひ給ふ、其方は奈何なる人やらん。
経俊　（傍白）いみじく言ひたり女の武夫。
六郎　問ふも愚や、愚の問言、今普天の下靡かぬ草木なく、率土の浜浪も騒がず治まれる御代。
経俊　（傍白）築島の崩れしは不知《いざ》。
六郎　いやさ蒼天に月日の光、到らぬ隈なき御威勢、王土の民に有りながら、六波羅の公達に畏を知らぬか。
橘　さは平家にて在しますか、平家の公達と聴くからに、此方《こなた》に恨有磯海、蜑の子なれば宿もなし、よるばかりなる浪なれば、いざ帰らん戻りませう。
六郎　何、平家の公達に対して恨となる。
侍二　やよ待て女。

侍三　立去る事は。

三人　成らぬ、〳〵。

侍一人童一人舟子一人登場、離たる処より見物す。

橘　恨といふに帰さぬとや、恨みて浪は返るものを、されば歌にも住吉の、是れは住憂き世の例、待つは辛《つら》くもなからうかは、嘸や人の待ちくたびれてはべらん。

元来し方へ帰らんと身を背くる時、侍二人立塞いで。

侍二人　成らぬと申すに、憎き振舞。

六郎　そも平家に対し奉り、如何なる怨有てか。

橘　何が左程に怪しいやら、非道を道の掟故、訴訟長びく民の愁嘆《かなしみ》、神にかこたん由もなければ、怨は平家に集まる世の中。

重衡　聴捨てがたき言葉の末。

業盛　設《もし》や逆徒の余党ならんか。

六郎　必定逆徒の余類御座んなれ、某屹度詰問せん。

舟子二人船を下て登場、一人は松の根に登て見下し。

舟子一　是りや好い姫ぢや。

といふを下に居るが引落す一寸滑稽あり。

宗盛　いや待て六郎、かくては徒に時刻移らん、是れなる女の唯今の詞、常人《たゞびと》のいふ可き事とも覚えず、詮議は後日かく言ふ宗盛が引請けん、いざ搦取ツて連れ行くべし。

重衡　さは去り乍ら数ならぬ女一人。

六郎　如何にも物数ならぬ女一人、引立てん迄もなし某是にて。

宗盛　いやとよ六郎、引くは本末寄来《もとすゑ》る手懸、女なりとて逃すべきや、如何に者共ソレ牽き立てよ。

侍二人ハツと答て橘の手を取る。

頼盛　暫く暫く、我等が月見の遊船に、左様の者を乗せん事思もよらず、松王彼者を許して得させよ。

松王　こは難有き仰なり。

松王下手に進む侍両人捉へたる橘の手を離す。

宗盛　許す其儀は叶ふまじ、此船に叶はじとならば此辺に海人が漁舟、六郎尋ね参れ。

六郎　畏りまして御座りまする、若しかやうな船では。

ト宗盛を木蔭に招き耳に口寄せて耳語けば、宗盛合点の思入れ有りて前処に復り、六郎は其儘下手の松蔭に身を隠す。松王其方には無頓着にて。

松王　いかに女、下として上を誹る事、聖賢の世にも宥なき罪、天に向ツて唾《つば》を吐くに異ならず、其許女性の身なりとは言へ御咎逃れ難き唯今の過なれども、月の御遊の船路の末、蜑の囀猿楽言《さるがうこと》を申すぞと聴捨て給ひて、此まま御暇給はらんとの御意、難有と思はれよ、（宗盛に向ひ）此上は君にも御允。

宗盛　心得たるぞ。

松王　訴訟申す事あらば、公聴《おほやけ》に参ツてこそ申す可けれ、正き筋を申しても聴かれぬ事、聴かれぬ事はなき道理、もはや家路に向はれよ。

橘上手へ退場。

頼盛　由なき者に妨げられ、興もはや尽きたり、いざ船に帰る可し、各〻船に移られよ。

舟子共童諸侍皆船に上りて退場。其間に重衡は松王を木陰に招きて私語く事有て重衡船に上りて退場。仕掛に

て月少しづゝ曇る。

泡と見る淡路に落つる暁月を、角の松原辺にて眺めんは如何、喃経俊。

経俊 願はくば其松原が此処《こゝ》にして、落葉の上に寒からぬ程褥重ねて有るならば又ひとしほで御座りませう。もはや東からともなく西からともなく、自然に眠たう成ツて候。

頼盛 いざ皆船に移られい。

退場。

業盛 籠の鳥を逃したんな。

船に上る。

経俊 萩に濡れ行く後影、笑止や月は潮曇。

船に上る。

宗盛 払ひし露にも蹤は知る可し、後吹送る風よ音すな。

同じく船に上る是にて舳の方より動ぎ出づれば浮び出づる模様にて楼船奥へ退場。少焉下手の立樹の陰を出で難波六郎再び登場。

六郎 兎餓野の庄司が女、扨こそ此辺に隠れ住むと覚えたり、窃に後より追懸引連れ参らんと君を賺して船に返し、ハ、是れにて年頃の思を遂げんと思はゞ先づ遂げたやうなもの。仮令ば山深き隠家に、鍋の下煙たく住むとても、彼女《あのひと》の傍離れず在るならば、イヤ〳〵〳〵さありては此の身の不運、侍冥利いとつたなし、諸侍有が中にも、人の上に立つ難波六郎、女は二タ月利運は一代、庄司の娘も女は女、女故に是迄立てたる身上《しんじやう》誉《ほまれ》むざと棄てんはおぞまし〳〵、たかゞ数ならぬ女一人手に入れん事何条有るべき、望の上に望叶はゞ、ヤレ〳〵どうやら望が二《ふ》たけた競合《せりあ》うて喧嘩《いさか》うてハテ心が右左り、出世もほし女も御座れ、イヤさうまくはまゐるまい、仰の如くひき

つれゆかん、イヤ待てしばし、牽連れゆかば色好の宗盛卿、やはか半分遣らうとはいはるまい、勧賞欲しからぬにはゆめ〳〵なけれど、年頃思を懸し者を、ハテ居らぬといつはり身ひとつ帰る、どツこいなこれとても鳥の巣覗くやうには行かず、御不興といふ風吹かば、柁の取様むづかしい、連れて逃げんか、身に著けた宝はなし、棄てるは惜しき此手と此手、孰れにしても引連れゆかば、予て願の位司、女をまゐらせ易へたる例、ハ、先づ此辺と目的《めど》著けて、夫れ後追うた合点だ。

退場。上手の立樹の陰を出で松王再び登場。

松王　辺土に住へる女の身の平家に対して怨とな、嗚呼富貴栄華、かく迄に果敢なき者か、眼前平家の公達と聴いて、繊弱《かよわ》き女に有乍ら今の詞のありやうふし〴〵、げにや正しき筋申してだに訴訟聴かれぬ例有る今の世の中、諫諍《いさめ》まゐらする人もなき状態《ありさま》、其れに引替、動かじ畏れぬいみじき振舞、災の種を蒔くとは、神ならぬ身の争で知るべき、帰る後より追懸て住家を見届よと重衡卿の仰、後日定めて御報有可き御諚と覚えたり、数ならぬ女のかことばかりにも是れ、況てや壁に耳有世の中、平家に対して蔭言を申者に一々の御咎、嗟遂に平家ならぬ人は、何処にか山の奥を求めん、無残やな澆季やな、聴かじとすれど虫の声々、是れも平家を恨み喞つか、見じとはすれども今の面影、網の中にも魚は遊ぶか、宗盛卿と言合せ思もよらず松蔭に忍び居て、六郎が後を追ひしからは、運命の手は浅ましやはや届いた、救はん事もはや叶はぬか、嗚呼未来は知らず、何と成るべき。

第二場　明石の里外　橘の隠家

本舞台正面よき程の所に竹の細戸の片折戸を設け上下共に竹の生垣を囲らし、折戸の奥には庇煤付て黒く古びたる藁葺の家臺あり。竹掾などけうとげに垣の外は草葉繁く生ひ、都て里外の一つ家橘及侍女千鳥が隠家の体なり、少し下手に傾けて薄曇の月を見せ景荒涼。

橘登場。

橘　喃千鳥、今戻つたぞや。

戸を叩けば片折戸自から開いて橘裡に入り竹掾に腰打かけ。

扨は又余り帰りの遅いを気遣うて尋ねに行しか、月が曇れば心も曇る、今迄隈なく晴れたる空の何処より雲が聚るやら、心の空も何時となく苦労の懸る心細さ、見識らぬ人に物な言そと千鳥が予ての諌平家と聴くより前後忘れてよしなき詞を出だせしより、辱を受けて思はぬ時を移せしか、又待詫びて迎に出でしか、迎に往かば喃父上をゐて来て給《たも》、此《こゝ》さへ今は住憂き世の中、平家の影のさゝぬ国有らば、其処《そこ》迄逃げて親と子が片時《かたとき》離れずくらしたや、待つ身に成りて侘しきは待たるゝ時の千鳥も嘸、もう帰ツても来ぬらんを。

上手より松王、下手より六郎登場、左右竹垣の外に佇立。

あれまた雲が晴れかゝる、其処にあるは千鳥でないか。

六郎　目に留りしか南無三宝、恥しや明石の月は美しき貌ばせ、喃橘御、難波六郎ともある武士が御身の為に今宵限り伝来の弓矢捨てたぞや、邂逅《めぐりあ》ひしは奇しき縁、暫し驚く虫を押へ、我言ふ事に心傾け聴きたまへ、思へばつらし君が故郷、闘鶏野の辺には何時の頃よりか、オゝ弥生の春の桜狩、人は居らで宿は古りけり、垣間見の顔蜘蛛の巣に撫でられしは忘れず、くも手に物は思へども、主は影なく成ツたるは、誰れ悪き奴奪ひ行きし、妬むといふも思ふから、夢に見るより忘れもせぬに、今宵の月見はあはれ〳〵何仏の誘導《みちびき》、月に玉照る艶なる容顔、御身と見るより主君を欺き、御恰もなく安々と帰らせしは皆此の六郎のはたらき、先程辛《つら》く見えたりしは詐らんが為の謀策、必ず悪う思はれな、悪人ばらの平家は皆船に乗る身共はひそかに身を隠し其方の後姿を案内、其方か踏みし径の草を其方の裳裾踏む心地、かく成るも因縁、最早生きて平家に見えん事叶はず、今迄の身上罪なうて棄てんこと惜しとだに、邂逅うた嬉しさにはやゆめ思はず、見るから勝る恋慕の念、何も蚊も捨た、サ此心に報

いんとならばナ是れ唯の一言此六郎をいとほしと。

橘　エ、聴たうもな、何故《などて》千鳥の帰りは遅いぞ。

六郎　何、帰りの遅いとな、南無三男もツたか、イヤ〳〵さもあるまい、喃是程のわが情うれしいとは思はぬか、これ嬉しいとは思はぬか、まこと情知る武士とは我れ、つれなうして悔むまい、ハテ見れば見る程いとしらし、更めて色よい返事サ、何と。

橘　エ、情知る武夫は人を劫す者ではない。

六郎　愚、々、狐に捉らせじと思へばこそ鶏をば塒に追ひ込むならひ、斯うしてあらんは危ふし〳〵、夜の明ぬ間に逃げのびてやがて情の程は見せう、かう間近くての対面今始めて、先づ少しなりと逃てから積る恨、サ背に負はうか、かい抱かうか。

松王　(傍白)もはや堪へ難し、いで助けんか如何にせん。

橘　アレ喃人はなきか。

六郎　もう我が物、エ、声たてな、禄も棄てたは。

ト橘をかき抱き、左の掌に橘の口を押へ折戸の外に出づ、下手よりバタ〳〵にて千鳥登場。

千鳥　ヤ、曲者、おのれ君をば。

懐剣を抜いて切ツて掛かる。六郎橘を棄、左手に押へ太刀を抜放て寄来る千鳥の肩先を斬付け又振翳す所を松王後より寄て肘を把れば、千鳥は隙を得て潜り込、六郎の脇腹を貫く。

六郎　何奴ぞ。

斃る。

松王　(傍白)六波羅の侍にしては無残なる最後、さもあれ報は逃《のがれ》ざりけり、唯身後にあはれとも言はん人のなき

こそあはれ、哀《あはれ》はや其眼《め》には栄耀出世の幻も消えたる乎。

橘　喃々千鳥其方の肩には血潮が泉む、悲しや是は何とせう。

松王　さな嘆かれそ、重傷《いたで》に非ず、流石に此手に殺すに忍びず、人に傷を負せしは我過なり、宥さる可し、但し是に用意あり、血潮を拭うて此薬を、程なく癒えんは疑なし。

橘印籠を請取りて千鳥を介抱する事よろしく有。

刃に触れたる其痛は薬を以て救ふ可し、如何にせん平家の御咎、之れを救はん事我等が力の及ぶ所に非ず、是れなる者の此に忍寄りたる事余の儀に非ず、窃に平家の公達の内意を受け、事を恋に寄せて御身を連行かん下心と覚えたり、一端平家の御疑かゝる上は逃るゝに難き世の例、今ははやかゝる辺に住居せん事、寄せ来る波を低きに待つよりも危ふかる可し、暇とりては及ばじ、明日にもあれ其なる人の痛少しく癒るならば速に此ノ処を立除き、西方の辺土になりとも落行かれよ、一樹の陰の宿なれば、斯申すも多少の縁、自然某回国もせば、又こそ御目に懸る可し、今は是迄はやさらば。

橘　喃暫く、御身是迄来給ひしは、そもまた何の為なりし、先程浜辺に見えし御ン方。

千鳥　設や姫上を恋ひしたうてか。

松王　恋ひしが故に跡追ひしか跡追ひしため恋せるか、これにもあらずかれにもあらず、さりながら片時もはやく此処を住捨て隠れよとは我がまごゝろの声音ぞや。（傍白）恋とはいはじ斯る別離を。

橘　して御身の姓名は。

松王　名乗らん名なきをこの身なれば、人がましうな思ひ給ひそ。

橘　平家に加担せん人とは見えず、さてこそ其の名ゆかしきを告げぬとならば。

松王　聴ずもあるべし、重ねて時も有明の。

橘　はや島隠れ落つる月。

松王　（傍白）尽きぬ名残を留置きて何処の空に又や見ん、主命重し。

橘　身棄て給ふか。

松王　咎は重し、はやく此家を住棄て、遠きあたりに落行かれよ、さらば。

（傍白）思はぬ方に尋ね来てあはれを見たる心の果。

橘　（傍白）思へばつらき憂身のゆくする。

二人　（傍白）行方も知らぬ夜明ぢやな。

別れ見送る模様よろしく、月を落として此道具廻る。

第三場　船見浜　浦の御所（福原）

本舞台幾間は高足の二重にして正面中央程に段階を設け、上下共に之れに続けて朱塗の欄干を取付け、背後左右共に絵襖を以てしきる、是等はいづれも色紙形に和歌の画讃などある金襖なるべし、下手に寄《よせ》ては大なる鳥籠に鶴を飼たり、都て太政入道浄海福原荘中の一郭浦の御所にある一室の態なり。

此に入道浄海は侍女数人と消閑の態にて貝おほひをして遊び居れば、下手の平舞台には侍女二人二羽の鶴に餌を与へ居る見得にて道具留る。

侍女一人登場、階段の下にて。

女　小松の大臣御入来で御座ります。

侍女退場。

重盛登場。

浄海　是は思の外の下向、何事のいで来たる、孫共の余所なる童といさかひばし致せしか。

重盛　此程は日を経て御対面も仕らず、御異りなき御有様いと悦しう存じまする。
浄海　御内にも事なきよな。
重盛　左様に御座りまする。
浄海　庭の池水水嵩減りしか濁りてありしが澄みたるか。
重盛　澄みましたやうに御座りまする。
浄海　そこが南庭の桜木大方折れて幹ばかりに成りしとか惜しき事かな、さは有れど最早よき程の老木なればせんかたなし、此度は吉野の山に種ばかりを残して山をさながらに移し植ゑなば春は雲の上に家居する眺め一段のけしきならん。
重盛　げにや烈しかりしひと嵐に、さしも力を尽し築き置かせられし築島の、今来る道すがら眺むれば、紀念も残らず跡形なし、桜は愚か惜みても余有る事、さりながら過たるは追ふ可からず、戒むべきは偏に将来、然るを人の申すによれば、此の前の例にも思ひ寄らせ給はず、此度成良に阿波民部大輔を仰せて、重ねて御造営有る可しとか洵、左様に御座りまするか。
浄海　又ぞろの異見か、其れ言はんず為態々の下向よな、あな聴ともな。
重盛　如何にも御諌言申さん為、是迄下向のそれがしが心、父上御聴下されかし。
浄海　入らぬ心づかひする人かな、先づ思うても見よ、武夫が弓に矢つがうて的に向ひ立ツたる時、当たるべきか外る可きかの思ひ、胸裏に馳せ違ふ時、放つ矢当りし例なし、さらでだに短き人間の一生を、さしも心を労し愈短かうせんは、是れ天命に背くの罪、機に臨みていらざる心遣ふとつかはぬ、是れ戦の勝と敗れ、又一国の存亡興廃、ア、性分とはいひながら、いらぬ気遣せいでもの事、悵々として我と心を痛め齢を短かうせんは、孝行の道にもあらじ、左様の心遣無用々々。

重盛　理の仰、一図に思ひ立たせられし御事なれば、しかおぼすもさることなれど。

浄海　ヤア此の入道を頭を返して顧《み》る事知らぬ猪なりと思へるか、其が又いらざる気遣の心より出るいらぬ気遣、思うても見よかし、嘗て入道が一度思立たる事仕おほせざりし例やある、謀りし事と出来し事と嘗て差ひし例や有る、皇子に生れし祖先の家を昔に返せしは誰が力《ちから》、仏陀の冥護ありしとも入道が功なうては叶はぬ筈、さりながら折角遙々の下向一通り聴て得させん、とう〳〵いうて見よ。

重盛　難有き仰、人々暫く此の場をば。

侍女皆後の襖を開て退く、庭なるは上手に入る。

扨も是迄二度迄の築島御造営、去んぬる承安元年には、深くとかうの慮もなく、一時多少の費とは存じながら、偏に将来の利益に心を傾け、却て御勧を申せし不覚、翌年八月二日の大風、潮水遡りて元の青海、残念此上や候べき、去りながら本是人天に及ばざるの致す所、断念の外はあらず、既に父上にも御断念有りけりと思ひきや、今年に及んで重ねての御造営、既に五月に至ツて半成たる上を、此程の嵐、折も折なり以前と違はず、かくも成果つ可きかと思ひたればこそ、此春の御異見、前に六月後に五月、此間下民の苦労、諸国の難儀、痛はしとは思さずや、憐み給ふ御心はなきか、仁徳を思す御心はましまさぬか、此春既に詞を尽して御諫言は申しゝを、其時の御言葉に、民の難儀を思ふならば一時の造営に費す所と、築島なくて此後年々に積るべき船子旅人共の喪ふ所、孰れか勝るを較べ見よとの御意、又六ケ月に成就せしものが、一年の間に成就せしと思へばとの御事、是れさへ今と成ツて押しても御止申さゞりし当時を思ふ悔しさ、御覧じはなされずや、あれ程迄に民の力を尽し、国の宝を費し、末代迄もと堅固を誇りし島なれども、扇にあふげば片手にも起る風、其の風の積りし嵐に応へたる荒浪は、許多の日数、許多の厳石、かさねて成りしあの島を、一夜の程に礎もなく打崩せしは、是れ先年の啓示にして、再び今眼前の天の諫め、陸に立てたる金城鉄壁といふとも、之れに居る人不仁なれば、荒れたる野原となり

果つる例、況や是は海の中、夜ともいはず昼とも言はず、息む隙なき白浪頻に敲くなれば、奈落の底より築き上たるに非ざる限りは、縦令今より三度目の島築き有らんとも、又其の島如何に堅固を尽し、来年の嵐を凌ぎ得とも、三年四年やはか其儘の形を残し申すべきや、一年造営の為に失ふ所は、十年廿年築島有るに依ツてたすかる所を以て償ふ可きに非ず、たとへ築島の一つ宛年毎に築くとも、民間の嘆きだに無きならば、何をか厭ひ申さんや、幾万の民の辛苦、国の財宝を挙げて、悉く海の底に投げ棄給はん事、聖賢は過を二度《ふたゝび》せずと申すに、既に二度の御過有、如何ぞ猶此上に重ね給ふべき、唯々政道偏に正しく、恩沢遍く逮ばゞ、四海の波自から静に、天下万民の喜び長く此上無かるべしと存じ候、速に御心を翻し給ひ、此上重ねての御造営御止まり下さらば、重盛一人のみの喜には候はじ、是程言を尽しての御願、御聴入下さるべきや父上。

浄海　ヤア入道なでうさばかりの儀知らざらんや、天然の機運、偶然の災害、何ぞさ程に驚かむ、九年の洪水、七年の旱魃、聖主手を束ねて傍観せしとは聴かず、あれ許の嵐、年に一度有る程の嵐にてさへ、毀れし事、全く島築きの宜しからざりしが為なり、建築其の法に叶はざる者の崩れんも倒れんも固より当然、崩るべき物を建てゝ偏に堅固を祈る愚が有らうや、暫く当年の建立堅固なるにもせよ、一度二度崩れたるを以て其儘棄置いて顧る事なからんには、島を築くばかりが人生の事業とな思ひそ、其許の子供は一生殿上の交すらも叶ふまじ、又天下万衆の憂などゝは出来すぎた詞、浪に撃たれて消ゆる程の島一つ築きたるにも、天下舌を捲いて驚きたり、再び築き上たるには、入道を鬼神のやうにはやしたるうぢむし、そを此儘に止みたらんには、胆魂のなき世の中に入道が一世の嘲、家門末代迄の威徳を堕すに似たり、其上此島の利益、万世往来の便利其ばかりには非ず、抑も上に立て号令を天下に布かん者、聚散自在の湊を控えでは事叶はず、天下万代の繁昌の為是ばかりの事を得せぬ入道ならんや、諫言は無益なるは。

重盛　いや左様には仰あれども、我が国昔より例なき事、如何に堅固を尽すとも、人の力のなす業には限あり、畢

竟は蟻の塔、人間の眼に大小あるのみ、去ればこそ既に是迄一度ならず、貴重なる民労、国財、行方も知れず水の泡と成たるを、惜しむ心はましまさぬか、惜ければこそ痛はしけれ、民の痛しきにこそ財宝をも惜しめ、何《いか》で此春の再建をば御止は申さざゝりしや、其悔しさ念々忘れ難き此日頃、又もや重ねて来ん年に嵐あらんとおぼしながら、おきゝいれなきはおぞましや。

浄海　一簣の功を積まば山を海に移さんの何の難かる可き、況や既に二度迄築きし島の礎ある上に重ね上げん事何条事か有らん、たとへば来年の嵐三度《みたび》此島を覆へさば四度《たび》築かん事愈容易くして愈堅固ならん、且や既に再度の試によりて建立の方利益を得し所多し、か程の事を左様に事々しう思はんは不覚なり、後世の嘲りは思はずや、蟻さへ塔は築く者を、畢竟は蟻の塔、未だ夫れにも及ばぬ築島、十年さきを観る眼あらば、其の異見はよも出まい。

重盛　はや其迄に思ひ入り給ひしか、さりながら嵐に崩されてより未だ月の半も経たず、天下皆かの島の崩れしを聴き、もはや人力の及ぶ可からざるを暁り、眉を顰めて候今、時機をもはからず直に御造営仰出されん事、天下人心の向ふ所に背かんは、世の中の誹、民間の難儀も如何、自然建立の事はかゞしからずば、其期に臨んでの御悔みも有るべし、重盛願はくは暫く此儀御延引有ツて、先づ諸国を賑はさん為めの御仁政を施し給ひ、急がず機を待たれん事、是の儀は枉げても御聴届下さるべし。

浄海　愚かなり〳〵、諸国を賑はさん為ならば一日も早く築島を成就せんには如かず、言ふも無益、聴くも無益、いふな聴かじ、海上に島一ツ築かん事の容易さ、することなすこと成功せし入道が従来を見る日なきか。

重盛　アツ是非もなし、此上は改めて一ツの御願こそ候へ、前の民部大輔重能が事、此度築島の崩れより当年の奉行なりしを以ての御咎、さりながら是は是人為の風波にあらず、天の怒なれば誰れにか其罪を責め給ふべき、重盛が御願は彼れが罪を宥し給ひて所領本の如に復し給はるやう、いかで此儀ばかりは。

浄海　ヤア天の怒は入道の怒、宥す事かツて叶はぬ。

重盛　是迄下向いたせしに願ふ所一も叶はず、空しく帰らん無念の程くませられて此儀ばかりは。

浄海　切なるその志に愛でゝも宥したくは思へども、償ふべき功なきに如何でまざ〳〵失へるものを与へんや、姑息の慈悲は律の乱れ、洵《まこと》彼の者を其迄に憐む志有らば其者になど功を立てさせぬ、是れ入道が口癖、言ふにも飽く、定めて聴くにも飽きつらん。平家の創業入道が一代にて心算悉く成就せば子孫は長く勝平の天下を承けん、先づ其迄は入道が致さん事、何事にも異存ないれそ、女共有るか。

以前の侍女等登場。

二日三日はとゞまりめされや、昨日は我等此辺にて先づ是程の魚をば釣りぬ、ア、何とやら呼びしその魚をば。

侍女一　鯛にてもなし。

侍女二　鯉にてもなし。

侍女三　はまち。

侍女松風　いエ〳〵それ〳〵釣ばりの喉にかゝつたやうな。

浄海　オ、それよ。かれとやら。

四人　オ、かれよかれ、かれよかれ。

と軽く手を拍く。

重盛　此程は何にかに付けて心急がしう候へば、今日ははやおいとま。

浄海　是《こ》は又急がしき出でたち、我等も五日ばかりせば上るべし、何事も深く心を労するは無用にはべるぞ。ヤヨ松風遙々来し人を空しく帰さんも如何、近頃得たるあれなる丹頂の鶴、小松殿に参らせよ。

重盛　はや御暇つかまつる。

浄海　万に付けて心遣を致されな、最早狩などもよき季候、孫共に怪我あらすな。
重盛　左様ならば父君。
浄海　はや行くか。
重盛　（傍白）畜類ながら心長閑なる歩み、憂を抱くが人間のあはれ霊なる謂はれなるか。
　　松風が鶴を追うて下手に入る。
　　後より退場。
浄海　是れも興が尽きた、あ忘れたり、誰れか有る、松王に参れと申せ。
侍女　畏まりました。
　　退場。次で下手の襖を明て宗盛経俊侍盛国同妹尾三郎登場。
盛国　評議仕ツて御座ります る。
浄海　して何と一定致したるか。
盛国　築島重ねての御造営に就て、陰陽の博士が考申した人柱御召取の事。
宗盛　某存ずるに誰彼と指して人を択ばんはあはれを知らざるに似たり。
経俊　且つ面白き謀にあらず。
盛国　此上は別の方便も候はず、唯生田の小野の辺に新に関所を御据有ツて、此人柱往還の旅人の中より召し給はゞ、是れぞ誰彼となき千万人の中に一人を得る計と存じまする。
浄海　夫れこそ我等が思ひし壺、盛国いみじくも謀りたり、波濤の嵐は天の作せる災、是れ国土衆生が作せる業の積責は民衆万人の頭に懸ツて入道が功徳は水の泡と成畢んぬ、去れば犠牲の人身之れを民間に就いて求めんは元来その理、まつた入道が慈悲の心を以て上下往来の船、末代迄も風波の難儀なからんが為にとてする島築きの手

始に海龍王をなだめ申す人柱旅人の中より択ばずして他に何の方便か有る、か程の儀知らざるには非ず、唯試みんが為に問ひ計らひたる所、盛国が思ひ付たる条、先づ以て神妙、生田の小野に関をするゑん事、速に取計らへ、関の司は妹尾三郎其方に申付る。

三郎 難有く心得まして御座りまする。畏れながら人柱人体如何やうの者を。

盛国 其儀は某既に承ツて御座れば、唯今御聴かせ申すで御座らう。

経俊 先づは男子と心得られよ。

浄海 老耄負戴の者は叶はぬ、法体の者は許す可し。

宗盛 容体余りに醜きも相ならぬ。

経俊 (傍白) こりや又品定めが始まらんず。

侍女登場。

侍女 御次にひかへ居りまする。

三郎 然ればはや向ひまする。

浄海 急いで事を為果《おほ》す可きぞ。

三郎 ハア。

ト答へ盛国と退場。

経俊 あれへ参ツて品定を仕らう。

宗盛を誘ひて二人退場。

浄海 是れより楼台に立こえ、改めて遊をなさん、先づ往きて用意いたせ。

侍女数人退場。

松王是れへ参れ。

松王登場。

松王　替らせ給はぬ御容体、恐悦に存じまする。

浄海　此程は逢はざりしが見る毎《たび》によき男子になるよ、扨々此間池の大納言どもが船路の観月、其方も船に供せしよな。

松王　仰の如く遙に遠き辺迄も光輝稀なる其夜の月影、今猶心に思ひ浮ぶにも眼を射らるゝ心地。

浄海　して其夜明石の浦にて美しき乙女に出合ひつらん。

松王　こは我君には蚤の噂、はや聴こし召されて候か。

浄海　重衡が申含めて、其方に後を追はせし迄は彼れより聴きつるが、偖如何やうに有たるぞ。

松王　如何にも忍びてものを探ぐる、松王には相応しからぬ仰せをうけ候て、月影にすかし彼の者の後をつけ。

浄海　住家を探り当てつるか。

松王　ハッ。

浄海　如何なる住家なりしぞ。

松王　月夜に見るもいぶせき宿、流石に人の住む気《げ》には候へども、親族同胞しての住家とも見えず、軒のつまも傾きかゝり、本より蚤の小家なれば、とりとめたる標もなく、竹の垣去歳の古葉も払はず、草葉の露道もせに繁りて、荒れたる宿の状に見えて御座りました。

浄海　荒れたる宿の状、さこそあらめ、して有りし女は年頃其家に住む者なるか。

松王　里の童の申によれば、久敷住みてありとの事。

浄海　余所より移り来しとは言はざりしや。

松王　仰の如くに御座りまする。

浄海　さも有る可し、鶴は鳥に群れず、必定一度は五ツ衣の袖に手を入れし曲者、平家に対して不敵の振舞、其方には事相応しきには非ざれども、余人にては叶ふまじ、其者窃に相具して参れ、女一人の事なれば、事々しうは仕るな、また必ず其者に過すな、怪我ばしさせな、又此事はかまえて人に知らすまいぞ。

松王　畏ツて御座りまする、数ならぬ女性一人、召取て来る事には候へども、未だ覚なき御使、去りながら何事も御奉公、さ候へば我君。

浄海　急いで行き速に立帰れよ。

松王　速に立帰れとの重き仰を身に負ひて左様ならば我君。

退場。

浄海　（傍白）針ある枝に薔薇《せうび》の花、とくゆかしげなる女。

思ひ入れ有りて立ち、欄干の縁にて屹と前面を見渡し。

あれあの海原動かぬ海の面、平かに潮を湛へ居るぞや、一度二度彼奴等平家を妬める輩、心の裡窃に嘲ツて心地よしとするか、一度二度迄毀れし者、通例にては叶ふまじ、いや一度二度迄成たる物、三度して如何でならざらん、三度三度此心の裏に告る声、三度三度成就必定と囁くなり、見よ〳〵天が下の眼を挙げて見よや、渡津海の神も照覧あれ、末代動かぬ入道が、威厳一世のかたみ、あれに浮べて見すべきぞ、藤原を祖先に名乗る徒《やから》、まつた南都北嶺の俗僧共、仏神も擁護ある平家の威光、目前の標徴、目にもの見せてくれん。

浄海及侍女退場。

第二段

第一場　福原野外の場

本舞台は一面の平舞台にて正面よき程に一本松の立樹あり、四辺の配置遠見の書割など都て福原より京への街道々筋を少し避けたる景色にて福原郊外の趣を見せたり。

此処下手には重盛の従列数人、中にも一人は然るべき鞍を置たる馬の口をとりて立ち、又二人は鶴を入れたる籠二個を護り、皆畏り控へ居れば、少し隔て上手松蔭には重盛床几に腰をかけ松王と対談の体にて幕明く。

松王　露ばかりの御憂あるべしとも覚えぬ女性一人。

重盛　咎むべき事かは、如何にも其方が申す通に思へども、家君一度思ひ付給へる事、其上既に召連れ来れと迄仰有たる上は我にも止むる力はなし、慈悲なしと恨てくれな、人の頼を受けて頼を果さぬ時は力足らずして是非なかりしにも頼みし人は頼をかけたる人を恨み思ふは是常の人情、恨の積る重盛が身の行末は何とあらう、思へば平家に怨有りと其の蜑の子の申しゝは此方の胸にも響応ふる。

松王　こは勿体なき仰せ哉、漏らぬ陰とて立寄れば却て袖を沾す雫、御後を慕ひ是迄参り畏れ多くも御行手を遮りしは、此年頃の御高恩聊か返し奉る事もなく松王が一期の御暇乞申上げん為に御座りまする。

重盛　何一期の暇乞とな。

松王　されば嘗て身に覚なき此度の御使、心にしめて承りては候へども、人おのがじしの命、平家の御主と申せども心に任せ給ふ可きに非ず、仮令難なく其者を召取ては候共、自から命を果さんとならば、巌に撃て頭を砕きも

致す可し、怪我過あらすなとの仰、かくて若し差はゞ武士の面目再び何で御前には参られ候べき、必ず左様ならずとも主の御吩咐もし仕負す事を得ざりし時争で再び人中に交はり候べき、松王一期の御暇乞に御座ります。

重盛 夫こそ入らざる心遣、成るもならぬも天命、唯誠の心は天に通ずるとこそいへ、たとへ其者召取らるゝ共、元来是一人の女性、其機に臨では其者の命我誓て救け得させん、心安くて参るべし。

松王 あら難有き其仰、もはや後安く参るで御座りませう、御行手を遮て思はず時を過せし過失、恐縮に存じまする。

重盛 何ぞ過とはいふべき、人を救はん稀なる志、嗚呼志の行はれ難きは聖人も野径に飢ゑ給ひし例もあり、重盛愚昧何ぞ比べん、去りながら身殿上の班に列なりながら下の憂を見つゝ、徒に手を拱ね生を天地に偸む、是はた天の命なるか、者共馬を牽け。

従者 ハア。

従者一 是己が襟の日当りに毛虫殿が出張て居るは。

従者二 ウー。

頸を縮、一寸可笑味有て馬を牽き出れば、重盛之に跨がり、手綱をさばきて、黙然としたる松王を顧み。

重盛 松王、さらばぞよ。

松王 長き御行末の道御恙なく。

重盛及従列退場、見送る模様有て。

仕へま欲しき君なるかな、あはれ某風情が申す事をあれ程に聴き給ふか、平家の御内に此君在しませば末長き御奉公頼あり、捨果つ可き世には非ず、とは言ながら、かまへて人に漏らすなと有し主君の御戒、現在此に破れたる罪既に一歩世を後ろ、嗚呼此後を奈何にせん、ありし夜あとを見棄て、帰さの道すがら胡蝶が醸せし菊の酒の

杯に酔し心地、行手を遮る濃き朝霧を押し分て入る後より俤の引く袖ふり切て帰りしは主命の背かれぬ故、山路の菊の露の間に何時か先年を経し思ひ、心の空を帰るや否や、召取り来よとの君よりとはよもや思ひ設けぬ仰、濡れて干す間もなき袖にふりかゝつたる身の置所、あゝ何の報いぞや、一図に仰畏りて引連れ参らば其時誓て命を助けんと小松殿の唯今の御詞、此耳よりは平家に恨といふ人にこそ聴したけれ、嗚呼恋か、恋ならば忠義に代へん、命助けんとはさる事ながら、連れて参らば宗盛卿、あの世にと知り給はねば六郎が帰りの遅きを待かね色にも出でゝ見え給ふ、平家を恨む由緒ある人のおめおめ御心に従ふ可きならねば世には知られず命とられん、あゝつかもなき思ひ過し、よきに計らば命助かるのみならず却て思はぬ幸、思はぬ幸とは何頼む、なよ栄華ははかなし、愚なり、気遣ふ迄もなし、もはや其方はもぬけの殻、是非なく帰て候と罪を身に負ひ暫く世の中を忍ばん迄、大臣の御身にて有りながら唯今の御詞、世は棄がたき例ぞや。

第二場　明石の里橘住家の場

本舞台道具配置都て第二段と異ならず、竹掾の障子一枚は明放ち、二枚は閉て、奥には唐櫃を据ゑ傍に小太刀を置きたり、若し強て前第二段の場と対照を求むれば、室内隈々の有様左右の書割など昼夜別趣の意匠あるべし。

此に橘片折戸の外に身を寄せ、手紙を読み居る体、若くは手紙を読みながら片折戸にかゝる体にて登場。

橘　（読む）今ははや最後も近きぬとこそ覚えて候へ、此病はたすかる間敷にて候、訴訟叶ふべくもあらぬに何しに其方を措き参らせてかくは中空に漂ひ来りけむ、思へば心地死ぬべく候、されど御事を一目見ずては死ぬまじう候、心狂はる中に顔を見せ給ふ可し、千鳥を供にてはやく参られ候て此の身の内の熱き汗を拭ひ給はり候へ、されば心の曇もはれ西方の浄土に参られ申べく候、恋しの我子橘御、悲しや喃父上様、条乱れし水茎の跡、いや

此の眼が眩みしか、たつた二人の親と子がかういふ目を見やうとて別れしは何事ぞ、言ふて廻《かへ》らぬ父上様どうぞ死んで下さるな、聞も習はぬ途なれど死出の旅路は離れまじ、一処に連れていて給はれ、野行き山行き行く〳〵野山の末の空頭擡げて橘が来るのを待ちてや居給はん、時を移すは道を隔つと同じ事、はやかうしては居られぬ、あはれや千鳥はあの痛手、痛うはないといふは我身に見せる心、あの容体では連れては叶はず、といふて行かずには居まいか喃、此年月の其方が志口へ出していふ詞もない、此身は今より返らぬ旅、父上と二人して行く程に今生の生別、是からはもう世話もやかさぬ、情けない事ながら是を切めての償ひ。

千鳥　平家の逮捕今にも来るかと眠りながらも心安うはなかつたに、覚えず扨は眠りたるか、まざ〳〵夢に見えつるは。

ト障子の裏に独語して障子一枚押し明くれば、千鳥は床の上に枕に凭れたり、竹椽に寄り来たる橘を見て。

こや姫君、悲しい目を見ましたぞへ。

橘　これ千鳥何といや。

千鳥　現在向ひし平家の逮捕、恐しいとも凄いとも、エ、もう此世がいや、と申しても御父上の御目にかゝらいでは、と言ふて此家に御出あつては、後は千鳥がどうにも致しまする、マ早う落ち延びて下さりませ。

橘　エ何聴て居やつたぞ。

千鳥　聴ましたは打物の音、あなたは平家に捉はれて世にあさましき縄目の辱。

橘　(傍白)解けても解けぬ夢心――手創をいたはり恙なうはやう成て給はれ、此内より朝夕に付けて平家の逮捕向はぬ間に此処を逃げよと其方の諫、如何にも今聴分けた、我身は其故今より此処を落ちるぞや、元より其方に罪もなければ定めて平家も見逃すであらう、さらばはや行く程に。

千鳥　待て下され橘様、如何に未練な儂でも別をお止も惜みも致さねど。

橘　止めては給るな。

千鳥　御止は致さねど、夫は余、旅の御支度も有るべきに。

橘　いふて給るな別れの悲。

千鳥　もしも途中で平家の者に見付けられぬやう。

橘　いふて給るな。

千鳥　何で言はずに居られませう。

涙ながらにいざり寄て唐櫃の蓋を明け。

平家の目にかゝらぬやう予て申せし用意は是。

唐櫃より衣裳を引出すを見て、橘内に上る。

橘　思へば其折迄は静かなりし心、喃千鳥、平家の逮捕逃げたうもない。（傍白）是主は今何処に。

松王が印籠を掌に載せながら男装す。千鳥傍より手伝ふ。

千鳥　其は此身をあはれと思ひての御詞、捉られて往きたい御心か。

橘　羞かしきこの姿。

男子の扮装を畢り、印籠を懐に入れ太刀を佩く。

千鳥　浅ましき世の中に心許ない一人旅、先は備前の今朝も申せし通、昼の道夜の泊気を付けて下さりませ、御父上に御便をしたら儂もあとから、悲しい事を今いふは、悲しや言はじと思へども、急ぐ門出の御妨、此別が惜しうなうてあられうか、年月二人して住む事もかういう別をせまい為。

橘　もう後いふて給るまい、行かねばならず急がねばならぬ今はの暇乞、其創癒やして恙なう世を送て給れ、もういぬぞやさらば。

橘出づれば、千鳥掾の柱に身を寄せて見送る。

千鳥　もう御出なされますか。

橘　（傍白）此世の絆切らるゝ苦しみ。

退場。

千鳥　此魂はあの袂に是がかたみと成たるか。

橘が脱ぎ捨たる衣裳を抱く。

むごい心で落させました、今にも有れ平家の逮捕此家に向はば儂は縄に懸つても六波羅へ往て恋しい恋しい其方様の父御に若しや逢れる嬉しさ、可愛い姫君を何で父御に逢すまいとは言ひませう、平家の手に渡り給はゞ父上様に申訳ない故矢張可愛い心から落させはしたものゝ、習はぬ旅の御疲労、もしや思はぬ事により御身に過あるならば、一層縄目にかゝつても六波羅といへば親子御対面の便りなきにも非ず、是れや過ちしかいや〳〵、若し平家に失はれて何の言訳、とはいへ、若し此身ばかりが庄司様に御目に懸つた時、女は何と問はれし時、平家を恐れて落させましたと有ては若し言訳が立つにもせよ、行方見果ぬ一人旅、夫れ見果ずにといふてのめ〳〵逢はれうか、恋しいと思ふ心に魔がさしたか、オヽさしたさしました庄司様、恋しうなうて何とせう、斯る住居に日を暮らすも御帰の顔が見たい為、其ればかりぞや、其ばかりに姫君を追ひ出したか、恋しい殿が今にも戻て来給ひて、居らぬは何故と問はれたら、サア何と答へて済む可きか、遠くはあるまじ姫君の後追ひかけて二人連立て福原へ行かう、尋ねてはくな、此処住み除くなと堅い仰、其に背てやみ〳〵と網張て待つ福原へ往かうとは、サア是も、エヽ叶はぬ憂き世、此魂を二つに分け一は東へ一は西へ、東へ往た魂は逢たがつて来ました、西へ行く魂は御袖の裏へ御供して。

ト脱ぎ捨たる橘の衣裳の袖に手を入れ。

あら此紙は何、手簡か、恋しの我子橘御、命の隙の庄司より、西方浄土千鳥を供にてはや熱き汗を拭ひ病の床に打伏し今は最後も近付き、残念や、扨は姫君悲しや欺かれしか口惜しや、是は何事、天も地もないか、鬼がみいれたか、いかで後れん後るべき、是喃待て給《た》べ、余り急ぐと御足が痛む、徐々歩いて、追付てもの申さん、如何に夫れなる男の旅人、待ちやといふに。

折戸の外まで駆け出で、ものに躓きて絶倒す。程なく上手より百姓三人夫々に拵へて登場。

百姓一　是はとんと日が暮れかけた。

百姓二　ヤイ久田の作、われが兄じやの家へ入込んだ初対面の嫁御寮、暗雲に口が大い、ありやどうじや。

百姓一　ありやあれよ、其の生れた儘の口よ。

百姓三　とこれ仲人殿の庄屋殿の官平殿の配偶殿の舅殿の兀殿の親父殿がいやつたか。

百姓二　ハ、、、、。

百姓一　大い口な。

三人行懸て前に立たる一人、千鳥の倒れたるに行当る。

百姓三　エイ人が死んだ、きやあ狐じや。

百姓二　何じや今のは。

百姓一　これよ（手を額に真似て見せる）

百姓二　狐《きつ》か人か。

百姓三　きつの人らしい。

百姓二　行かずばなるまい。

百姓一　恐しいがマア行こサ。

二人行か丶る。

百姓三　コーン。

狐の声を真似る、二人は驚愕する。

百姓一　イヤ〳〵恐しい。

ムク〳〵と起き出すは、それ尻尾が。

百姓二　人じや人じや、狐きつ（きつといひて動かす）身体が暖い人女じや、きつか。

百姓三　コーン。

百姓一　南無阿弥。

百姓二　エ、是りや人じや、生て居る病の女じや。

百姓三　生て居る人の病の女か。

百姓二　是来て見よ、寄て来い、なア口も有鼻も有狐ではない。

百姓一　宛然《まるで》人間じや。

千鳥　コーン。

三人　キヤア。

と驚て逃出す模様よろしく退場。

千鳥　もの程もない平家の逮捕、消るが如くに逃去たるか、抜合せる刃の光に迸る血潮醒く此腕にかけ殺せし上ははや気遣いもなし、敵をとらんと数多の軍勢再び押寄せ来らぬ間に今往くはいの庄司様、忍び〳〵の心の裏、かく本領安堵なる上は人にも今日から妻と呼ばさう、イ、エ明日から昔の契ホ、忘れては居ませぬものを、あれ継母はいやじやといふて女君が逃げて行く、イ、エ成らぬ成らぬ袖引て止めてやらう、やらぬといふに是。

第三場　福原御館一間の場

本舞台は一面の平舞台絵襖を以てしきる、簾あり遣戸あり、都て福原御館奥殿一室の趣を作る。侍女松風其他三人登場。

女一　是々松王様に逢ふたかへ。
松風　其を其方が入らぬ事。
女一　いらぬ事では済まぬはいの、ちと仲人口に入れて置きたい。
女二　して何と談しやつた。
女三　サアそれ聴かう。
松風　さればとよ、近年諸国に人種が切れる、是によりて普く天下に御触有て、此後もし男子を生む者あらば荒布の忍ぶ摺蘆の笛一管に副へて給り、まつた女子を生む者には唐織の綾一巻き、玉の輿に添て下し賜はるといの。
女二　其でわかつた、石女は皆此御館に御奉公をせいとの心、松王はそれ触れに行かせました。
松風　それ何故に。
女二　ハテ恐しいは人の嫉妬、其方や此方の腹から滅多な種が湧て出たら此髪切て尼に成らねば事が治まらぬ。
女三　エ、これ気味の悪い事いふまい。
女二　昨夕の酔が醒めるかへ、いふた許では出来ぬ事所詮其方の恋は叶はぬ、其より一寸京へ帰て世の中が見て来たい。
女一　其方が落して置たのはもう齢《とし》は幾歳ぞへ。
女二　知つた顔してもらふまい。

束の侍従登場。

侍従 是は侍従さま此頃はよいお日和で御座りまする、それに貴女は蔭にばツかり。

女一 何ぞ今宵は御催が。

女三 秋といへば淋しいもの。

侍従 オ、ちと思ひ寄る事もある、其は後、ちと松かぜに尋ねたい事がある、其方三人は皆あちらへ。

女一二三皆退場。

是松風、何故にはやう、して松王に逢ふたか、もの言やつたか。

松風 されば泉水の向ふの廊下の蔭に居りました。

侍従 松王と見てものかげに招きよせ。

松風 い丶え童を呼んでものとらして。

侍従 早う逢うた処を言やい。

松風 逢うた処は御門の外の。

侍従 松王が何といふたか其れを。

松風 早ういうて仕舞ては儂の功が見えませぬ、御池の鯉を掬網で捉るやうに、混ぜて見たりすかして見たり、遠い所から種々に回して行て寄せて行て先づ我君様の御吩咐何と思うて承つたと問ひかけたら、婦女の知て用ない事、用ないとは何事、罪が有るの科があるの詮議があるのとア丶馬鹿らしい、女子に給はない世の中、女に嘘をいふは二世迄の罪誠を明せと責めかくれば、松王どのは分らぬ顔、召連れ来よとの仰なれば迷惑ながら行くといふ、ハテ耳寄な其詞、迷惑とは何故迷惑、問はれて忽ち迷惑顔。

侍従 いらぬ言葉争ひ。

松風　いゝえ是が思はぬ端となつて聞けば此度の御使、どうやら進まぬけしき、愈〻探ぐればはしたないは男子の心、以前より其者の方へ通ひ居たる様子。

侍従　あの松王が其者にな。

松風　侍従さま御合点が悪い、去ればこそ御月見の夜に須磨あたりから其女子が御船のあとを付けて公達に対し後言をいひしも、男にあとを尾はせん巧み。

侍従　と松王が言やつたか。

松風　言うたのやら言はぬのやら其処は貴女も御推量、大方こんな事であらうと存じ焚付けましたは、あれや罪科や詮議の故ではなし、入道様が音羽山耳からはいつた色好み、なんぼうの御主人でも是は格別沙汰過ぎる、其方が先に真帆ならば櫓櫂も及ばぬ入道さま、どうぞ其処から連れて行くなり逃がすなり此方へは足も向けさして給るなとかう言ひました。

侍従　して松王が返事はな。

松風　畏こまつたと言うた顔のあはれさやら憎らしさやら、というては道具が足らぬ、マア聞て下さりませ、其は誰からの頼みかと問はれた時、此方様といふ声が喉から一寸覗かうとしたのをグイと飲み下し袖を払て威儀を正し、思ふても御覧ぜよ古より国の紊れのためし遠く異朝を訪ふに。

侍従　其れ聴たうはない、その終りは。

松風　左様な者有ては御内の愁、天が下の女子の怨、惹ては遂に国の騒乱、又其方の仇でもない儂風情の嘆きと、こんな言を出るに任かせて虚実、御咐咐の外ながら人の恋迄読んで来ました上の句はもし其女子ではないにせよ、あの方角へ通ひ居つたは定。

侍従　其より未だ吩咐た事、其者必らず連れて来まいと誓を立てたか。

松風 福原へ来て海見てもどるやうなもの、其れ言はさいで何帰りませう。
侍従 其きいて心がはるけた、思ひしよりは容易くて喃。
松風 それ事を摘んで申すと容易くてと仰やるは。
侍従 い、やさうない徴には。
松風 どんな男に添はして下さります。

宗盛基盛登場。

基盛 迚も成らぬ恋ならば如かず速に心を移さんには。
宗盛 怒を移すとこそいはめ、其は誠の恋ならず。
侍従 誰やら人の影がさす。

退場。

宗盛 これ松風今朝鶯を聴やつたか。
松風 数ならぬ身は其やうな人来〳〵に気遣は御座りませぬ。
基盛 顕はれたを知らずに弁解する程、現在傍に居る恋人に聴きづらい事はないは。
松風 其の弃にはか、りませぬ。

女四人登場、一人の女長き釣竿に糸の端に鯛の付きたるを持つ。

女一 もう離してやるがよからう。
女二 是もうよい程持つた、此度は儂に貸して給も。
女三 鱗が剝てはならぬ程に。
女四 いゝさ、かまはぬ鱗が剝げたる金箔をなど置かう。

宗盛　釣つた。

基盛　釣つたはく。

と走り寄て鯛を押へる、女二釣竿に手をかけて引く釣糸、鈎と共に魚の口を離れ拍子よく宗盛の頭髪にかゝる。

宗盛　これ毛を引ては痛たいはエ。

幕。

第三段

第一場　生田の小野の関所前構の場

本舞台は一面の平舞台にて正面中央程に白木の関門扉なしに構へ、之に取付て上手より下手に掛て白木又は黒木の柵見得厳重に設け、奥の方板屋にて、関所を見せ、左右木深く立樹あり、書割には遠く近く山々連畳の景色を描き、柵の内には諸道具恰好の配置若くは内側より幕を張るもよし、門の構造は極めて宏大なるを佳とす、都て是生田の小野の関所前面の構にて、花道よき所逃走たる旅人の荷物委棄散乱たる有様。

茲に門構の外に関所の役夫談話の体にて幕明く。

役一　あのやうな美しい若い男子を人柱にするといふは、可愛さうなといふやうなものじやのウ。

役二　サア其人柱といふ物が何に立せる物やら、我はどうもまだ腹に落ちぬは。

役三　三十三間堂の棟木の阿柳といふ談がある、先づ其やうな物じやといふは。

役二　其のそのやうな者がわからぬ。

役四　扨々どちらもこちらも物を知らぬ男じや、我が言て聴かさう、よく聴けよ、たとへば旅人の三人四人連れ立

て人も通らぬ山奥をわけ入る、右も左も松杉の大木しん〳〵と生ひ茂り奥は暗、唯幽かに木の葉の隙を日の影が見える、此やうな山の中を三人四人連れ立て行くと遙かに上の峰の方に当つて、ウーオーウーオーといふ声、あれ何じや、あれ何じや、狼ではないか、狼じや、ウーオー、あれ何じや、狼か、ウーオー、愈〻声が近うなる、狼々、これはたまらんと皆逃げ出す、ウーオー、それ狼が出た、後から追ひ懸るは、かう成たら仕方があるまいがのう、其処で先づちと無慈悲のやうなれど一人は二人に替へられぬに因て連の中で一番弱さうな男を一人が打倒す、キヤツトいふた儘倒れる、倒して置て皆逃げる、ウーオと狼が後を追ふて来る、けれども夫れ今一人の男を倒して狼の餌食に置てあるから狼も不性者じやによつて先づ手近に、いゝや足近に口近にころげて居る人に目を着ける、赤い舌を出してペロ〳〵と頭から手から足から啖ひ出す、サ此啖うて居る其間が命じや、他の者は其暇に逃げる、トマアかういふ次第、人柱も此通じや、海の底と言ふたら暗いは暗いは、其暗い海の底に何とも知れぬ妖怪が棲み居てな、夫が人を餌食にして居る、人柱といふ者は其に啖はす人の餌食じや、海の中へ人を投げてやると其妖怪がこれを啖て居る其間に海の底へ石を入れて島の根を築く事じや、去れば此春の時も我が隣の村の者に一人つい海へ落ちて此妖怪に取られたはの。

役二　ム、其妖怪が人を啖うか。

役三　恐しや〳〵。

役四　其れで夜になると妖怪が人を嚙みこなす歯の音がそれは〳〵凄まじい音に聴える、現在此春我が隣村の者が捉られた時の其夜、潮風が颯と吹くに連れて此声を聴たは我が一つ村の者じやや。

役一　何やら声がしたと聞たは、ム其れか。

役二　其では今程のあの若い人が其妖怪に啖はれるのか。

役三　海の底で。

役四　聴ても凄いは此春の事、其妖怪に人がとられた次の日の明方頃、海の下五尺程の処にとろ〳〵とした血の塊がなア海鏡のやうにふはり〳〵三つも四つも淡路の方へ流れて往たさうじや。

役二　恐しや其の啖はれる時の心地は何と有らう。

役四　大方章魚のやうな手がぬる〳〵と咽元をしめるで有らう。

役三　い、や爪で胸の辺から引裂て啖うであらう。

役二　エ、。

役四　是々今おのれが啖れるではなし、今の旅人を捕へたに由つて先づ此役も済んだやうなもの、村の者でももしかは捉られはせまいかと思へば今迄は胸がどく〳〵して居つたが是上はもう眷属に祟りはないな、これ庄六。

役一　先づ安心じやと。

皆　いうてよいやうな者じやな。

一同退場。

松王登場。

松王　目に視るにつけ耳に聴くにつけ今や此世は終の形勢、天地山嶽鳴動して星乱れ飛び雲堕ちか、る烏羽玉の闇の中に毒気地の底より湧き騰て人間世界は破滅を為す可し、覆らんか震き毀《わ》れんか、斯る汚濁にあらんよりは速に砕去らんには如かず、浅ましや月日の下に横る此の世界は一個の偉大《おほい》なる屍骸にして、地の上に蠢爾く一切の衆生は此屍骸の腐れ爛れたる中より湧出たる蛆なるか、眼を遮り耳を掠めて去る者は死滅の鬼の影さすが、今去り行きし一連の旅人顔に色なく目に色を見ず修羅の衢を叫喚の光景、我はそも何しに是迄は来りたる、厭ひ果たる汚濁の世を捨てんが為に家を出でながら猶中空に漂ふぞや、栄華は幻忠義は夢恋は迷ひ、迷ひし足の踏み所何処に向て着く可きか、一歩先は未来なるに思慮なくて踏まるべきか、あはれ思へば松王は氏なき生れ幼に父にも

母にも別れはづかなる面影にも心に残るかたみはなく、十歳にも足らぬ内より平家へ御奉公、怪くも御一門の繁昌を親達一族の栄華の如くに観て喜びしは嵐の試未だ知らぬ舟子共月を包て輝めく怪し雲を美しやとて眺むるに異ならず、身に余たる君の恵、嗚呼つらし是を恵、か丶る恵を受けたりしは心に負ひて苦しき重荷、山谷越えて世を隔て憂き事聴かぬ里有りとも身は離れぬ心なるに黒の衣に身を包みても何かせん、我と我身を刺して死なんか死骸を何処にか蔵すべき、足は地を離れねば蛆虫に生を替へんのみ、我と我身に纏束らる丶人間未来の分別所詮踠《あ》かきにあがくとも切らでや止むべき、この羈絆、嗚呼死死死ぬる事こそ人間が運命の手に渡す最後の引出物、取れよ渡さん此命、山の奥なる狼は此松王が身体でも啖いたいか、剣に伏して我手に死なんは猶身にく丶らる丶弱味有り、いざや行かむ此道の果つる迄、月夜ばかりに見し面影は今行く先の道案内《しるべ》、唯是天地晦冥の中に一点の灯火、世を吹きまわす嵐には其だに今や消えんとす、思へば恋は心の闇の暗らきに連れて光を増す灯火に似たり、消えんとしては又燃え立つは、あら悲しや詮議の為に召し取るとは詐の君命、楊家の女未遂に溝瀆に入て無残の最後。

道端に散乱したる旅人の捨荷を屹と見て。

あら厭はしき穢土の状やな。

門裏に物音して橘以前の男装太刀を振て奥より出づれば、関所の司妹尾三郎其他役人多勢追ひ掛て登場。

役人　(内に) 逃げる〳〵。

同　狼藉。

同　遣るな。

三郎　是りやならぬ不届千万。

橘の太刀を打落して難なく捉へ。

ム、恐れを知らぬ手出し、逃がせば身共の一大事じや、最早逃がす事ではない、者共是牽け、逃がしてはならぬぞ。

役人等　心得ました。

橘　神も仏も救けはないか。

大勢の者橘を引立て奥に入る。

三郎　あら珍しや思はぬ処で松王どの。

松王　騒がしき今の物音、あれは何事にて御座る。

三郎　取り置たる人柱の者狼藉を致して御座るは。

松王　何人柱とな、今此処迄来る途すがら人柱とか関所とか左様の事を言ひ罵るを耳には聴しが、是は誠に関所の体、其方は妹尾三郎ぬし、爰は生田の小野辺《あたり》、何とした儀で御座るか。

三郎　さればく〳〵御聴めされ、此春弥生の下旬より前阿波民部大輔奉行として造営有りし築島、此程の南風白浪を逆捲上げ一夜の内に崩れたる天変既に再度に及ぶ、此上は成就覚束なし如何ある可くやとて陰陽の博士阿倍の泰氏を召て問ひ給ふに、泰氏天文地理の妙術を以て暫らく考へ申けるは、此島通例にして成り難し、人柱を御入有て築かしめ給ひなば成就せんずと也、其に依て新に此処に関を据ゑられ、往来の旅人を択び搦め捕れとの御掟、乃ち妹尾三郎関の司を仰付られて御座るに依て今日唯今の程に旅人を一人召取て御座る、扨々大事の御役先づ八分九分相済み先づ安心致した。

松王　(傍白)天は許すか此非道を――して其捉られし者は。

フト目に著きて落たる印籠を拾ひ上げ。

三郎　西国より出たる旅人。

松王　今拾ひたる此印籠は。
三郎　萩桔梗女郎花、其許が持たれたるのに似た蒔絵、正しく今の旅人が持ち居て落した品で御座らう。
松王　三郎殿に御願申す、其旅人に某を逢はして下さらぬか。
三郎　安き程の御事、見られても苦しかるまじ、是よりどの方へ行かるゝか、御急の旅でも有るまい、先づ内へ、
御茶ひとつきこしめされ。
松王　先づ御座れ。
三郎　かう来させられい。
松王　（傍白）地獄の門忌々しき此関。
両人退場。

第二場　同関所内部の場

本舞台前側に僅なる余地を存して少しく上手に寄せ、椽の設はなき五間程の二重藁葺の庇を付け、床は板張、正面見付も同じく板張にて、上手に入口を明け、左右には華美ならぬ紋形を置たる麻布を縫たる簾、麻の総を飾りたるを懸け下し、下手には松柏の梢軒を蔽て生ひ茂り、立樹の隙よりは少し奥の方に藁葺の四つ堂の片側を見せ、景色何となく物凄き趣、都て生田の小野の関所内部にある一室の体なり。
此に以前の役人侍三人橘を捉へて登場。

橘　扨は此身に御疑ばし有ての故ならず。
役人侍一　オ、サ如何にも、其人柱と申すは神に供養の尊き役目。
侍二　目出度事で御座るは。
侍三　もう逃ぐる事は悶てもなるまい、斯く成たる上からは覚悟殊勝に有らんこそ大切なれ、是方々。

侍一二　左様で御座る。

橘　神に供養の人柱此身を海に沈めんとな。

侍一　兵庫の港に島築の人柱海でがな御座らう。

橘　(傍白) 迚も逃れぬ父上様、いとし其方のひとり子は是迄は来ましたぞや。嗚呼人間に形骸といふ物ないならば吹く風となつて此簾の隙よりも逃げんものを、叶はぬか成らぬか。喃人々。

侍三　何事ぞ。

橘　迚も御宥はなきか。

侍三　エ、又其を煩き問言。

侍二　最早七六殿さう叱られな、是旅人、念仏一遍の覚悟致されたが肝心。

侍一　先程も申せし如く老耄負戴の者若くは出家法体の者或は生付たる片輪、其等には御構なし、宥さるべき者ならば止は致さぬ。

侍二　既に留められし上からは仮令其許が斯くいふ某の身内であるとも仮染ならぬ人身供養、逃したうても逃されぬは。

侍一　死ぬるは誰も厭ふが習ひ、これ三八殿無理では御座らぬな。

橘　(傍白) 死ぬるを厭ふ身ならばこそ此処を出ずては、父上の御声を耳に聴くやうな、早う逃げよ、命有る間に唯一目、アイ、というてどの隙《すき》から。

侍三　もはや程なくあれへ入れられるであらうか。

侍一　去れば妹尾殿が御指図ありさうなもの、是三八殿、どうやら諦めた様子で御座るな。

役夫三人下手の樹間より登場。

役一　(低語) 何時の間にやらチヤンと鎮まつた。

役二　(同) 是に居るのか、何処かを斬られたか、唸る声は聴えたか。

役三　(同) 生て居るかも知れぬ、此から覗け。

簾の外より覗く。

役一　(覗く) (低語) 身体が蛇のやうに動くは。

役二　(覗く) ヤー。

エ、凄《すご》や〳〵、斬られもせぬ、其儘生ては居るが、はや妖怪が魅いれた。

と叫て三人下手に駆け入て退場。

橘　あれ〳〵、空から堕て来る、鳥か鷲か、此身体を引捕へて颯と空に捲き上げる、颯と挙てはどうと、オ、サ岩根の松陰に沖津白浪どうと寄せ来る、大浪小浪波の鼓か打連れて笛を吹く水の月影かげらふの有るか無きかの俤、オ、先づ船を下り立ちて萩の白露乱れし黒髪、つげの小櫛もさらで羞かしき我影。

侍三　こりや此者は狂気致した、方々御逃しなさるな。

退場。

侍一　是旅人、静かに〳〵。

橘　賤が伏家の垣根にさく花は、オ、それ萩に桔梗に女郎花、萩には露の白銀か星の如くに輝めきて、黄金の花は女郎花、其暁か。

三郎松王二人下手の樹蔭より登場。簾の外に佇て窺ふ。以前の侍上手の入口より登場。

其暁を忘られぬ、恋の重荷をそれと渡して其儘跡もなく地獄から来た使か、苦しき悲嘆を手に渡したは、エ思ふ

まい〳〵、其俤も思ふなよ、名乗らず告げぬ其俤も思ふなよ、此処を住棄て立去れとは。

松王三郎簾を掲て内に入る。

悲しや助けて。

松王　喃是旅人、さのみな物に狂はれそ、武夫も恋には乱るゝ心。（傍白）世の形勢のうたてきは皆是狂気の沙汰、嘆く可きも怒るべきには非ず。

か丶る目を一時も観るに忍びんや。是三郎殿、狂人として人柱は叶ふまじ、求め給はゞ此代必ず遠にあらず、此者ははや〳〵放ち遣はされよ。

三郎　されば如何やうに計らふべき者で御座らうか。

松王　神に汚れの畏ある人柱狂人が叶ふべきや、疾く放遣て然るべし、但し後日に到て御咎有らば、松王某誓て身に受けるで御座らう。

三郎　しかと左様ならば此人々を証拠に。

侍三　（進み出で）某三人を証拠に。

松王　如何にも是にかけて、是旅人、早く立たれよ。

侍三人　是狂人。

三郎　往けといふに。

此の以前より盛国登場、入口に佇立て窺ふ。

盛国　愚か〳〵、先程よりの此者が振舞、某蔭に忍び居て其声をきくに調子乱れぬ言語の響、又宥さるべしと聴て遽に泣く声の変りし情態、是狂人の悲に非ず。

橘　顕はれたるか上辺のよそほひ。

盛国　如何で左様の謀策に乗らうや、狂人なれば宥さるべきかと人を伴はる振舞。
橘　あら不運、是でも何故に心が狂はぬ。
盛国　して松王其許には何しに是迄参られたるぞ。
松王　私に存《ひそか》ずる旨有て此処を通行する旅人で御座る。
盛国　然らば御身に差合はなし、如何に三郎殿、既に此者を召取たる上は往来の難儀明日より此関は引払はん、扨某は是より直に馳せ帰り御用に立つ可き者召取たる由言上致さん、予ての定手筈有る通夜陰に忍で此者を、其儀は先刻承知ある筈、某今より参りし跡、仮令如何なる事あらんとも此者を放つなんと言語道断、逃さぬやうにゆめゆめ油断はあらるゝな。
三郎　三郎逐一承て御座る。
盛国　はやあれへ押入れ置かれよ。
三郎　畏まつた。

盛国退場。

いやちと聴て置く事が有つた。

退場。

侍三人　ても扨も巧んだなア。
松王　(傍白)　怪しむ可からず、何事も巧の中に謀策《たくみ》有る現世の習、非礼は礼を巧み、無道は道理を巧み、不仁は仁義を巧む、婦女《おんな》は操を巧み、武士は勇気を巧み、出家は高徳を巧み、旅人は富貴を巧む、朝には夕を巧み、外に出ては内を巧む、悪魔の巧みし浄土か此世は。
橘　許して下され父上様、もう此上は六波羅へ往て逢はうより他に詮なき此成行、唯其迄の御命、神や仏も在る世

なり逢はれぬ人にも遭はれる者を出遇ふ事々何もかも思も寄らぬ世の定め、思ふまい、エ、もう知らぬ。是人々、恥かしき身の上の恋がたり、語て聴かさう聴て給れ。

侍三　狂気は止めて恋の沙汰。

侍一二　是や聞ても面白からう。

橘　扨も此程西国より此方に上る道の事、見初めし処は明石の浦、時しも秋の最中にて陸も遍き月明、浜手の方の松蔭に数多群れ居る蜑子共、此世の海に何事を漁る人かと立寄り見れば、蘆間を漏れ来る月影に穴をうかれて出た蟹を皆々捉へて縛らうとする、数多人ある其中に心異る人一人、此蟹を他の手よりもぎ取て其儘放て遣たるは、是聊の業と其方の顔には嘲て見え給へども、蟹の身に成て如何ばかり嬉しからうぞ、其夜宿に帰てから其人が夢に見えた、光を韜む人心眩きやうに思はれて浮き立つ心にあてどもなく物問ひかはすも短かき隙、人は情の有ながらつれなう見棄て帰る姿は水の月、繫ぎもならず止められず止めもせぬに残りしは心が心に教へし俤、夜は愈清けく見ゆれば、若し今にも尋ねて来るかと、嗚呼待つとは言はじ日頃は人も尋ねぬ宿に音訪れ来しは京の使の悲しき便、親族《うから》ともたよりとも唯だ一人の父上、今はと迫りし病の床に逢ひたい此世の思ひ出に我子の顔を見たいとは夢にも告げぬ運命の試しものになる事か、思ひにすくむ足踏しめて心は空に是迄の旅。

侍三　どうやら狂気めいた物語で御座るな。

侍二　狂気のやうな悲しいやうな。

侍一　惨い様な逃げたいやうな心細いやうな。

橘　命危き父上の今生の対面と有るを行かずに居られず来たればこそ、思はぬ空の邂逅、廻り遇うて親と子が此世の別済せし上は最早用なき此命、其時に棄迷はんよりかうと定まるも憂き身の宿世、唯此上の御情には親に逢はせて給るやう御慈悲を願ひ奉る、親といふ者ないならば此上辱を見やうより此目を直に瞑りたいに。

松王　かよわき身にて有ながら殊勝なりいじらしき志。（傍白）愧入つたる松王が今迄の心懸、不忠不義愚痴妄執悪魔外道が魅入りしか、人こそ知らね人にこそ見えざれ、我と我身を見る程に、醜く汚穢《きたな》き者が又とあらうか、其れとは知らん由もなければ此松王を恋たるか恋はれたるか、女と云者は浅墓にて明日の男を知らずに頼む、畢竟恋は迷なり、うらぶれ果てたる此身をば操にかけて恋て給はる情け心、申さん言葉更になし。是旅人、親子再会の便頼なきには非ず、必ず心を落し給ふな。

（内にて）松王殿〳〵、此方へ〳〵。

松王　喃旅人、生命は人の宝ぞや。

退場。

侍一　して其方が思ひを懸けた蜑の乙女には。

侍三　其後再び遇ひはせぬのか。

侍二　逢うたか。

侍一　イヤこれ。

一同　泣かれな。

皆々寄て慰めもてなす事よろしく。幕。

第四段

第一場　同籠室の場

本舞台中程には藁葺の四ツ堂、黒木建にて少し高足、黒木の粗造なる欄干を三方に折り付け、前に簾を下し、階段を設く。此家臺の上手には打橋だつものに続けて別に藁葺の庇を少し奥の方に見せ、下手には松杉等の立樹有る庭を隔て下に黒木の柵を構へ、好き所に鑰鎖したる門有。家臺の前庭には焚棄たる篝火余燼ほろ〳〵と燃え、四辺もの暗く、簾の裡より灯火の光僅かに漏る。都て関所内にある籠室の夜景なり。此に橘独り籠室の裏に在。

橘　喃父上様、思ひやるのは、眼前見るには及ばぬ定めて御介抱をする人もなき病の床に今か〳〵と此身を待ち給ふ御心、此胸の裡の苦しみと孰れぞや、仮令逢はれる事有りとも、縄を纏ふた此姿でそもや御目に懸れうか、末期を紊す御嘆き、未来迄もの御迷、迚も逃れぬ契と思召し、此身に逢はずに目を瞑て下さりませ、六道の衢にて親子が廻り逢ふたならもう再びとは離れまい。

松王下手より登場、門を開きて籠室の辺に窺佇む。

子を憧《あこが》れの親心、臨終《いまは》の際迄待ち悶えて嘸や御無念御残念、待つといふ程世の中に果敢なき事がまたと有らうか、待ち得た時の悲嘆は待ちし心を怨むぞへ、逢はずに死んで下されとは空恐しき事ながら、親に死ねとの不幸の罰は海の底に身を沈め藻屑の中に髪を乱して魚の餌食となるわいな、お前の子ぢやもの父上様、神や仏に力を添へ最後の苦患を救けて給べ、斯と定まる上からはもう此上の愁嘆は有らじ、つらき別離をして来る千鳥は何と今頃は独明石の浦風にも親子が親子二人共かゝる最期をせうぞとは夢にも聴て給るまい。

松王　(傍白)嗚呼我が涙か、る情には泣くか、渇したる旅人も水清冽にして掬ぶに堪へず、嗚呼恋か如何で恋ふるに耐えらるべき、などか左様に棄果てん、生命は人の宝なるに。

橘　聴かじとすれども耳に囁く声、あれ鳴く虫も声をやめしは。

松王徐に進んで籠室の簾を切て下せば、灯を傍に橘束縛られたる儘座居る態なり。松王無言にて縄を切る。

是は何の御情で御座りまする。

松王　親御は嘸や待居給はん、関守は皆酔伏たる此隙、いざさらば父子今生の御対面、速に此処を落行かれよ。

橘　落行くとは思もよらず、許す泣けとの御慈悲か。

松王　猶予らふべきかは、御身此に在て用なし、此松王が行かれと申すに。

橘　い、や落ちませぬ往きませぬぞや、心にしみて嬉しき御情、どうして仇で報いませう、仮令其方が平家御一人の棟梁で此を逃がすと仰有ても御恩は此世で返す事のならぬ此身の上、未来迄も忘られぬ御志難有う御座ります る、甘えがまし き事ながら汚れに染まぬ乙女が今生の御願、最期に迫る一人の親にかう〳〵成つた女の身の上、いや様子有て此世では逢はれぬ故後世を頼に諦めてと、親の命の有る間に往で言伝て給らぬか、松王様御願申上げまする、此世の重荷是ばかり応と答へて下さらば終念の乱もなし、此御恩にさへ何で何で報ん事も叶はぬか、心に泉む涙川源頭《みなもと》は目に見えずとも神や仏は御照覧、身は牽かれても心は止る止る心は松王様、衣の裏の珠ならば珠はそなたに運は天に身は海底に棄つるとも後に名残はさら〳〵なし、御慈悲御慈悲松王様、親を見に往て給はるか。

松王　愚なり愚痴なり、夢と見てか何の戯言。

橘を脇に抱て庭に下り門の辺に橘を卸す。

急いでとこそ。

橘　嬉しい程に悲しき身の上、今の間にはやう死にたい行たうはない、松王様。

松王　(傍白)乱る丶心よ暫く沈め。是思て御覧ぜよ、親の子を思ふそもどれ程であらうぞ、況て病の床に風の前の灯、御身人間にて有ながらもどかしや人倫の道を知らぬか、今此の機を逃しては子の罪堕地獄(縄を以て橘を打つ)、あの松縄手左にとつて行けば京への道、一歩の猶予は親御の一息。

橘を門外につきやつて門を閉づ。

橘　寄りもならぬか。

松王錠をおろす、其音ビーンと響く。

松王　早く親御へ、恋人さらば。

引返して家臺の階段に腰をかく。

橘　御情余て怨めしい、跡に残て何となる御心ぞ、申し悪《にく》い事ながら連れて逃げては給らぬか、如何ならん山の奥も月日といふ知辺はある、人間の故郷往て住まうとは思はずか、蚤の子なれば其は厭とか、人の御情を恨み申すは愚痴、思へば女の罪深し、一息づ丶の御命、浄土へ親を往生の引導は此身の役、親に逢すの御情、難有や勿体なや、唯拝みます松王様、聴かした時の親の喜び、親に代て御礼申上まする、少しも早う其御顔を、父上逢に行ますぞや。

退場。此以前より二十日ばかりの片われ月少し曇りたる仕掛けにて立樹の上に見えたり、松王欄干に立上りて見送る模様ありて。

松王　松王が此胸は鉄甲、愚痴の刃は切ても徹さず、オ丶さりながら今の言葉を聴く苦、張裂くばかりに満来る涙を耐え忍びたるつらさには骨も砕くるばかりぞや、もはや此世に何事を苦しとせん、はた何を悲むべき、此身の

願は今果しつ、此嬉さに替へん宝はなき世なり、自から解て自から縛る、解くも縛るも心の儘。

縄を以て自ら縛り、以前の橘が居たる座になほる。少焉妹尾三郎登場、上手の家臺より。

三郎 大事の々々の御役目まだ済まぬ中なるに下郎迄を寝さしたは是や身共が違うた、其故滅多叱りもならぬやうなもの、去り乍ら鳥渡起して叱て遣ふがな何と叱たもので有らうか先づ鳥渡覗て置かう、其方が叱り具合がよいやうなものぢや、ヤ夥しき虫の声、眠《ねむ》たさうな庭の景色ぢや、虫が鳴くのは豊年の徴とかいふ。

上手の簾を掲て内を覗て愕然。

ヤ松王どのか、是やなんとどうした。

松王 静かに〳〵其声高し、彼者は子細有て此松王がはや疾く逃しましたぞよ。

三郎 逃した、おのれ逃したとは、何《なに》何処へ逃げた。

松王 是静かに、彼者を逃しては三郎殿、御身に御咎有らんは必定、イヤサ御身が一期の浮沈で御座らう。

三郎 悲しや松王、日頃親しき此三郎に何の恨有てか憎き振舞、サア命にかけて勝負々々。

太刀を抜て翳す。

松王 其声高し、何で御身に恨を存せん、去り乍ら子細有て某助けねばならぬ彼の者、よりて逃しは致せしが、御身の上に御咎めはゆめ〳〵罹らぬやう某がよき謀らひ、心を沈めよう聴かれよ。

三郎 其は本気の沙汰か、よもや狂気では有るまい、何の恨か意恨か意趣か、但し魔が付たか、どう有ても憎き曲者。

松王 如何にも御身に取ては曲者とも思はれん、去ながら御身に祟りは決して御座らぬ、これ聴かれよ、彼の人柱に召取たる者の顔を常に見張て居れよとは盛国も申しは致さぬ、全く御身は知らぬ顔にてもてなし、最早時刻、乗物を是へ寄せ矢張先程の旅人の体にて某を乗物に乗せられよ、彼方へ参たる上は、人柱の事関の司の与かる所

に非ず、某は人の難儀に代り願て人柱になりたき望其場に申開く詞も有、松王嘗て誓を破らず、御身へ御咎決してなき為には、某水を注ぎて篝火を消し暗きに混れて窃に囚人を逃したる由をいはゞ、某にこそ御咎はあるべけれ、罪なき御身に何の祟かあらん、若斯く申す松王が言葉を聴入れなく、其方より音立てられては咎を逃るゝ術は御座るまい、今より追手をかけらるゝとも盛国につかひし詞の間に合はずば責は御身に逃れ難し、唯某を知らぬ顔にて出されたが頂上、知らぬで通るは安き事、是れ程申して分りましたか。

三郎　其方も今言はれた通にいうて給はるか。

松王　いふにや及ぶ、疑はるゝな、年頃内外なき御親切争で仇を以て報ゆべき、某人柱と成て海底に沈まば之をだに切てかたみと御覧下され。

太刀を把て三郎の前に置く、三郎さうなくは取らず。

三郎　水を注で篝火消し、暗きにまぎれて囚人を盗み出し、確と左様に言はるゝか。

松王　もとより。

三郎抜たる太刀を納め、松王が与へたるを手に下げ、階段を下りて家臺の後辺の泉より檜杓に水を汲で篝の上に撒き、檜杓は其処に捨て門を一検して又もとに帰り。

三郎　何処より逃したるか。

松王　猶未だ御渡し申者有。

ト鑰をとり出して与ふ。

三郎　若し某が今申せしを御差有らば御身の破滅、何事も某に任されて気遣有らるゝな。

三郎　（傍白）ア、胸がどく〳〵、何とやら腹の底が痛む。

松王　是暫く某を縛しめて往かれずや。

三郎立戻て松王を縛め。

三郎 （傍白）ア、ア、腹が痛い、ヤ太刀を忘れた。

振返て太刀を手にとり之を抱へて退場、上手へ入る。

松王 とはいふもの、若しや御咎有たらば、嗚呼三郎、其方も親はなき身なり、忍で給れ、是迄の友垣。

灯を吹消す、程なく下手奥の方より役夫多人数乗物を担ひ、一人は松明を持たるを引き、妹尾三郎登場。

三郎 こら〳〵其方は此処に立居らう。

松明持たる一人を樹蔭に止め置き。

是丹五吉六、其の乗物をあの前へ据ゑて参れ。

二人 畏りました（よろしく据ゑて）、据ゑて参て御座りまする。

三郎 権七、其方あれへ参り、あれへ乗れと声を懸て参れ。

権七 畏りました（ト進み行きて）、乗物へ乗られい（ト戻る）。

松王下で乗物に乗る。

三郎 庄八、屹と見届て参れ。

庄八 へ、。

と迷惑なる顔にて恐る〳〵進出て乗物を覗き。

居りますやうに御座ります る。

三郎 然らば皆の者共あれを担ぎ上げイ。

是にて一同進寄て乗物を担ぎ上げ奥へ入る。

エ、まア寒い月の顔ぢやな。

此見得思ひ入れ一寸有て幕、若くは道具廻る。

第二場　福原邸中の一室の場

本舞台は一面の平舞台にして、正面は上段を設け、三方には紋形の唐紙襖、此処都て福原邸中の一室。此に入道浄海重衡業盛及侍二人列座にて幕開く。

浄海　此暁に其者を引連れ来たると申すか。

侍一　如何にも、乗物を以て運び参たる様子に御座ります。

経俊登場。

経俊　未だ此辺には知り給はぬか、福原といふ処有て以来、イヤ今此足が踏む床の下が土になりし以来、空に日の照らぬ日は有るとも斯る椿事は例あるまじ、今某が申さん事を驚愕の虫が騒がぬやう胸を押へて御聴あれ、島築の人柱にせんとて搦め取て来たりし者を如何なる旅人とか思召す、此暁に乗物を以て担ぎ起したる人柱を某盛国の傍に在て輿を出たる其人を見れば、其旅人を見れば。

浄海　其者に鼻が二個有しか、但しは口が三個有りしか。

経俊　いや鼻も一つ口も一つ、然も其一つの口かく申す経俊と一つ酒瓶の酒を酌しは今より三日以前なりし、然も一つ此館にて一つ窓の下一つ筵の上、聴給へ其松王が身に縄を纏うて。

重衡　何松王が。

経俊　オ、鼻も一つ口も一つ、よく〳〵其言ふ詞を聴くに、変化魍魎の類にも有らぬ、正真の松王。

浄海　妹尾三郎が護り来る輿の裡に松王が有るべき謂はれはなし、怪しやな子細ぞ有らん。

盛国　(襖の外にて) 其子細言上申さん。

盛国登場。

浄海　是や盛国、松王を捉へしとは誠か、彼は申含めし条有て主命に使する者、旅客を以て見るべきに非ず、之を捕しは此入道に縄をうつたるに異ならず、サ言訳や有る、何と申すぞ。

盛国　恐れながら盛国、松王を捉は仕らず。

浄海　左も有るべし、松王を捕へしとは何の間違を申したるぞ。

経俊　松王が松王に間違有らば、此目くり抜給ふて間違御座らぬな、是盛国。

盛国　ハツ思はぬ椿事、扨も昨日の夕間暮生田の関に召取しは、西国方の年歯《とし》は十六可りの若者、親を尋ねて都へ上る者の由申、屢逃れんとして刃を揮ひなんと致せしを引捉へて据置き候所に、其者執ねく飽迄逃れんと構へて怪しき詭計《はかりごと》、狂人ならば人柱免かるべきかと思ひしより遽に佯る狂気の振舞、折柄参り合せし松王種々に三郎をすかし狂人にては叶ふまじ早う逃しやれと勧むる程に、三郎の心動きぬと見えて放ちやらんとする状態、某前程より物蔭に蔵れ居て其者の様子を窺ふに、真に狂人の態度に非ず、且や許さるべき景色見てとるより嬉さを包み兼ねたる泣き声、扨は此者巧みたり、狂気をよそほふて逃れん謀策、やはか見損じ候べき、遂に其座に於て白状に及ばせ、三郎に護固くと戒め置き立帰つたる其迄は某正しく面前に見て候ひし、予て申し、時刻違へず此夜明乗物を以て某迄三郎付添送参りし囚人、一間の裡に担入れし上引明くれば、縄をまとひし松王が出で参らんとは思ひかけ申すべきや、三郎こはそも如何にと問へば。

浄海　其三郎を是へ呼び来れ。

盛国　御掟にては候得共、三郎余の愕にや、今朝其折より以の外の違例。

浄海　一人往て見て参れ（侍一人退場）。何と申せし其三郎は。

盛国　三郎が申立候には、其夜松王身上の祝有る由を申し三郎を始め関の者共に飽く迄酒を勧めて酔倒ふし、人静

まるを待て真夜中頃庭所々に焚きたる篝火を消し秘に堂に籠置たる囚人を盗出して放遣り、己代て其儘捕はれし者の態に佯はり、灯を消したれば樹蔭月の小暗らきに松王代て有らんとは思ひ寄るべきに非ざれば其儘輿に乗せて是迄は参りしとか、事態余に不審しくは候へども、関の者共を集め糾すに申す処皆差はず、此上は松王を御詮議有らん外はなくと存じ、乃ちあれに召連れて御座ります。

浄海　是へ出せ。

盛国退場。

こは心得難き松王が振舞。

重衡　定て深き子細有る事で御座りませう。

浄海　如何なる子細か有得べき。

盛国松王を牽て再登場。松王下手に平伏す。

松王狂気を致せしよな。

松王　恐ながら松王狂気は仕らず。

浄海　確と左様か、如何にも其面魂狂気致せし者にあらず、さあらば先問はん、此程申受たる使如何やうに仕了せたるぞ、復命の趣先其より聴かむ。

松王　ハ、。

浄海　サ如何に〳〵。

松王　普く諸国を御索あるも、あれに肖たる女性は最早御座りませぬ。

浄海　怪我はしさすなと申付しに其方の手を以て殺したるか。

松王　如何にも殺害致して御座ります。

浄海　奇怪なり、そは何故。

松王　あはれ其者が某に申し、言葉には、平家を恨むが罪ならば天下の人誰か罪なからん争で一人を責められん、公を罵たるが科ならば公の御咎有るべき定なるに私かに連行かれんとする事、私かに恨みられたる恨をば報はんずる下心と覚えたり、是にも知るべき平家の無道、其下に立つ爾輩、人間にてはよも有らじ、現在の主を無道梟悪と罵しられながら道理なれば返すべき詞はなからうがと、耐え忍ぶは松王が主命故とは知らずして無礼を極めし女の振舞、もはや堪忍相成らず刺殺して候ひき、但し其者の申し、雑言、唯今御前を憚ながら少く真似出したるには止らず、松王其者を生害致せしは止むを得ざるが故なるを熟《とく》と御合点有られんとならば其が申し、恐しき言語を逐一真似て言上仕るべきや。

浄海　黙、紅の色失せし死人に言語なし、松王が舌を以て其死たる者の我らを罵りの詞聴たうない、其者罪有て殺せしと言はゞいふべし、さりながら捕へ来れとこそ吩咐たれ殺せとは言はず、僭越の沙汰、罪是一、又未だ公の罪名に及ざる者を殺せしは罪科なき者を害せしと異ならず、罪是二、左程の者をむざと松王が手にかけしは残念至極、とはいへ死たる者再び復らず、是は後日の詮議有るべし、よしそれは其、是や松王、其方今何故に我が前には在るぞ、生田の関に於て大事の召人を盗で放ち遣たるは天が下に恐懼を知らぬ挙動、是何の所存なるぞ。

松王　言葉多きは恐あり、御使を受ながら勤を仕おほせざりし過失、如何で其儘立ち帰らんに面目や候べき、山谷に跡を隠して不忠の臣たらんよりは幾年月の御鴻恩の万分に応へ奉らんせめてもの御奉公、今度築島御造営に就て人柱の者御召あるこそ天の松王に援け賜ふ所、年頃より御情にかけられ召給ふ詮には此命人柱の御役に立て下さらん事、あはれ松王が切なる御願、御聴入れ下さらば数ならぬ身の本懐至極に存じ奉ります。

浄海　年頃聊か目に懸て遣し、を心にしめたる志神妙に存ずる、其に就て三郎が身の勤を怠り大事の囚人を盗まる、を知らざりし過失は愈逃るべからずして、松王何故明白《あからさま》にしか願ひは出ずして故に此入道を驚かせしぞ、召

人を盗み放たるは後暗らき所業とや言はん。

松王　罪有る身に較ては科なき旅人の悲嘆《なげき》見るに忍ばれず、畜生なれども罪なくして死地に就くには闇愚の君もあはれと思し羊を許されし例もあるをや。

浄海　事似たりと雖も筋同からず、羊は律を以て択ばれしに非ざれば牛を以ても替ふべし、且つや其は恵王が姑息の仁、牛の歩むに代へよとは未来を眼前に視る目なき愚夫凡人、又孟軻が当座の詭弁、牛が子舐る親心家以て睦しかるべし以て家を治む可からざるを知らず、以て家を治むべし以て国を治むるに足らざるを知らぬ僻言、旅人の嘆を以て放ち遣たりとは何事。

松王　（傍白）此場に於て割腹致さば其申訳立つ可きなり、命を捐つる途二つ尚未だ斯る岐に迷ふか情なき、仰死を争ふを戦場には功名とかいふ、いざ争はんいざ去らば争はんいざ現世《うつしよ》の権勢と争はん。

浄海　生命を惜むは凡夫の常、愁歎《なげく》を以て許す可きかは、民の歎を知て天は災害を奈何で下すべき。

松王　此場を去らず割腹なすべき此命上るべきは一つ。

盛国　恐ながら彼逃れたる者を再び召取らん事大海を網に探ると等く、よし又捕へ得べくも明日明後日には如何。

浄海　兎角申すな、松王が願の人柱はやとく許したり許す。

退場。

重衡　松王、海に沈むが願ひか。

松王　此に生れて此に死す、人間の一生は地上に起き上て眼を瞠たる間のみ、もとより跡に残すべき心もなき身ひとつ。

業盛　とはいひながら。

経俊　此世の名残恐しき最後。

盛国　惜まれぬ可き命なるに。

侍一人登場。

侍　松王殿を一間に入れよと我君の仰。

松王侍に導れ、次で盛国及侍退場。

重衡　あら痛はしの武夫やな。

一同目送る模様よろしく有て此道具廻るか若くは幕。

第五段

第一場　生田の森の場

本舞台に一面の平舞台にて上手より下手に懸け一面の森林、杉榎椽銀杏など枝を組み葉を交へて木立物古り、平舞台には尾花野菊乱たる辺に落葉を散らし、梢の隙処々に星明を見せ、都て生田の森深林夜景の体なり、草葉の中に樫の実のはら〳〵と散る音に連れて男装の橘登場。

橘　未だ耳にある懸金の胸を刺す矢の風切る響別れを惜しと剣刃の身を斬る思ひ、恋人さらばとは御情かは知らねども冷たい冷たい冷たい心、其心が此胸に染みわたるか体内《みのうち》の血は氷のやうに冷《ひえ》るぞや、逃してもらうて此苦痛《くるしみ》、迚も助ける御慈悲なら何故に此苦を救けては給らぬか、逃げん逃げよ行かう来いとは言はれぬぞ、連れて逃げて給らぬぞや、見初めし怨廻り逢うた怨、嬉いと思ふは我からの心の詐、身も恨みても此身体《からだ》は消えもせず解けもせぬは何故、世にある限ならずともせめて一日二日三日何時か心を見せざるべき、報いたき願ありながら情を被

いで出る後《あと》に脱棄置きし仇濡衣着よとて人に残せしは心が鬼か浅ましや、思へば行くにも前は踏まれず、喃松王様、迚も命は助かり給はぬ父上、親子の縁は是迄も薄かりし、此世の契今迄の身に知らるゝ、風の前の灯ならばあれあの風の音も心許ない、もう苔の下此世には居給はぬ其時には其方に科をかけては親にも済まぬ、恋しい恋しい其父上が替り果たる御姿を見るやうな事に成たなら斯のやうな目に遇はさうとて逃し給ひし御心、情とは申すまい惨いといふも恐しや、残る御身は何となさるゝ、残された此身は何となる事ぞ、三千世界のなぶりもの此身ばかりか其方をさせうや、思へば是迄落来しは魑魅魍魎の窂、此の暗き闇の中に魔の誘ふ手を探りしぞや、父上様嘸冷《つめ》たからう、願ふは仏の御導き、はやく此身を今来し道へ。

庄司の幽霊登場。

あれは父上。

幽霊　橘、我児かあら恋しや。

橘　もう世にないか、喃消えては給るな此手を引て。

幽霊橘退場。

奥にてコーンと狐に擬て叫ぶ声あり、千鳥登場。

千鳥　狐は夜も眠らずに露を舐めて森を彷徨《うろつ》く、あれ彼処に見る殿造りは庄司様の御館、大方待て御座るであらう、一つの魂は彼方へ往て内の様子誰も人は居らぬか一寸塀を越して覗いてきや、何、足がすくむ、そんなら斯々して歩て行きやい、エイ此薄が邪魔をする、此薄が、オゝ是庄司様、此は人が覗かぬやうに結うてある垣、儂と其方が手を引て歩くのを人が見ぬ為の垣あれ誰やらが覗きます、垣を覗くは誰々々、オゝ厭らしや血の付た人が恐しや、コーン、帰たか、オゝ帰たさうな、いゝえまた足音が寄るは来るは平家の軍兵、鐘の音、太鼓の音、オゝ早う夜が明けよ、狐は巣に帰る、コーン。

退場。

第二場　福原御所大広間の場

本舞台は一面の平舞台にて正面に上段を設け、其後四枚の金襖には潑墨雲際の飛籠を描き、上段の直上には高く簾を捲上げ緑色の総を飾り、平舞台上下は共に墨画の波濤を腰に描たる銀襖を以てしきる、下手には是に続たる渡殿の態にて上に簾を掲げ後に簾を懸下したり、都て福原御所にある大広間の壮観、爰に侍四五人列座にて幕明く。

侍一　扨も目覚しき事で御座るな。

侍二　目覚しきどころでは御座らぬ、無残。

侍三　浅ましき迄で御座る。

侍四　何となく空も黄色に見えまする、斯様なる日は再度とは御座るまい。

侍五　昨夜彼の厩の裏、狐などの鳴く如き怪しき声が致したは。

侍三　某も聴きました、又今朝方未だ夜の明けぬ間遠き海原の沖に当て怪しき光を見付けたる者が有とか、漁夫《れうし》船子共が専ら噂。

侍一　各〻未だ知召れぬか、生田の森の辺に於て此頃夜な〳〵現はるゝ夜なき鳥のいづなつかひ、或人の見たりと申すは、髮は蓬を戴き若き女の死骸を小脇に抱き森の梢より颯と飛で下り薄の中に立つと見れば直に姿を隠すとか。

侍二　何より以て怪しきは難波殿の行方、此程明月の夜池の大納言月見の御遊とて船にて明石迄も漕出、其時某も御船の中に御供申せしが、其程怪しき女性の談、各にも定めて御聴き、扨其機より以来難波殿の姿ふつに見えず、

人の申さるゝは其女性必ず変化の者にして窃に難波を誘行て咲殺せしならんとの事、後にて聴けば松王殿、難波の行方を索めんと須磨より陸に上りしとか、変化の後を追ひし祟にて此度の成行き、聴くも身の毛がよだつよ喃。

宗盛経俊下手より登場。

経俊　松王の姿を見られたるか。

宗盛　オヽ忌々しきあの姿、今宵の夢は何とあらうぞ。

業盛下手より登場。

業盛　小気味の悪いあの扮装は。

資盛成良下手より登場。

資盛　あの青さめた顔を見たか。

成良　此世からの幽霊で御座る。

侍二人下手より登場。

侍六　嗚呼何事の報いぞあれは。

侍七　毒蛇の腹にとろけ死ぬるは。

重衡及侍二人下手より登場。

重衡　あら無残、人身を受ながら何の仕合。

侍大勢続々登場して、諸侍は皆それ〲に着座、公達は立居て互に見かはす。

業盛　海の底はどんなに有らうぞ。

経俊　月日の光到らねば、常闇なる海の底、青き光のさし添てあの松王が姿に映らば、如何なる悪龍毒蛇と雖も畏懼をなして逃げ隠れん。

資盛　去りとて潮水の中に人間が生を得べきにあらず、胸に包みし鉛に沈まば。
経俊　なびき茂れる沖津藻の中悪鬼の棲処に迷ひや入るべき、苦《にが》き潮に咽返らば喉を張裂く苦み、助け給へ南無阿弥陀仏。
公達一同　南無阿弥陀仏。

是にて着座、広間の中蕭然たり、程なく正面の襖開きて入道浄海童二人を従へ猶其後には侍女大勢扈従にて登場、襖は開たる儘にて後には金彩燦爛たる帳を垂下たり。

浄海　是重衡、松王が身を梃で死を願たる心は如何に。
重衡　旅人の難儀愁嘆見るに忍びず、以て代らんとは殊勝の志。
浄海　宗盛は何と。
宗盛　人を殺せし報の程恐しく。
経俊　天より来るを待たずして自から報を取たるは天晴振舞。
浄海　自ら報を取たるは、定松王血気の若人、主命を為了せざりし悔しさに深き思慮なくして身の成行に困せし上命をとかくと煩らひし時、一念此に奮発して血気の勇にはやる者から恐を顧ず囚人を放ち遣て自暴の心をはるけ自から其に代りしは酔に乗じて熱き酒を被ふると一般《おなじく》物狂しき挙動にあらずや、入道はよき家臣を喪ひたり。
（傍白）是皆人間の妄執、何ぞ独りあはれなる松王にのみ給むべき、代々世々の人間の五体をめぐる熱血の渦き返る潮流の中に立たる人柱是稀世の英傑が廻瀾の志誰か知らむ誰か知るべき、唯目に見せん唯目に見るべき。

松王白衣白袴下手より盛国少僧都某其他侍従僧等登場、扈従の女三四俄に退場。

如何に松王今そ最後の対面、其方身を渡津海の底に投棄て天下末代の利益を為さんずらん、一期の思ひ出に何事をも許し遣るなり。

重衡　罪有るを以ての咎とな思ひそ。

浄海　否とよ〳〵、我等に忠勤の志厚き者を科なくして斯る目見せんや、身を捨てゝこそ浮む瀬はあれ、海に沈てこそ罪も消ゆべし、仮令誰とさして択び出すとも此入道が盃といふに誰か手に把らざる事はあらん、唯松王が其身の過を償はんと身を梃出たる志の殊勝なるにめでゝ、許したるぞ、誰か有る松王に盃とらせ、入道が願文此にあり、御僧近く。

童一人立て松王に盃を渡し、僧都の法師浄海の願文を請取る間に松王盃を戴く事よろしく。

又当来の勝果捨身末代の紀念必ず一山を建立し回向怠なかるべし、松王此期に臨で言遺すべき事やある。

是にて松王屹と面を挙れば後座の侍女二三人また退場。

松王　如何なりし因縁にや十三年の御高恩、世の善悪知らぬ童の程より斯く人と成たるは是偏に君の賜物冥加至極に存じます、思へば此身此体軀を殺すは足らず、松王には用なき地水火風の肉親御役に立つは難有や忝く存じまする、又唯今の仰には是迄御内に侍らひしを縁に身後の御弔御心に懸け下さるとや、下を憐み思召す其御志に対へ奉ては申さん詞更になし、及びなき身の願なれども斯る御慈悲の心普く人の肺肝に徹らば此より後の世の中には面前主君に対し奉り唯今の松王が如くに心苦しき不忠の罪を犯さんずる者は再び御座るまい、某罪科ある身として久敷御前を汚さん事心苦しう御座るによつてはや此儘の御暇。

浄海　さな申しそ、罪を犯すに到るべきを知て遣はしはせぬ、本より自ら作りし過、我等を怨むべき謂はれは有るまい。

松王　情なくものたまふものかな、怨み奉ると仰有るか、さは我君の仰出づべき御詞とも覚え申さず、怨といふ言葉の有る世には生存へ難き此身なり、はや御暇賜はらむ。

浄海　いや松王、私の過は公の罪、此期に及で入道が罪を許さぬとて怨み思ふな、又生命助けぬとて嘆く可からず。

松王　あら心得ずや、君に捧げし此命、某此期に及で惜しむとか思召す、人の心上には見えず、さればこそ上には人の修飾あれ、いざ去らば松王が胸掻き裂て血に染つたる一片の赤心御目に懸け申さんか。
浄海　愚よ松王、我等に尽すの志、など入道が知らざる可き、身を殺して仁を為す天晴天下に忠義の武夫、助けしと思はざらんや、生きて勝平の世に目に見えぬ奉公せんより死して余栄あり万人の目を一時に驚かさんには如かず、最後にかつけむ、いざさらば往け。

退場、童一人銀造の太刀を請取て松王に渡す、従列一同退場。

松王　方々にもはや是迄、此歳月の御情恵御礼申上げまする、此後の世の成行唯方々が御心の儘、御一門の御繁昌藻をかついでも祈るで御座らう。
重衡　(傍白)嵐に散て後にこそ心を花と知る人あらめ。
中さじ言はんの胸の裏、潮となつて湧くならば消え行く泡は世の中の栄華の夢と御覧ぜよ、おさらば去らば。

松王下手の渡殿に行懸る時、突然後の簾を押分け妹尾三郎登場。

三郎　御免御ゆるし松王殿、情ない最後ぢや、浅ましい最後ぢや、是が別か情ないはい。
松王　別を惜で給はるか、忝ないや、是嘆き給ふな、此某は嬉くて死ぬるなり、海の底に蔵すべき宝有る故に。

三郎離別を惜む模様よろしく。

宗盛　(傍白)是松王、幽霊に成て出まいぞや。

にて道具廻るか若くは幕。

第三場　兵庫の浜の場

本舞台は一面の平舞台にて平舞台の前側一通は浪幕を張て、後は砂地にて海の方より陸に対したる趣に拵へ、

正面奥深に木立を隔て、船見浜浦の御所を望む書割、舞台は浜辺の体にて、後には立木疎らに有て、上手より下手に掛け竹矢来を設け、一切兵庫の浜辺人柱儀式の場の体なり。

此に少し下手に松王白衣白袴白馬に白鞍を置たるに乗て立ち、遙か上手には成良盛国床几を据て腰を懸け、其後には諸侍役人着座、矢来の後には見物多人数、舞台中央には少僧都某法師及び扈従の僧三四人、都て浜辺の砂地に有、黒幕を切落せば某法師今しも読経を畢りたる体にて入道の願文を捧げ、

少僧都　（読上ぐ）弟子入道浄海敬白、夫れ似るに懇祈の到る所供応必ず違はず、従前の諸願霊験常に新なり、弟子本より因縁ありて前鑑掲焉既に当来に頼有る者乎、伏て惟に弟子帝業の繁昌に志し寤寐忘る可からず、兆民の福利を思て昕夕に心を砕く窃に諸仏天神の冥護を期し廻施嘗て絶えず僉欽仰に向ふ、抑厳重祈請の筵天衆影向の処に於て聊訴申事有、弟子退て思ふに当年土壌を興し蒼海の一隅を治めしは洵に是百代行旅の利益を鑑へ万世柁檣波濤の禍を壌はんが為なり、然処一朝の暴風是恐は龍王の嗔を為す者歟、濁浪瀰渤して砥柱震蕩俄然崩堕する事既に一再に及びぬ、何ぞ夫れ然るや、当今朝廷正道是踏み従来弟子功徳是積む固より是勝果有る可きの善業をや、倩ら思ふに月は雨に遭て影を蔵すと雖も光を朦朧の際に現し花は風に散て色を減すと雖も香を薫発の袖に止む眼前の変幻深く怪しむに足らず、物表の真実偏に頼むに耐へたり、龍神爰ぞ棄てんや、天衆遂に祐けざらんや、半歳の民業は以て千載の王威を輝す可し、乃ち更に築営を謀りぬ、根基磐石長に鯨波を凌がんが為石を積畳むに先て人身を海底に沈め謹で海龍王に献ず、夫れ代は澆季に及び時は末法に属す、一人御政何ぞ天心に背く事有らむ万民の所為に到ては定めて過を犯す者あらん、此万衆の過を諭へんが為に蒼生の一人を送り且石刻の経を奉納し海底に安置せん、即ち此供養を以て願くは将来の災害を断絶たん、此に三界の諸天を驚奉る事偏に此儀に由り四海の龍王を聚めて遄に其嗔を止めしむ、此言必ず上天の聞に達し自此下土永く勝地の利を享けん、鎮護直に来るに於ては成算遠からず成就すべし、今日の願旨如斯敬白太政大臣正一位大禅定入道浄海敬白。
願文高らかに読畢て徐々と歩みて上手にすまふ事宜しく有。

松王　（傍白）蒼生の一人を以て万人の過を諭へんとな、松王が此身を以て代るべくば、あはれ願くは天が下に一人も残す事なく其過に代るべきなり、左もあらばあれ過なき人には誰か代りしぞ、今ぞ知る松王は此身を以て天下の過には代るなり、怨も消えぬあら本懐。

奥の方騒然正面後の矢来を潜て橘登場。

（傍白）見よや是こそ其方の恋人。

橘　嬉しや、世をば隔てざりしよ、懐かしや松王様、此御姿は浅ましい、何事ぞ浅ましい、此身の過免して給はれ、神仏恋に乱れし心から言はるゝ、儘に逃げたのは御言葉を聴き過ぎた、御身に咎知りながら捨て行しは禽獣にもない心、宥して給はれ松王様、是つれない悲しい、今は此世の親にも別れし憂き身の果の置所海底より外になし、是喃死んでは下さるな、此身が死ぬべき定て有たればこそ捉はれもしたものを、もう此儘で死まする、跡に残つて下さりませ、何の心も尽せぬ此身に他生の縁とはいひながら生命に代つて給るとは勿体ない御情、勿体ない身に余る御情、何に包まん此嬉しさ、死出の山路を行々も思ひ出しては泣きませう（鞍壺に縋てかい口説く）

松王　（傍白）影向ありし諸天の神、此人を憐み給へ。

これ御身の真心は世を隔つとも忘れは致さぬ、嗚呼無残間に合ひかねしか、もはや事々かく定りし上は御心忘れは致さぬ、今は早く此場を捨何処にも身を隠して給べ、願ひ願ひ嗚呼願ひぢや、是早く此場を去られよ、これ旅人。

終りの一句にて語調変じ態と声高くいひ放つ。

橘　隔給ふか、あら恨めしや。

松王　御身の為に殺す此身にはあらず、恨とな思ひ給ひそ、警護の面々盛国殿此人に過なきやうに此場を去らして給はる可し、松王最後の御頼み。

盛国　心得つ、如何に疇昔の旅人、松王殿の難儀に代らんとな、アイヤ後れたり、遅かりしぞよ、御願厳重の筵妨げんは恐なり、罪なり、疾く立退召され。

橘　今は是迄松王様、父上逢はう。

懐剣を抜き自から胸を貫く。

喃我恋人、死ぬるは嬉しき頼あり（倒る）。

盛国　霊場に血を。

成良　汚したるよな。

松王　南無阿弥陀仏、進め我馬（海に乗入る）。

盛国　（傍白）こは是正しく女性なるに――ム、尋ね来りし志に愛で、此屍体盛国が隠し得させむ。

上衣を脱てか若くは袖を切て橘を覆ふ、折柄奥の方噪然騒然、正面の矢来を潜て千鳥登場。

千鳥　極悪の平家共は此に集て何事をするぞ。那須野が原に年経たる狐、コーンコーン、人間の手には合はぬぞや、恨めしの平家一門今に見よ取殺さん狐をつけて取。

侍　すは狼藉、狂人々々。

見物喧擾。

殺さん、これ押て何する心、オ、女君に逢はさうとか、エ悪人の平家が連て往たものを地を探しても天を。

舞台の床に仕掛有て松王次第に海に乗入水波腰の辺を浸すに至りし時、手の届く辺の水面に金箋ひらひらと虚空より舞ひ堕つ、盛国太刀を抜て千鳥が天をといひさして空を仰ぐ時に刺す。

あれ鶴が鶴が（倒る）。

隻鶴舞台の上を高く飛び過ぐる仕掛有。

松王　（金箋を読む）人の世のつらきためしを見し田鶴は古巣や如何に恋しかるらむ、こは是小松の大臣、難有や正等正覚。

松王空を仰げば一時に深処に落込む仕掛にて波幕の中に頭を没す、但金箋を懐に入て合掌するか海に捨て合掌するか或は握みたる儘にて合掌するか仕方は猶様々あるべし、少僧都並に従僧数珠を揉みて合掌、盛国太刀を投棄て合掌。

一同　南無阿弥陀仏。

を唱へて幕。

（畢）

II （翻刻）河東碧梧桐・井上理三郎編『湖泊堂蔵書目』

凡　例

一、判読不能の箇所は□で示した。
一、抹消部分は傍線による見せ消ちで示した。
一、和書目録には①類別②正式書名、洋書目録には①類別②著者名の順で補注を加えた。

湖泊堂蔵書目

例言

一　此編ハ湖泊堂物故後書類ノ散佚セン〻ヲ恐レ専ラ現物ニ付編成セシモノナリ
一　此編ノ類別ヲ爲サスシテ整正ヲ欠クハ一ハ急速ヲ主トシ一ハ書函ノ便宜ヲ主トスレハナリ

明治廿八年四月廿七日

河東　秉
井上　理　識

第一號

狭衣　十三冊　①物語
和歌一字抄　二冊　①歌学
草花畫譜　一冊　①絵画
手枕　一冊　①和文
末賀能比連[1]　一冊　①不詳
遷宮物語　三冊　①神社
和歌女郎花物語　六冊　①仮名草子
若草物語　一冊　①御伽草子
祇園物語　二冊　①仮名草子
頭書字彙　十四冊　①辞書②増注校正頭書字彙
科註妙法蓮華經　十冊　①仏教
撰集抄　九冊　①説話
長明發心集　八冊　①説話
大雅堂山水樹石畫譜　二冊　①絵画
大原三吟集　一冊　①連歌
起信論義記　一冊　①仏教
仙洞歌合　一冊　①歌合
千五百番歌合　一冊　①歌合
秋風集　一冊　①俳諧
後十輪院歌集　二冊　①歌集
和漢朗詠集　一冊　①歌謡
小島口号、山賤記　一冊　①紀行、和文
雑和集　三冊　①和歌・随筆
愚秘抄　一冊　①歌学
滑川談　一冊　①漢学
かりの行かひ　一冊　①書簡集
新百人一首　二冊　①和歌
難太平記　二冊　①雑史
古中百首繪鈔　一冊　①教訓・和歌
三十六人歌仙解難抄　三冊　①和歌・注釈②玄旨三十六歌仙解難抄
昭乘翁筆蹟　一冊　①墨蹟
源語秘訣　一冊　①注釈
表題不明書　一冊　①不詳

第二號

箋注蒙求　三冊　①漢学②箋註蒙求
萬葉集　二冊　①歌集

八雲御抄　七冊　①歌学
海南遺稿(2)　四冊　①漢詩文
沙石集　十冊　①説話
和漢朗詠集鈔　六冊　①注釈
徒然草讀解　二冊　①注釈
壒嚢鈔　十五冊　①類書
温故目錄　四冊　①連歌

第三號　巻尾ニ洋書目錄ヲ添フ

早稲田文學　十一冊　①雑誌
史學雜誌　三冊　①雑誌
史海　十一冊
志からみ草紙　四十六冊　①雑誌
俳諧やまと叢誌　十六冊
俳諧　十一冊
城南評論　九《ママ》冊
文學界　二冊　①雑誌
馬鹿趙高(3)　一冊　①政治・経済
大日本全圖　一冊　①地図
同窓紀念(4)　一冊　①文集②同窓紀念録

蘇東坡法帖　一冊　①法帖
錦繪　一冊　①木版画

第四號

唐詩選　三冊　①漢詩
菜根譚　二冊　①警句集
樊川集　四冊　①漢詩文
書言俗解　六冊　①辞書
日本外史　十二冊　①通史
貝原町人嚢　四冊　①教訓
易經集註　十冊　①漢学
御伽百物語　六冊　①御伽草子
狂歌奇人譚　四冊　①狂歌・伝記
山城名所記　十二冊　①地誌
國朝畫徵錄　二冊　①絵画
柳橋新誌　三冊　①地誌
文語解　四冊　①漢詩文
謝肇淛塵錄　二冊　①不詳

第五號

雜字類編　二冊　中《ウチ》上下、下一ツ一　①漢詩文・索引

類書纂要	九冊	①辞書
譯文須知	五冊	①語学
論語集註	二冊	①漢学
孟子集註	三冊	①漢学
和漢文操	七冊	①漢詩文・和歌・俳諧
近思錄提要	二冊	①漢学
近思錄	二冊	①漢学
校本古文前集	一冊	①漢詩文
古文眞寶	二冊	①漢詩文
理気鄙言	一冊手寫	①漢学
情史抄	三冊	①艶本
山中人饒舌	一冊手寫	①絵画・随筆
源氏物語	一冊	

第六號

うつほものかたり	三冊	①物語
續萬葉論	二十冊	①和歌
たからの島根	一冊	①和文
西山物語	三冊	①読本
いわ《ママ》やの草紙	二冊	①室町物語②いはやの草紙
はちかつき姫物語	二冊	①室町物語
管《ママ》笠の日記	二冊	①紀行②菅笠の日記
時雨中將物語	三冊	①室町物語
松かけの日記	八冊	①和文
志ミ乃すみか物語	二冊	①読本
幻住庵記	一冊	①俳文②幻住庵記
水江物語	一冊	①和文
鼻くらへのさうし	一冊	①神道
堀江物語	一冊	①仮名草子
新古今和歌集	四冊	①歌集
鎌倉大草子	三冊	①戦記
本朝文鑑	五冊	①俳諧
夜更庵枕紀行	一冊	①不詳
須磨記	一冊	①紀行
古今集秘事	一冊	①歌学
大坂物語	一冊	①戦記
芳野紀行	一冊	①紀行②吉野紀行
鳴門中將物語	一冊	①物語

やをかの日記　一冊　①日記
をしまのとま屋　三冊　①紀行
西行物語　一冊　①絵巻・物語
伊勢物語改成　二冊　①物語
新作今昔物語　一冊　①説話
雫物語　一冊　①不詳②孫略雫物語
都の手ふり　一冊　①風俗
鴉鷺物語　一冊　①物語②鴉鷺合戦物語
華胥國物語　一冊　①経済
千代野物語　一冊　①伝記
千載集　風呂敷づゝみ　二冊　①歌集
月霄鄙物語　九冊　①読本
俳諧十家類題集　二冊春夏①俳諧
逸品畫鑑　三冊　①不詳
王夢樓先生眞蹟　一冊　①墨蹟
望岳地方羈路之図　一冊　①不詳
普門品　一冊　①仏教②観音普門品
石摺手本　十五冊　①書道
鴨長明海道記　二冊　①紀行
可々樓遺稿　一冊　①歌集②一名掌中年々百首
桂園一枝　一冊　①歌集
山家集　一冊　①歌集
東海道中細見記　一冊　①地誌
大日本道中細見記　一冊　①地誌
百家類葉　一冊　①和歌
小説家著述目録　一冊　①目録

第七號

源氏物語　三十冊　①物語
圓機活法　十冊　①漢詩
天道溯原　一冊　①教理書
土佐日記　一冊　①紀行
王陽明文粋　一冊　①漢文
俳諧續七部集　二冊　①俳諧
俳諧獨稽古　二冊　①俳諧
俳諧所名集　二冊　①俳諧
芭蕉翁七書　二冊　①俳諧
五百題發句集　一冊　①俳諧

百家類葉　一冊　①和歌
俳諧一葉集　九冊　①俳諧
草菴《ママ》集類題　一冊　①和歌②草庵集類題
言葉ノ八衢　二冊　①語学
源平盛衰記　一冊　①軍記物語
哲學字彙　一冊　①辞典
正字通　一冊　①辞典
英和字彙　一冊　①辞典
先哲叢談　二冊　①伝記
淨瑠璃本　八冊　①院本
都老子　四冊　①滑稽本
早稲田文學　製本部　七冊　①雑誌
朗盧文鈔　三冊　①漢文
太平記　十冊　①軍記物語
花月新誌　十一冊　①雑誌
文學全叢　六冊　①叢書
維氏美學　二冊　①美学
柳北奇文　一冊　①雑録
哲學要領　二冊　①哲学

普及福音教會叢書　一冊　①哲学
文苑玉露　二冊　①和文
歌俳百人撰　一冊　①和歌・俳諧
霞山句集　一冊　①俳諧
新著百種　一冊　①叢書
近松脚本　三冊　①院本
奇文欣賞　六冊　①和文集
眞砂集　三冊　①俳諧
東京全圖　一冊　①地図

第八號

其角發句集　二冊　①俳諧
乙二七部集　二冊　①俳諧
今人千題發句集　四冊　①俳諧
莠句冊(5)　五冊　①読本
螘都嘉　一冊下ノミ　①俳諧②蘿葉後集螘都嘉
太陽太陰兩暦對照表　一冊　①暦本
朝顔　一冊上ノミ　①謡曲・能の本
つら〳〵ふみ　一冊　①教訓
一捻香　一冊　①俳諧

かれ野	一冊	①俳諧
耳底記	三冊	①歌学
狂歌花街百首	一冊	①狂歌
新撰狂歌百人一首	一冊	①狂歌
今様職人盡歌合	二冊	①歌合
繪入狂歌集	一冊	①狂歌
紹巴昌叱兩吟千句	一冊	①俳諧
蕉翁句集	一冊手寫	①俳諧
梅室家集	二冊	①俳諧
發句今人筆鑑	一冊	①俳諧
捜玉集	一冊	①俳諧
近世偉人傳	二冊上ノミ	①伝記
醒世格言	一冊	①不詳
蕉門頭佗《ママ》物語	一冊	①伝記
鶉衣	四冊	①俳文
菟玖波集	七冊	①連歌
桃乃首途	三冊	①俳諧
藤乃首途	三冊	①俳諧
櫻乃首途	二冊	①俳諧
愚詠一日一首	一冊	①和歌
野さらし紀行集	一冊	①俳諧②野さらし紀行抄
俳諧蟻塚	一冊	①俳諧②俳諧蟻冢
俳諧苔乃花	一冊	①俳諧
宗鷗句集	一冊	①俳諧
俳諧新六歌仙	一冊	①俳諧
新編俳諧文集	一冊	①俳文集
俳諧深川集	一冊	①俳諧
枯尾華	二冊	①俳諧
うら若葉	一冊	①俳諧
俳諧芭蕉談	一冊	①俳諧
芭蕉翁句解	一冊	①俳諧・注釈
俳諧寂栞	一冊	①俳諧
なにやら集	一冊手寫	①不詳
産衣青木賊	一冊	①俳文
俳諧田ごとの日	一冊	①俳諧
標注五元集	三巻	①俳諧
俳諧をだまき綱目	一巻	

猿蓑さかし抄　二冊　①俳諧・注釈

第九號

英華和字典　二冊　①辞典
英和字典　一冊　①辞典
言葉の林　一冊　①辞典
正法眼藏　一冊　①曹洞
田舎源氏　十九冊　①合巻
犬の草紙　九十冊　①合巻
假名手本　一冊　①不詳
堀之内詣　三冊　①往来物
浮世床　二冊　①滑稽本
口八丁　一冊　①滑稽本
春色袖之梅　十一冊　①人情本
和歌布留能山不美　一冊　①歌学
名著集　六冊　①小説②古今小説名著集
論孟講義　一冊　①漢学
人力雜志　一冊　①不詳
桃花扇　四冊　①戯曲
西洋度量早見　一冊　①度量
風來六々部集　一冊　①戯文
誹《ママ》諧其傘　二冊　①俳諧
名所方角鈔　一冊　①連歌論
漫遊雜記　一冊　①医学
徂徠詩文國字牘　一冊　①漢文②徂徠先生詩文國字牘
俳諧十論　五冊　①俳諧
~~日本全圖　十冊~~
詞林三知抄　二冊　①連歌
易經　一冊　①漢学
蘭谷發句集　一冊　①俳諧
当世諸雜集　二冊　①不詳
擧白集　八冊　①歌文集
道用桑偈　一冊　①曹洞
草山歌集　一冊　①歌集②草山和歌集
新後撰和歌集　三冊　①歌集
譯本芥子園畫傳　三冊　①絵画
魯府心法　一冊　①不詳
碧玉集　二冊　①歌集

自讃歌註　三冊　①和歌・注釈
爲家集　一冊　①歌集
草庵集蒙求諺解　一冊　①和歌・注釈
十八史畧　四冊　①史書
常盤の松が枝　一冊　①不詳
誹《ママ》諧新式大成　二冊　①俳諧②俳諧新式大全
寫本源氏物語　四冊　①物語
慕景集　一冊　①歌集
俳諧雜集　一冊　①俳諧

第十號

無名歌集　一冊　①歌集
古今和歌集　一冊　①歌集
艷道通鑑　五冊　①浮世草子
和歌山下水　三冊　①歌集
去來抄、俳諧埋木、葛松原
　一冊　①俳諧
渚之玉　一冊　①歌集
千蔭集うけらか花　二冊　①歌文集
建保名所百首　三冊　①和歌・注釈
組頭和歌集　一冊　①歌集
俳諧類柑子　一冊中ノミ　①俳諧
狂歌一字題百首　二冊　①狂歌
鰒玉集　一冊　①歌集
塵塚物語　一冊　①随筆
沙玉和歌集　一冊　①歌集
源兼澄集　一冊　①歌集
傳習錄　一冊　①漢学
和漢百花賦　一冊　①俳文集
下學集　一冊　①辞典
從者用文章直指□　一冊　①不詳
萬葉考別記　一冊　①注釈
安政風聞集　三冊　①見聞記
中外新聞　一冊　①新聞
鎌倉夢評定　一冊　①仏教
玉乃石　一冊　①不詳
俳諧新撰年浪發句集三編　二冊　①俳諧
相馬太郎武勇旗上　二冊　①黄表紙
千鳥のあと　一冊　①歌学・書道

長唄月雪花　三冊　①長唄
俳諧七部集大鏡　三冊　①俳諧
ふき乃匂ひ　一冊　①俳諧
俳諧古今五百題　一冊　①俳諧
支考五論　一冊　①俳諧
奇異雑談集　六冊　①仮名草子
競奇異聞　五冊　①実録物
鳥の迹　二冊五、六①歌集
單騎要畧　二冊一、二①武具
おふむ石　一冊　①俳諧
桃岡家訓　一冊　①教訓
鎌倉殿中問答　一冊　①日蓮
風流志道軒傳　二冊　①滑稽本
志るへのくれ竹　一冊　①不詳
清元名曲梅の春通解　一冊　①清元
繪本曾我物語　一冊　①読本
小説精言　一冊　①漢文
和語陰隲錄　一冊　①釈家類
竹田畫譜　二冊　①絵画

松梅竹取物語　一冊梅の巻①不詳
撫箏雅譜集　二冊　①箏曲
てにをは細流　一冊　①語学
琴曲鈔　一冊　①歌謡
むかし織博多小女郎　一冊　①合巻

第十一號

謠本　一筥　①謡曲
はまのまさご　一巻　①歌集
葎屋文集　一冊　①和文集
豫州安在往生記　一冊　①浄土
異名分類抄　一冊　①辞典
新撰年表　一冊　①年表
手なれ草　一冊　①俳諧
兵庫名所記　一冊　①地誌
鶯宿梅　一冊三、①俳諧
日本史綱　一冊上ノミ①史書
候文範　一冊　①書簡②名家手簡候文範
日本文學全書　一冊　①叢書
むら竹　一冊　①叢書①小説むら竹

桂林一枝　一冊　①雑誌
近松世話淨瑠璃　二冊　①院本
雨月物語　一冊　①読本
平野次郎　一冊　①戯曲
和歌玄々集　一冊　①歌集
永正和歌集　一冊　①歌集
松嶌日記　二冊　①紀行
暦日諫釈　一冊　①暦本
泰平年表　一冊　①通史
聲色樂屋鏡　一冊　①歌舞伎
東海道細見大繪圖　一冊　①地図
煨芋間談　一冊初□□　①不詳
繪本京名所　一冊　①地誌
やしなひ草　一冊下　①心学
精神啓微　破本　一冊　①科学②脳髄生理精神啓微
岐岨の花ふみ　一冊　①往来物
南都名所記　一冊　①地誌
神田上水源井之頭(6)云々　一冊　①神社

學庸集註　一冊　①漢学
むかし語浮寐夢　一冊　①不詳
八犬義士譽勇猛　一冊　①読本
萬國史畧　一冊一、　①史書
小學入門　一冊　①教育
長唄稽古本　一冊　①長唄
産衣　三冊　①連歌
付合　一冊　①連歌
岐岨路安見圖繪　一冊　①地図
和歌學根集　一冊　①不詳
桂雲集類題　一冊　①歌文集
禪海砂金集　一冊　①禅宗
百家説林　一冊　①論説・随筆
蘇長公論策　一冊　①奏議
□□本　一冊　①不詳
俳諧百一集　一冊　①俳諧
新增細見京繪圖大全　一冊　①地図
久能山眞景圖　一卷　①地図
日光山圖　一卷　①地図

付合集魚名　一巻　①連歌
釋教正謬　一冊　①宗教
妙義詣　一冊　①往来②上州妙義詣
俳諧をたまき　一冊　①俳諧
東海木曾道中記　一冊　①紀行
雅俗要文　一冊　①往来物
古文眞寶後集　二冊　①漢詩文
古今和歌集　一冊小本上ノミ　①歌集
將棊木手拍　一冊　①将棋
掌中群書一覽　一冊　①書誌
外題鑑　一冊　①書目
明治二十六年略本暦　一冊　①暦本
筑波山社圖　一巻　①地誌
御□　一冊　①不詳
史海　二冊　①雑誌
俳諧やまと叢誌　十六冊　①雑誌
俳諧　二冊　①雑誌

城南評論　九冊　①雑誌
狂言綺語　一冊　①雑誌
東京深川月報　一冊　①不詳
歌學　一冊　①雑誌
眞砂の志良邊　十四冊　①雑誌
國民之友　十八冊□二付録一冊　①雑誌
哲學會雜誌　二冊　①雑誌
早稻田文學切抜モノ　二冊　①雑誌
熟字類集　手寫　一冊　①辞典
四季題　手寫　一冊　①俳諧
雜字類編上巻　一冊　①漢詩文・索引

函外

湖泊堂遺稿　三冊　①遺稿
湖泊堂藏書目錄　一冊　①書目
三傑集（蓼太、闌更、キフ臺 俳句集）下村純孝へ貸
　二冊　①俳諧

注

（1）市川匡著（宗教）か鎌田柳泓著（儒教）のいずれかと思われるが不明。
（2）藤野正啓（海南）著、重野安繹編（敦復堂）、明24刊。
（3）三宅雪嶺著の戯述戯画。
（4）島村瀧太郎・中島半次郎・後藤寅之助編『同窓紀念録』（明27・7）、東京専門学校文学科第一期生の卒業記念文集。
（5）近路行者作『古今奇談莠句冊《ひつじぐさ》』（天明6刊）
（6）『神田上水源井之頭弁財天境内略景』

獨乙の書ニシテ栗生氏藏ト押印アリ

Conversation Book.	1	①会話 ②不明
English Hymnal.	1	①賛美歌集 ②不明
English Opium-Eater.		①不明 ②不明
英譯百人一首	1	①和歌 ②不明
Geographical series.	1	①地理学 ②不明

注

(1) Imperial Oath at the Sanctuary of the Imperial palace.

Swintons fifth Reader.	1	①リーダー ② Swinton, W.
Outlines of the Mahâyâna as taught By Buddha.	2	①仏教 ② Kuroda, S.
大乘佛教大意	1	①仏教 ②黒田真洞

Poems.

Gaurs《ママ》 From Byron.	1	①詩 ②不明
Longfellow's Popular Poems.	1	①詩 ② Longfellow, H. W.

Novels.

Vivian Grey.	1	①小説 ② Disraeri, B.
The innocents Abroad.	1	①小説 ② Twain, M.
Sensation Novels.	1	①小説 ②不明
Vanity Fair. Thackeray.	1	①小説 ② Thackeray, W. M.
Daniel Deronda. Eliot.	2	①小説 ② Eliot, G.
Seaside Library.	4	①小説 ②不明

Containing Eliot's novels every Pocket edition.

Price Six pence Novels.	10	①小説 ②不明
Cassell's National Library.	11	①不明 ②不明
Kirchner Psychologie.	1	①心理学 ② Kirchner, F.

Fat and Thin.	1	正岡蔵書印 ①小説 ② Zolá, E.
Japanese-English and English-Japanese Dictionary.	1	①辞典 ②不明
Sketch book.	1	①小説 ② Irving, W.
Imperial Oath etc.[1]	1	①不明 ②不明
Mosses From An Old manse《ママ》	1	①小説 ② Hawthorne, N.
Maruya's Masterpieces of English Prose Vol iii 19 Century Writers.	1	①詩 ② Maruzen & Co.
Sir Roger De Coverley.	1	①伝記 ② Addison, J.
Botany. Sir. J. D. Hooke《ママ》. C. B. P. RS.		①植物学 ② Hooker, Sir J. D.
Logic. Prof. Jevons.		①論理学 ② Jevon, W. S.
First English Grammar. Bain's.	1	①文法 ② Bain, A.
The Gentlemans Letter Writer.	1	①不明 ②不明
The Treasury of Geography.	1	①地理学 ② Hughes, W.
Travels Round the World By A Boy.	1	①不明 ②不明
Every Day Objects.	1	①不明 ②不明
A German course.	1	①不明 ②不明
Honour's Worth.	Vol. 1. 2.	①小説 ② Orred, M.

第三號

Co《マ》nte《マ》nt of English book.

洋書目録

Historiy of Philosophy. Erdmann's	Vol. 1. 2. 3.	①哲学 ② Erdmann, J. E.
The Boyhood of Great Man.	1	①不明 ② Edgar, J. G.
Psychology. James.	Vol. 1. 2.	①心理学 ② James, W.
Bain's Mental science.	1	①心理学 ② Bain, A.
Nuttall's Standard Dictionary.	1	①辞典 ② Wood, J.
Dictionary of Phrase and Fable.	1	①辞典 ②不明
Schwegler's History of Philosophy.	1	①哲学 ② Schwegler, A.
Outlines of Psychology. Höffding's.	1	①心理学 ② Höffding, H.
〃　〃　〃 Lotze.	1	①心理学 ② Lotze, R. H.
Kant's Critique of Pure Reason.	1	①哲学 ② Kant, I.
Teacher's hand book of Psychology. Sully's	1	①心理学 ② Sully, J.
Poetical works of William Wordsworth.	1	①詩 ② Wordsworth, W.
Shakespere for Families.	1	①不明 ② Shorter, S.
Emerson's essays.	1	①エッセイ ② Emerson, R. W.
Shelley.	1	①詩 ② Shelley, P. B.

III　古白年譜

明治四年（一八七一）　一歳

八月八日、伊予国浮穴郡久万町（現在の愛媛県上浮穴郡久万町）に生まれる。父漸（すすむ）、母十重（とえ、大原氏、正岡子規の母八重の妹）の長男。本名は潔（きよむ）。出生地にちなみ通称を久万夫といった。同母妹一人、異母弟二人、異母妹二人。藤野氏は代々松山藩士。当時、漸は久万町租税課出張所大属（治農掛）であった。生後一カ月ほどで一家は松山へ帰る。

明治十年（一八七七）　六歳

この年、高松へ転居。

明治十一年（一八七八）　七歳

二月、母の十重が病死。

明治十二年（一八七九）　八歳

四月、漸が京都の士族栗生誠の長女磯（いそ）を後妻に迎える。この年、漸は勧業課長となり、一家は松山へ帰る。

明治十三年（一八八〇）　九歳

この年、一家で東京へ転居。漸は官途につき、十八年まで内務省、農商務省、会計検査院に勤める。この間、伯

父海南（正啓）に学庸の素読を授かる。

明治十五年（一八八二）　十一歳

夏、麹町区中六番町に転居。

明治十六年（一八八三）　十二歳

七月、叔父加藤拓川（恒忠）の世話で、子規と共に赤坂区丹後町の須田塾（漢学塾）に入る。九月、塾生との喧嘩が絶えず、退塾。この年、神田区中猿楽町十九番地に転居。

明治十七年（一八八四）　十三歳

六月、牛込区東五軒町三十五番地に転居。この年、中村敬宇の同人社少年校に入る。ここでも朋輩との喧嘩が絶えず、退塾を命じられる。

明治十八年（一八八五）　十四歳

七月、子規・三並良・歌原蒼苔と共に厳島に参詣。この年、漸が旧藩主久松家の家扶となって、麻布永坂の久松家別邸内に転居。永坂の近く鳥居坂のメソジスト派英和学校に通ったのはこの年のことか。十八年ないし十九年頃、小説「愉々快々済民奇談」を書く。

明治十九年（一八八六）　十五歳

四月、慶応義塾に籍を置いたが、長つづきしなかった。

明治二十年（一八八七）　十六歳

夏期休暇中、松山に帰省。この夏、神経を病む。

明治二十一年（一八八八）　十七歳

三月、伯父海南が亡くなる。夏期休暇中、子規・三並良と共に向島の月香楼に仮寓。同宿の間に良とその師シュ

ミーデル（ドイツ人宣教師）とともに富士山に登る。九月から十一月にかけて、横浜本町（松原方）に下宿。横浜の商業学校の夜学に通う。

明治二十二年（一八八九）　十八歳

六月頃から神経に異常が現れはじめ、十一月巣鴨病院に入院。十二月中旬、退院。同月下旬、子規にともなわれ、大磯、浜松、名古屋で一泊し、京都から神戸を経て松山に帰省。静養のため。九月、「真砂の志良辺」にはじめて古白の雅号で俳句が掲載される。

明治二十三年（一八九〇）　十九歳

松山でなお一年あまり静養。七月、子規・黄塔・可全らと共に三津の生簀で開かれた紅葉会（常盤会寄宿舎生の文学同好会）の例会に参加。八月、子規ほか二名と共に久万町にある久万山に赴く。この年、子規との往復書簡で、諧謔にみちたやりとりをする。

明治二十四年（一八九一）　二十歳

四月、帰京。七月、妙義・筑波山に遊ぶ。秋、趣向も句法も斬新な俳句をつくり、子規ら俳句仲間を驚かせる。

秋頃、東京専門学校の専修英語科へ入学。

明治二十五年（一八九二）　二十一歳

一月、子規・非風らと小説会をもつ。同月、東京専門学校の文学科第二期生（二十四年九月入学、二十五年七月一年級修了）のクラスに仮入学し、南豊島郡下戸塚村（北村方）に下宿。三月以降、文学科に正式入学。八月、大阪・京都に遊ぶ。九月、帰京の途次、尾張国知多郡洞雲院を訪れ、剃髪する。十二月、一家は松山に帰るが、ひとり東京に残る。この年より二十七年まで、抱月・宙外らと共に回覧雑誌「友垣草紙」の同人として俳句・短歌・小品を寄稿。

明治二十六年（一八九三）　二十二歳

一月、子規・鳴雪らと、「椎の友」グループと句会を催し、その後、各所の句会に参加。四月、子規・虚子と上野美術博覧会を見に行き、凌雲閣に上る。七月、浜松から京都に寄り、当時三高に在学中の虚子と京都・大阪をめぐって松山に帰省。

明治二十七年（一八九四）　二十三歳

三月、小説『舟底枕』が新聞「小日本」に三日から十一日まで、七回にわたって分載される。六月中旬、病気などを理由に卒業試験を途中放棄して帰郷。宙外らが送別会を開いてくれた。帰郷後、半年ほど「松風会」の句会に参加する。卒業論文「自衷哲学」を構想したが、完成しなかった。八月中旬、戯曲『人柱築島由来』を起稿し、三カ月にわたって執筆に没頭。秋、保養のため松山郊外の果樹園（真香園）に預けられたが、数日で帰宅。十二月、出来上がった戯曲を携えて上京。途次、山口県熊毛郡大野に同窓の伴無得（武雄）を訪ねる。帰京後は本郷区湯島切通町の故藤野海南邸に寄宿。

明治二十八年（一八九五）　二十四歳

一月、『人柱築島由来』が「早稲田文学」に三月まで、四回にわたって連載される。二月、戯曲『戦争』を書く。三月三日、従軍する子規を新橋駅に見送る。四月七日、ピストル自殺を図り、医科大学第一医院に入院。同十二日午後二時永眠。松山市湊町三丁目（現千船町）の菩提寺正安寺の母の墓の側に葬られる。（後、昭和十三年十月、道後祝谷常信寺に「藤野家累代墓」として合葬）。五月、『戦争』が「早稲田文学」に載る。七月二十一日、松山で百カ日の法要が営まれる。

明治二十九年（一八九六）

一月、小品『里神楽』が「早稲田文学」に載る。四月十九日、不忍弁天僧坊において一周忌の追悼句会が催され

る。

明治三十年（一八九七）

五月、子規編著『古白遺稿』が刊行される。俳句三百一句、短歌五首、長詩「情鬼」、戯曲『人柱築島由来』と、子規「藤野潔の伝」、知友による「遺稿跋並追弔詩文」を収める。

＊年譜は、子規編『古白遺稿』（明30・5）所載の「藤野潔の伝」中の年譜、北川忠彦「藤野古白の一生」（「愛媛」昭42・1～3）等を参考に作成し、一部加筆した。

初出一覧

第一部

Ⅰ　藤野古白序説（帝塚山学院短期大学「研究年報」一九八八・一二）

＊ただし、一部加筆・訂正。

Ⅱ　正岡子規『筆まかせ』と少友古白の形成（帝塚山学院大学人間文化学部「研究年報」一九九九・一二）

（補論）大江健三郎における子規（帝塚山学院短期大学「研究年報」一九九四・一二）

＊後に、『大江健三郎―その文学世界と背景』（和泉書院、一九九七・一二）と日本文学研究論文集成45、島村輝編『大江健三郎』（若草書房、一九九八・三）に収録。

Ⅲ　夏目漱石と古白の周縁（同「研究年報」一九九〇・一二）

＊原題は「漱石と古白の周縁」

Ⅳ　高浜虚子『俳諧師』論（同「研究年報」一九九三・一二）

＊原題は「『俳諧師』側面」

Ⅴ　河東碧梧桐・井上理三郎編『湖泊堂蔵書目』について（同「研究年報」一九九六・一二）

Ⅵ　古白と早稲田派（「子規博だより」一九九七・三）

Ⅶ　坪内逍遙『桐一葉』の試み（東京家政学院高校紀要「ばら」一九七七・四）

＊原題は「『桐一葉』初発の課題について」、ただし一部加筆。

Ⅷ 『人柱築島由来』の成立（帝塚山学院短期大学「研究年報」一九九七・一二）

第二部

Ⅱ （翻刻）河東碧梧桐・井上理三郎編『湖泊堂蔵書目』（同「研究年報」一九九六・一二）

あとがき

芥川龍之介に「暗合」という短章がある。古白の俳句、

傀儡師日暮れて帰る羅生門

に際会し、一句の内に自身の小説集の名が二つ現われる〈暗合〉に驚いたということが書かれている。この奇縁については小島政二郎あての手紙でも吹聴していて、〈まるで小生の出す本を予言したやうで気味の悪い位暗合の奇を極めたもの〉とある。本来なら偶然の一致と考えるべき事柄にことさらに暗合の妙を感じるのは、古白の弟藤野滋と一高の寮で同室だったという因縁もさることながら、芥川が古白の短い生涯に他人事でない関心を寄せていたからであろう。

古白は一般には『古白遺稿』中の作品によってより、子規が書いた評伝「藤野潔の伝」によって記憶されている文人である。子規の初期俳句グループの異才として、〈明治俳句界の啓明と目すべき〉俳句を次々に作って俳友たちを驚かせた話は有名である。その一方、古白は東京専門学校（早稲田大学の前身）で逍遙に師事して演劇を学び、早稲田派の劇作家として会心の戯曲『人柱築島由来』を発表したが、『桐一葉』と競合し、文壇的には黙殺されるという憂き目に会っている。

従来、芥川のように、古白の未完の文学生涯に興味や関心を示した読者は少なくないが、関心はおおむね子規派の俳人古白に対するもので、早稲田派の劇作家古白（湖泊堂）への注目度は必ずしも高かったとはいえない。

本書では、これまで見落とされがちだった劇作家としての側面を視野に入れ、二つの交友圏を生きた古白の実像と、その交友の実相、および近代演劇草創期において師弟対決となった二つの戯曲の戯曲作法《ドラマトゥルギー》の究明を目ざした。

第一部の序説では、当時の文壇にジャーナリスティックな厭世論の流行を呼びこむ契機となった古白の自殺と、厭世論の帰趨を分析している。第二章では、文学的出発を先導した子規との関係を『筆まかせ』中の往復書簡や記事を通じて検討し、子規と古白を対比的に論じた大江健三郎の子規論についての考察を、その補論とした。第三章では東京専門学校で師弟の間柄にあった漱石と古白の関わりをその周縁にさぐり、第四章では子規派の交遊の実態をモデル化した虚子の小説『俳諧師』を論じている。第五章では『湖泊堂蔵書目』が編まれた経緯、蔵書の内容から、古白の知の背景を明らめようと試みた。続いて第六章では、古白と早稲田派の文学者との関わりを概観し、第七章と第八章では、逍遙と古白のそれぞれの戯曲が成立する過程を分析して、その史的限界や可能性を論じている。

第二部では、初出『人柱築島由来』および『湖泊堂蔵書目』を翻刻し、前者については読みやすいように表記を工夫した。子規は古白の作品について、〈歌俳小説尽く疵瑕多くして残すに足らず。完全なるは十数首の俳句のみ〉〈余の贔屓目より見るも文学者として伝ふるに足らざるなり〉と断言し、この峻厳な評価がその後の古白観を決定した感があるが、本書ではそうした呪縛からの解放を企図した。多少とも実現されて、これまでの文学史、演劇史研究の空隙をいささかなりとも補填することができれば幸いである。

この書物が出来上がるまでに、多くの方々からご助力をいただいた。わけても当方の面倒な照会に対し、ご懇篤なご教示をいただいた元京都女子大学教授の故北川忠彦氏、元鹿児島女子大学教授の故蒲池文雄氏、古白の従弟服部嘉香の子息服部嘉修氏、そして、十年来常に変わらぬお励ましと多くの資料をご提供いただいた古白の甥藤野淳氏に厚くお礼申し上げたい。また、前著に引きつづき出版をお引き受けいただいた和泉書院の廣橋研三氏にもお礼申し上げたい。

なお、本書の刊行に際しては、帝塚山学院大学の出版助成を得た。記して謝意を表する。

二〇〇〇年正月

一條　孝夫

柳原極堂(正之)　14,33,43,80,119
山口昌男　63
山田輝彦　101
山田美妙　50
山本健吉　115

ゆ

ユーゴー(ユゴー)　24,160

よ

与謝蕪村　66
依田学海　146
米山保三郎　98

わ

ワーズワース　92,117
和田茂樹　10,39,41,46
和田克司　80,99
和田利男　99,101

の

野間叟柳　25,80

は

バイロン　31,87
白楽天　144
橋本寛之　119
長谷川孝士　66
服部嘉香　14,31,33,119,127,141,176
服部嘉修　43,55
服部嘉陳　42,45,55
馬場孤蝶　29—31
早川漁郎（戸川秋骨）　30
バルト（Barthes,R.）　62
伴狸伴（政孝）　25
伴無得（武雄）　18

ひ

平山晋吉　151

ふ

福笑門（福味百太郎？）　116
福地桜痴（桜痴居士）　146,160,161,176
藤代素人（禎輔）　87,88,100
藤野磯子（いそ）　14,15,32,33,42,71,98
藤野英子（エイ）　131,132
藤野海南（正啓）　19,77,93,101,122,126
藤野淳（きよし）　19,101,131—133
藤野漸　12,14,20,40—42,45,55,86,119,125,141,170
藤野準（古白の次弟）　131
藤平春男　16
藤村操　12,91,95,98,
二葉亭四迷　13

へ

ヘフディング（Höffding,H.）　22,23

ほ

ボサンケ（Bosanquet,B.）　132
星野慎一　34
星野天知　30
本間久雄　132

ま

正岡子規　3—7,10—16,18—21,24,25,30,32,33,35—81,84—86,91—94,97—101,107,116—119,122,123,125,130,131,135,139,140,159—161
正岡律　66
正宗白鳥　150,157
増田藤之助　87
増永煙霞郎　34
松尾芭蕉　57
松平康国（破天荒斎）　52
松瀬青々　66

み

三上参次　50
ミシュレ（Michelet,J.）　62
水谷不倒　33,136,137
三並良　7,40,69,125
宮崎湖処子　9,90,132,159,
ミルトン　81,82,87,88

む

村尾節（旧姓藤野、古白の異母妹）　14
村上霽月（半太郎）　94

も

森鷗外　150,153,154

や

柳田泉　146
柳田国男　163

88,89,99,100,130,132,136—141,160,174,175
下村為山　80,99
俊寛　44
如不及斎主人　52
白石栄吉　25

す

スコット　87
鈴木光次郎　52

そ

相馬庸郎　75
ゾラ　130

た

田岡嶺雲　27,29
高田半峰(半峰居士)　52
高津鍬三郎　50
高橋春雄　119
高橋昌郎　33,71
高浜虚子(清)　6—8,12,18,20,61,65,67,68,70,78,80,91—93,100,101,103—119,122—125,130,132,135,140
高安月郊　142
高山樗牛　29,153
竹内松治　88,100,136
武智五友　44
武久堅　175
竹村錬卿　36,80,81,98
竹本小土佐　124
田中千禾夫　12,169
田中則雄　175

ち

近松秋江(徳田秋江)　107—109,155
近松門左衛門(巣林子)　101,117,146,152
チッケンス(ディケンズ)　87

つ

綱島梁川(栄一郎)　17,82—86,89—92,100,137
坪内逍遙　5,6,8,32,82,83,87,88,91,92,99,100,116,117,119,130,136,137,138,140—157,160,174,175
坪内稔典　11,66,119
ツルゲーネフ　13
鶴田沙石(長谷川喜一郎)　148,149

て

テーン(テーヌ)　87
デ・クインシー(De Quincey,T.)　87
出久根達郎　52
テニスン(Tennyson,A.)　131

と

戸塚博　132

な

内藤鳴雪(南塘)　6,7,18—20,46,50,53,80,89,107,116,125,135,141
中島国彦　12
中島半次郎　88,100,130,136
中島正雄　19,101
永田琴(旧姓藤野、古白の同母妹)　14
長塚節　61
永平和雄　10,149
中村敬宇(正直)　14,15,33,71
中村芝翫(五代目)　151
夏目漱石(金之助)　15,33,38,50,52,55,77—89,92—95,97—100,117,119

に

新海非風　54,71,86,98,109,114,122

大原恒徳　42,78
大原尚恒　45
岡保生　9,16,119,132,172
岡田広之　133,175
小川尚義　130
奥泰資　137
桶谷秀昭　32,74
尾崎宏次　143
越智二良　9,141
越智治雄　10,12
尾上菊五郎(五代目)　155,156
折口信夫　156

か

カーライル　87
風戸始　56
勝本清一郎　9,132,159
加藤拓川(恒忠)　14,33,55,119
金井景子　37,75
金子筑水(馬治)　33,83,136,137
狩野亨吉　79
蒲池文雄　159
河井酔名　9,99
川合道雄　100
川上音二郎　142
河竹繁俊　9,32,146,154
河竹黙阿弥　146,147,154,160
河東碧梧桐(秉五郎)　6,7,12,19,20,32,33,55,65,66,78,79,80,91,93,98,100,101,114—117,121—126,130—132,135,163
ガンディー　67

き

北川忠彦　9,13,14,16,18,33,34,92,93,101,131,132,174
北村透谷　9,25,29,30—32,91,138,139,143,144,145,147,148,170
北村美那子　147
紀海音　169
木村毅　9,86,99
喜安璡太郎　100,130,141,176

く

国木田独歩　33
国崎望久太郎　75
久保尾俊郎　133,175
久保田正文　11,13,18,34,70,162,168
栗生すみ　119
黒田清輝　139

け

ゲーテ(ギヨオテ)　34,87

こ

ゴールドスミス(Goldsmith,O.)　82
小杉天外　33
後藤宙外(寅之助)　6,8,16,17,33,34,49,72,88,89,100,130,136,137,139,140
小宮豊隆　85

さ

斎藤阿具　87
斎藤恵子　99
斎藤茂吉　57
小枝繁(露木七郎次)　169
笹瀬王子　119
佐藤肋骨　71

し

シェイクスピア(沙翁)　5,24,32,87,91,92,100,101,116,117,144,152,160,174
ジェームス(James, W.)　130
島崎藤村　34,107,119,144
島村抱月(瀧太郎)　4,6,16,17,19,21—23,25,27,28,33,34,56,83,86,

人名索引

＊第一部の本文および引用文中の人名のみ取り上げる。
＊藤野古白（潔、久万夫と、湖泊堂などの雅号）および作品中に登場する人名は除く。

あ

秋庭太郎　6,9,10,32,34
秋山真之　43
芥川龍之介　9
安倍栄(能成の兄)　25
安倍能成　25
荒正人　77,99

い

五百木瓢亭　7,71,86
五十嵐力　86,141
磯野徳三郎　87
伊丹万作　75,76
市川団十郎(九代目)　155—157,160
市島春城　128,151
井手真棹　48,49
伊藤左千夫　61
伊藤松宇　5
稲垣達郎　132,175
猪野謙二　115
井上真子(旧姓藤野、海南の長女)　19,101,126,132
井上理三郎　19,101,121,125,126,132,163
井原西鶴　131
伊原青々園　33
今尾哲也　156
色川大吉　147

う

上杉伸夫　55
植田下省子　164
上田敏　152—154
上田三四二　32
歌原蒼苔　45

え

江藤淳　80
蛯原八郎　8,28,34
エマーソン(エマルソン)　87
エリクソン(Erikson,E.H.)　67,68
エルトマン(Erdmann,J.E.)　130

お

大江健三郎　57—76
大江昭太郎　57
大岡信　55
大島梅屋　25
太田道灌　81,100
太田正躬　43
大谷是空　38,46,55
大西操山(祝)　83,88,92,117
大野洒竹　30,34,139
大原其戎　15
大原其然　46

■著者略歴

一條孝夫（いちじょう　たかお）

1945年長野県松本市生まれ。東京都立大学大学院修士課程修了。
現在、帝塚山学院大学人間文化学部教授。
著書『大江健三郎の世界』（和泉書院、1985・5）
『大江健三郎—その文学世界と背景』（和泉書院、1997・2）
論文「最暗黒之東京・社会百万面」（『民友社文学・作品論集成』三一書房、1992・3）、「大江健三郎と志賀直哉、もしくは私小説」（「研究年報」1998・12）その他。
現住所　〒599-8124　大阪府堺市南野田335-1-222

近代文学研究叢刊　21

藤野古白と子規派・早稲田派

二〇〇〇年二月二九日初版第一刷発行
（検印省略）

著　者　一條孝夫
発行者　廣橋研三
印刷所　亜細亜印刷
製本所　関製本
発行所　有限会社 和泉書院
大阪市天王寺区上汐五-三-八
〒五四三-〇〇〇二
電話　〇六-六七七一-一四六七
振替　〇〇九七〇-八-一五〇四三

ISBN-4-7576-0033-X　C3395

——近代文学研究叢刊——

樋口一葉作品研究	橋本　威著	1	五八二五円
宮崎湖処子 国木田独歩の詩と小説	北野昭彦著	2	八〇〇〇円
芥川文学の方法と世界	清水康次著	3	七〇〇〇円
漱石作品の内と外	高木文雄著	4	八〇〇〇円
島崎藤村　遠いまなざし	高橋昌子著	5	三七〇〇円
四迷・啄木・藤村の周縁　近代文学管見	高阪　薫著	6	三七〇〇円
日本近代詩の抒情構造論	松原　勉著	7	六〇〇〇円
正宗敦夫をめぐる文雅の交流	赤羽　淑著	8	八四〇〇円
賢治論考	工藤哲夫著	9	五〇〇〇円
まど・みちお　研究と資料	谷　悦子著	10	五〇〇〇円

（価格は税別）

近代文学研究叢刊

- 鷗外歴史小説の研究　「歴史其儘」の内実　福本　彰著　11　三五〇〇円
- 鷗　外　成熟の時代　山﨑國紀著　12　七〇〇〇円
- 評伝谷崎潤一郎　永栄啓伸著　13　六〇〇〇円
- 菊池寛の航跡　初期文学精神の展開　片山宏行著　14　六〇〇〇円
- 近代文学における「運命」の展開　森田喜郎著　15　八五〇〇円
- 夏目漱石初期作品攷　奔流の水脈　硲　香文著　16　八〇〇〇円
- 石川淳前期作品解読　畦地芳弘著　17　八〇〇〇円
- 宇野浩二文学の書誌的研究　増田周子著　18　続刊
- 大谷是空「浪花雑記」　正岡子規との友情の結晶　和田克司　編著　19　一〇〇〇〇円
- 若き日の三木露風　家森長治郎著　20　続刊

（価格は税別）

藤野古白と子規派・早稲田派　一條孝夫著　21　五〇〇〇円

大江健三郎　その文学世界と背景　一條孝夫著　二八〇〇円

和泉選書
子規百首・百句　今西幹一・室岡和子著　54　二七一八円

近代文学初出復刻
樋口一葉集　山本洋編　1　一八〇〇円

森鷗外集　獨逸三部作　嘉部嘉隆・檀原みすず編　2　二〇〇〇円

森鷗外集　歴史小説　山崎國紀・福本彰編　3　一八〇〇円

石川啄木集　歌集篇　村上悦也・上田博・太田登編　7　一八〇〇円

芥川龍之介集　第二巻　森本修・清水康次編　5　品切

夏目漱石集「心」　玉井敬之・鳥井正晴・木村功編　6　二五〇〇円

（価格は税別）

JN234435